JIM KNOPF
e Lucas,
o Maquinista

Michael Ende
JIM KNOPF
e Lucas, o Maquinista

Ilustrações Reinhard Michl
Tradução João Azenha Jr.

Martins Fontes
São Paulo 2001

Título original: *JIM KNOPF UND LUKAS DER LOKOMOTIVFÜHRER.*
Copyright © *1983 by K. Thienemanns Verlag, Stuttgart.*
Copyright © *1988, Livraria Martins Fontes Editora Ltda.,*
São Paulo, para a presente edição.

1ª edição
novembro de 1988
2ª edição
fevereiro de 2001

Tradução
JOÃO AZENHA JR.

Revisão da tradução
Monica Stahel
Revisão gráfica
Coordenação de Maurício Balthazar Leal
Projeto gráfico
Cláudia Scatamacchia
Produção gráfica
Geraldo Alves

Dados Internacionais de Catalogação na Publicação (CIP)
(Câmara Brasileira do Livro, SP, Brasil)

Ende, Michael, 1929-
Jim Knopf e Lucas, o maquinista / Michael Ende ; ilustrações de Reinhard Michl ; [tradução João Azenha Jr.] – 2ª ed. – São Paulo : Martins Fontes, 2001. – (Coleção escola de magia)

ISBN 85-336-1378-4

1. Literatura infanto-juvenil I. Michl, Reinhard, 1948. II. Título. III. Série.

01-0223 CDD-028.5

Índices para catálogo sistemático:
1. Literatura infanto-juvenil 028.5
2. Literatura juvenil 028.5

Todos os direitos para a língua portuguesa reservados à
Livraria Martins Fontes Editora Ltda.
Rua Conselheiro Ramalho, 330/340
01325-000 São Paulo SP Brasil
Tel. (11) 239-3677 Fax (11) 3105-6867
e-mail: info@martinsfontes.com
http://www.martinsfontes.com

Michael Ende nasceu em 1929, na Alemanha. Hoje ele vive no interior da Itália, a 40 quilômetros de Roma. Sua casa se chama "Casa Liocorno" (casa do unicórnio) e fica no meio de um jardim cheio de oliveiras. Por problemas de dinheiro, Ende não pôde fazer universidade. Começou sua vida profissional trabalhando em teatro, como diretor, ator e roteirista. Também foi crítico de cinema. Em 1961 alcançou o primeiro sucesso como autor de livros infantis: ganhou o Prêmio Alemão de Literatura Infantil, pelos livros da série *Jim Knopf*. Depois disso, escreveu vários outros livros, entre os quais *Momo* (Manu, a menina que sabia ouvir), *A história sem fim*, etc. Ende ganhou vários outros prêmios pelo conjunto da sua obra.

Reinhard Michl fez as ilustrações para este livro. Nasceu na Alemanha em 1948. Formou-se em tipografia e estudou artes gráficas, desenho industrial e pintura. Atualmente mora e trabalha na cidade alemã de Munique.

Índice

Capítulo um, onde começa a história   1

Capítulo dois, onde chega um pacote misterioso   6

Capítulo três, onde quase foi tomada uma decisão muito triste, com a qual Jim não concordava   17

Capítulo quatro, onde uma embarcação muito esquisita vai ao mar e Lucas vê que pode confiar em Jim Knopf   25

Capítulo cinco, onde termina a viagem pelo mar e Jim vê árvores transparentes   32

Capítulo seis, onde uma cabeça gorda e amarela traz dificuldades aos nossos heróis   41

Capítulo sete, onde Ema brinca de carrossel e os dois amigos ficam conhecendo o neto de um mandalense   48

Capítulo oito, onde Lucas e Jim descobrem inscrições misteriosas   57

Capítulo nove, onde aparece um circo e alguém trama planos maldosos contra Jim e Lucas   66

Capítulo dez, onde Lucas e Jim correm grande perigo   72

Capítulo onze, onde Jim Knopf sem querer fica
   sabendo de um segredo   88

Capítulo doze, onde começa a viagem rumo ao
   desconhecido e nossos dois amigos vêem a
   Coroa do Mundo   103

Capítulo treze, onde as vozes do Vale do Crepúsculo
   começam a falar   110

Capítulo quatorze, onde Lucas é obrigado a
   reconhecer que, sem o seu pequeno amigo Jim,
   estaria perdido   118

Capítulo quinze, onde os viajantes chegam a um
   lugar maluco e descobrem uma pista fatal   128

Capítulo dezesseis, onde Jim Knopf passa por uma
   experiência fundamental   139

Capítulo dezessete, onde o gigante de mentira explica
   o que tinha de especial e dá uma prova de sua
   gratidão   148

Capítulo dezoito, onde os viajantes se despedem do
   gigante de mentira e não podem prosseguir
   quando chegam na Boca da Morte   154

Capítulo dezenove, onde Lucas e Jim consertam um
   pequeno vulcão e Ema ganha uma nova
   roupagem   163

Capítulo vinte, onde Ema é convidada por um
   dragão de raça pura para dar um passeio
   à noite   180

Capítulo vinte e um, onde Jim e Lucas conhecem
   uma escola em Mummerland   188

Capítulo vinte e dois, onde os viajantes entram debaixo da terra e vêem coisas maravilhosas   208

Capítulo vinte e três, onde a princesa de Mandala conta a sua história e Jim acaba se irritando com ela   220

Capítulo vinte e quatro, onde Ema recebe uma condecoração especial e os viajantes tomam avidamente seus diferentes cafés da manhã   233

Capítulo vinte e cinco, onde a senhora Dentão se despede e chega uma carta de Lummerland   247

Capítulo vinte e seis, onde as crianças se despedem e uma ilha flutuante é capturada   260

Capítulo vinte e sete, onde se comemora o noivado e este livro termina com uma agradável surpresa   272

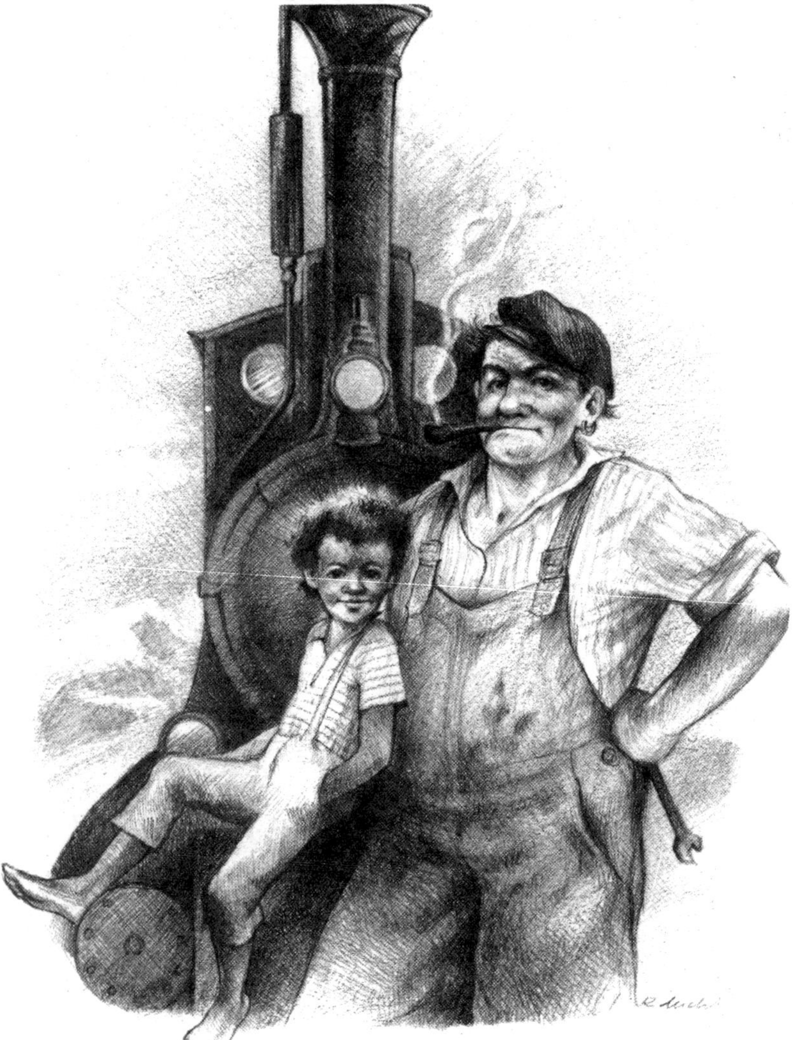

Capítulo um

onde começa a história

O país onde vivia Lucas, o maquinista, chamava-se Lummerland e era muito pequeno. Em comparação com a Alemanha, a África ou a China, então, Lummerland era minúsculo. Era mais ou menos do tamanho de duas casas juntas e a maior parte do país era composta de uma montanha de dois picos, um bem alto, e o outro um pouco mais baixo.

Um monte de caminhos subiam se enrolando na montanha, cheios de pequenas pontes e túneis. Fora isso, havia ainda os trilhos de uma estrada de ferro cheia de curvas, que atravessava cinco túneis e subia a montanha em ziguezague, até chegar aos dois picos.

É claro que também havia casas em Lummerland: uma delas era uma casa comum, e na outra funcionava uma pequena mercearia. Havia também uma pequena estação de trem que ficava no sopé da montanha. Ali morava Lucas, o maquinista. E em cima da montanha, entre os dois picos, havia um castelo.

Dá para perceber que o país já estava bem cheio. Não cabia mais nada e mais ninguém.

É importante dizer também que, se alguém resolvesse atravessar as fronteiras do país, molhava os pés na mesma hora. É que Lummerland era uma ilha.

A ilha ficava no meio do oceano vasto e infinito, e as ondas, grandes e pequenas, marulhavam dia e noite nas suas praias. Às vezes o mar ficava calmo e sereno, de forma que à noite a lua se refletia nele, e de dia o sol. Era um espetáculo muito bonito, e todas as vezes que isso acontecia Lucas, o maquinista, sentava-se na praia sentindo-se muito feliz.

A propósito, ninguém sabe por que a ilha se chamava justo Lummerland, e não outra coisa qualquer. Com certeza algum dia alguém ainda vai estudar esse assunto.

Em Lummerland, então, vivia Lucas, o maquinista, e sua locomotiva. Ela se chamava Ema. Era uma locomotiva-tênder* e estava em bom estado, embora fosse meio antiga. Ema era bem gordinha.

Alguém poderia perguntar: e para que um país tão pequeno precisa de locomotiva?

Ora, se um maquinista não tiver locomotiva, o que é que ele vai dirigir? Elevador? Então ele seria ascensorista. E maquinista que se preze quer mesmo é dirigir locomotiva, e não outra coisa qualquer. Além do mais, em Lummerland não havia elevadores.

Lucas, o maquinista, era um homem baixinho, meio gordo, que não queria nem saber se as pessoas precisavam ou não de locomotiva. Estava sempre de boné e macacão. Seus olhos eram azuis como o céu de Lummerland

---

*Locomotiva-tênder é aquela que tem um compartimento para carregar a água e o combustível de que ela precisa.

quando o tempo estava bom. Mas seu rosto e suas mãos estavam sempre pretos de óleo e fuligem. Embora ele se lavasse todos os dias com um sabão especial para maquinistas, a fuligem não saía mais. Estava muito impregnada na pele dele, pois havia muitos anos Lucas se sujava de preto todos os dias com seu trabalho. Quando sorria — e ele sorria com muita freqüência — mostrava dentes muito brancos e brilhantes, com os quais conseguia até quebrar nozes. Lucas usava uma argolinha de ouro na orelha esquerda e estava sempre fumando um cachimbão.

Lucas não era alto, mas tinha uma força espantosa. Se quisesse, seria capaz de dar um nó num trilho de ferro. Mas ninguém tinha idéia do quanto ele era forte, pois era um homem tranqüilo, que vivia em paz com todo mundo, e nunca precisara dar provas de sua força.

Além de tudo, Lucas também era artista. Um artista na arte de cuspir. Tinha uma pontaria tão boa que, com uma cuspida, era capaz de apagar um fósforo a uma distância de três metros e meio. E não era só isso. Ele sabia fazer uma coisa que ninguém no mundo fazia igual: sabia cuspir em *looping*.

Todos os dias Lucas percorria várias vezes aqueles trilhos em caracol, atravessava os cinco túneis, ia e voltava de uma ponta a outra da ilha, sem que nada de novo acontecesse. Ema ia soltando fumaça e apitando de alegria. Às vezes, o próprio Lucas começava a assobiar uma melodia, e então os dois assobiavam a duas vozes, o que era muito divertido de se ouvir. Principalmente nos túneis, o som ficava muito bonito. Além de Lucas e Ema, em Lummerland havia algumas outras pessoas. Havia, por exemplo, o rei que governava o país e que morava no castelo construído entre os dois picos de montanha. Ele se chamava Alfonso Quinze-para-Meio-Dia, pois tinha nascido aos quinze para o meio-dia. Era um soberano razoavelmente bom. De qualquer modo, ninguém podia falar mal dele, simplesmente porque ninguém podia falar *nada* dele. Ficava o tempo todo no castelo, sentado, de coroa na cabeça, roupão de veludo vermelho, chinelo xadrez, e falando no telefone. Ele tinha um enorme telefone de ouro.

O rei Alfonso Quinze-para-Meio-Dia tinha dois súditos — sem contar Lucas, que não era súdito, era maquinista. O primeiro súdito era um homem chamado senhor Colarinho. O senhor Colarinho geralmente saía para passear de cartola na cabeça e com um guarda-chuva fechado debaixo do braço. Ele morava naquela casa comum e não tinha profissão definida. Só passeava e existia. Sua função era ser súdito e ser mandado. Às vezes abria o guarda-chuva, em geral quando chovia. Não há mais nada para contar sobre o senhor Colarinho.

A outra súdita era uma mulher, aliás muito simpática. Era meio gordinha, mas não tanto quanto Ema, a locomotiva. Estava sempre com as maçãs do rosto vermelhas e se chamava senhora Heem, com dois "e". Algum antepassado dela devia ter sido meio surdo, daqueles que não entendem bem as coisas e ficam perguntando toda hora: "Heem?" As pessoas devem ter começado a chamá-lo de senhor Heem, e o sobrenome ficou. A senhora Heem morava na casa onde era a mercearia. Lá dava para comprar de tudo o que era preciso: chiclete, jornal, cordão de sapato, leite, salto de sapato, manteiga, espinafre, serra mecânica, açúcar, sal, pilha de lanterna, apontador, carteiras em forma de pequenas calças de couro, pérolas, lembrancinhas de viagem, cola... em resumo: de tudo.

Quase ninguém comprava as lembranças de viagem, pois em Lummerland não chegava nenhum viajante. Só o senhor Colarinho é que de vez em quando comprava alguma coisa, mais para ser simpático e porque tudo era muito barato do que por necessidade. Além do mais, ele gostava de bater papo com a senhora Heem.

Ah... já ia me esquecendo: as pessoas só viam o rei nos feriados, pois ele passava a maior parte do tempo reinando. Mas nos feriados, exatamente às quinze para meio-dia, ele saía à janela e acenava cordialmente. Então os súditos o saudavam com muita alegria, atiravam os chapéus para cima e Lucas fazia Ema apitar seu apito alegre. Depois todos ganhavam sorvete de baunilha e, em feriados muito especiais, sorvete de morango. O rei encomendava o sorvete para a sra. Heem, que era mestra em fazer sorvete.

E assim a vida seguia tranqüila em Lummerland, até que um dia... bem, é aí que começa a nossa história.

Capítulo dois

onde chega um pacote misterioso

Um belo dia, o barco do correio aportou na praia de Lummerland e o carteiro saltou carregando um pacote enorme.

— É aqui que mora uma tal senhora Denton, ou coisa parecida? — perguntou ele, com cara de quem está querendo ser gentil, o que nunca acontecia quando ele trazia a correspondência.

Lucas olhou para Ema, Ema olhou para os dois súditos, os dois súditos olharam um para o outro, e até o rei olhou pela janela, embora não fosse feriado nem quinze para o meio-dia.

— Caro senhor carteiro — disse o rei, meio zangado. — Há anos o senhor traz a nossa correspondência. O senhor me conhece muito bem e conhece meus súditos, e ainda vem perguntar se aqui mora uma tal de senhora Den Ton ou coisa parecida?

— Majestade, por favor — respondeu o carteiro —, leia o senhor mesmo!

Subiu correndo a montanha e entregou pela janela o pacote ao rei. No pacote estava o seguinte endereço:

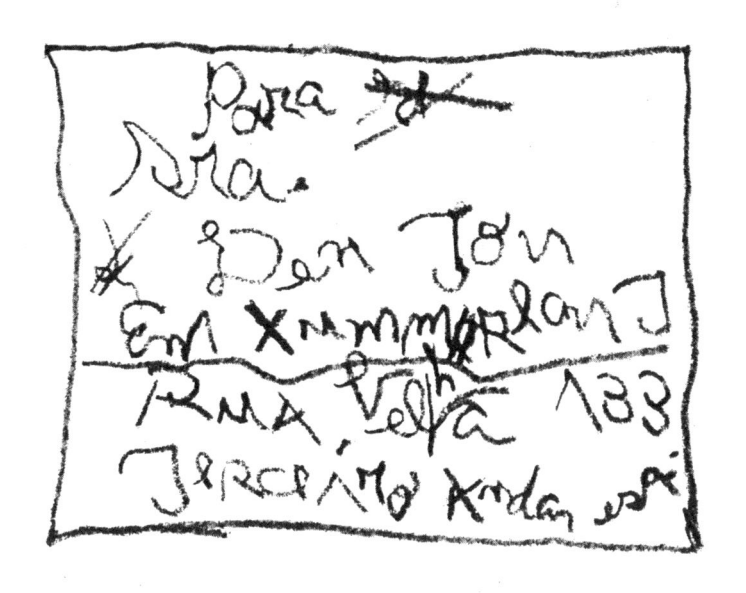

O rei leu o endereço, tirou os óculos e leu de novo. Era aquilo mesmo. O rei balançou a cabeça perplexo e disse a seus súditos:

— É mesmo... é inexplicável, mas é o que está escrito, letra por letra.

— O quê? — perguntou Lucas.

Muito confuso, o rei colocou os óculos de novo e disse: — E ouçam, meus súditos, o endereço que vou ler!

E, em voz alta, leu o que conseguiu entender.

— Que endereço esquisito! — disse o senhor Colarinho, quando o rei terminou.

— É mesmo — concordou o carteiro, indignado.
— Tem tanto erro, que quase não dá para decifrar o que está escrito. Isso é muito chato para nós, carteiros. Se pelo menos a gente soubesse quem escreveu...!

O rei virou o pacote de cabeça para baixo, procurando o remetente.

— Aqui só está escrito um número: treze — disse ele, olhando espantado para o carteiro e para os súditos.

— Que coisa mais esquisita! — repetiu o senhor Colarinho.

— Bem — disse o rei, decidido —, esquisito ou não, XUmmrLanT só pode significar Lummerland! Portanto, não há dúvida de que a tal senhora Den Ton, ou coisa parecida, deve ser moradora da nossa ilha. Isso é indiscutível!

Satisfeito com a conclusão, o rei tirou os óculos e enxugou a testa com o lenço.

— Bem... mas na nossa ilha não existe nenhum terceiro andar — disse a senhora Heem.

— Isso é verdade — concordou o rei.

— E também não existe "Rua Velha" — disse o senhor Colarinho.

— Infelizmente isso também é verdade — suspirou o rei, muito preocupado.

— E também não existe número 133 — acrescentou Lucas, empurrando o boné para trás. — E eu sei do que estou falando. Afinal de contas, eu já andei muito por essa ilha toda.

— Muito estranho! — murmurou o rei, balançando a cabeça sem saber o que fazer. Todos os súditos também balançaram a cabeça, murmurando: — Muito estranho!

— Só pode ser um engano — disse Lucas, depois de algum tempo. Mas o rei respondeu:

— Pode ser um engano, mas também pode não ser. Se não for engano, significa que eu tenho mais um súdito! Um súdito que eu não conheço! Isto é muito, muito intrigante!

O rei correu para o telefone, e de tanta ansiedade ficou telefonando durante três horas sem parar.

Nesse meio tempo, os súditos e o carteiro resolveram percorrer toda a ilha com Lucas, procurando direitinho em todos os lugares. Subiram na locomotiva Ema e partiram. Em cada parada, Ema apitava bem alto, os passageiros desciam e gritavam:

— Senhora Deeen Toooon! Chegou um pacoooooootee para a senhooooora!

Mas ninguém respondia.

— Muito bem — disse o carteiro —, não tenho mais tempo para continuar procurando, pois ainda preciso entregar muita correspondência. Então... vou deixar o pacote aqui com vocês. Talvez vocês ainda encontrem a senhora Den Ton, ou coisa parecida. Volto na semana que vem, e se não tiver aparecido ninguém com esse nome levo o pacote de volta.

Pulou para dentro de seu barquinho postal e foi embora.

O que fazer com o pacote?

Os súditos e Lucas ficaram muito tempo discutindo o assunto. Então o rei apareceu novamente na janela dizendo que tinha refletido muito, telefonado muito, e tinha chegado à seguinte conclusão: a senhora Den Ton, ou coisa parecida, sem dúvida era uma mulher. E, pelo que ele sabia, a única mulher em Lummerland era a senhora Heem. Portanto, talvez o pacote fosse para ela. Por via das dúvidas, o rei disse que concedia sua permissão real para que o pacote fosse aberto, para que todo aquele mistério fosse logo desvendado. Os súditos acharam muito sábia a ordem do rei e a senhora Heem começou imediatamente a abrir o pacote.

Desfez o nó do barbante e desembrulhou o pacote. Aí apareceu uma caixa enorme, cheia de buracos, como aquelas que a gente usa para guardar insetos vivos. A senhora Heem abriu a caixa e dentro encontrou uma outra, um pouco menor. Também era cheia de buracos e estava bem protegida com palha e serragem. Com certeza era alguma coisa fácil de quebrar, alguma coisa de vidro, ou então um rádio. Mas então... para que os buracos? Mais do que depressa a senhora Heem abriu a tampa e dentro da caixa ela encontrou... uma outra caixa toda esburacada, mais ou menos do tamanho de uma caixa de sapatos. A senhora Heem a abriu e dentro da caixa havia... um bebezinho negro! Com olhos arregalados e brilhantes, ele olhava para todo mundo e parecia estar muito feliz por poder sair daquela caixa desconfortável.

— Um bebê! — gritaram todos, muito espantados.
— Um bebezinho preto!

— Deve ser filho de negros — observou o senhor Colarinho, com cara de quem entendia do assunto.

— É verdade! — disse o rei, colocando os óculos. — É espantoso... muito espantoso!

E tirou novamente os óculos.

Até aquela hora, Lucas não tinha dito nada, mas estava com uma cara bem sombria.

— Nunca vi uma coisa tão terrível em toda a minha vida! — disse ele, vermelho de raiva. — Embrulhar um menininho desse tamanho numa caixa de papelão! O que teria acontecido se nós não tivéssemos aberto a

— *Deve ser filho de negros* — *observou
o senhor Colarinho...*

caixa? Ah, mas se eu pegar quem fez isso juro pelo meu nome, Lucas, o maquinista, que enquanto ele viver não vai esquecer a surra que vai levar de mim!

Quando o bebê ouviu Lucas vociferando daquele jeito, começou a chorar. Ele ainda era muito pequeno para entender o que estava acontecendo, e pensou que Lucas estava bravo com ele. Além do mais, ele tinha levado um susto enorme com a cara preta do maquinista. O bebê ainda não sabia que a cara dele também era preta.

A senhora Heem imediatamente pegou a criança no colo. Ao lado dela, Lucas estava com uma cara de muito preocupado, pois tinha assustado o bebê sem querer.

A senhora Heem estava incrivelmente feliz. Ela sempre desejara ter um bebê, para toda noite poder costurar calças e camisas para ele. Ela adorava costurar. Como o bebê era preto, ela ficou mais contente ainda, pois preto combina muito bem com roupa cor-de-rosa, e rosa era a cor predileta dela.

— Como ele vai se chamar? — perguntou o rei.

— A criança precisa ter um nome!

O rei tinha razão. Então todos começaram a pensar num nome. Finalmente, Lucas disse:

— Eu o chamaria de Jim, e ele vai ser um rapagão.

Depois voltou-se para o bebê e, tomando muito cuidado para não assustá-lo com sua voz, disse:

— E então, Jim, vamos ser amigos?

O bebê estendeu suas mãozinhas escuras que só tinham as palmas rosadas; Lucas pegou nelas cuidadosamente com suas grandes mãos pretas e disse:

— Olá, Jim...!

E Jim sorriu.

Daquele dia em diante foram amigos.

Uma semana depois, o carteiro voltou. A senhora Heem foi até a praia e de longe gritou para ele prosseguir viagem sem aportar na ilha, que tudo estava em ordem, que o pacote era para ela mesma e que tinham escrito o nome e o endereço dela de forma ilegível.

Ela ia dizendo tudo isso com o coração na boca, pois era tudo mentira. Mas ela tinha muito medo de que o carteiro pegasse a criança de volta. E ela não queria perder Jim, pois já gostava muito do menino.

O carteiro respondeu: — Então tudo bem. Bom dia, senhora Heem! — e prosseguiu a viagem.

A senhora Heem respirou aliviada, correu para a mercearia e, com Jim no colo, saiu pulando de alegria pela casa. Mas de repente, porém, lembrou que Jim não era seu filho de verdade, e achou que talvez tivesse agido mal. Esses pensamentos a deixaram muito triste.

Mesmo mais tarde, quando já estava um pouco maior, o garoto percebia que de vez em quando a senhora Heem ficava muito séria de repente, colocava as mãos no colo e olhava para ele com uma cara muito preocupada. Nesses momentos passava pela cabeça dela a pergunta sobre quem seria de fato a verdadeira mãe do menino...

— Um dia eu vou ter que contar a verdade a ele — dizia ela suspirando, quando desabafava suas angústias ao rei, ao senhor Colarinho ou a Lucas. Muito sérios, eles concordavam e achavam que ela devia fazê-lo.

Mas a senhora Heem sempre acabava adiando esse momento.

É claro que ela nem podia imaginar que um dia Jim ia descobrir tudo, só que não através dela, mas de um jeito muito especial.

Bem, agora Lummerland tinha um rei, um maquinista, uma locomotiva e dois súditos e meio, pois Jim ainda era pequeno demais para ser contado como um súdito inteiro.

Mas com o passar dos anos ele cresceu, tornou-se um menino como outro qualquer, que fazia travessuras, atazanava o senhor Colarinho e não gostava muito de tomar banho — como quase todos os garotos. Ele achava uma bobagem essa história de tomar banho, pois, como era preto, ninguém podia perceber se seu pescoço estava limpo ou não. Mas a senhora Heem não concordava com isso e não parou de insistir, até que o próprio Jim acabou reconhecendo a necessidade de se lavar.

A senhora Heem tinha muito orgulho do garoto, embora estivesse sempre preocupada com ele por algum motivo — como todas as mães. Ela se preocupava até quando não havia motivo para preocupação. Ou então quando havia algum motivo bobo, como por exemplo o fato de Jim adorar comer a pasta de dente, em vez de usá-la para escovar os dentes. Ele achava o gostinho da pasta uma delícia.

Por outro lado, Jim também era muito prestativo. Por exemplo, quando o rei, Lucas ou o senhor Colarinho queriam comprar alguma coisa na mercearia e a senhora Heem estava ocupada, era Jim que servia.

O melhor amigo de Jim era e continua sendo Lucas, o maquinista. Eles não precisavam falar muito para se entender; davam-se muito bem já pelo fato de Lucas também ser quase preto. Muitas vezes Jim viajava junto com Lucas na locomotiva Ema, e Lucas mostrava e explicava tudo para o menino. Às vezes, Lucas deixava

Eles não precisavam falar muito para se entender...

o próprio Jim dirigir a locomotiva um pouco, naturalmente sem sair de perto.

Aliás, o maior desejo de Jim era ser maquinista quando ele crescesse, principalmente porque era uma profissão que se adaptava muito bem à cor de sua pele. Mas, para isso, primeiro ele teria que ter sua própria locomotiva, e todo mundo sabe que não é fácil conseguir uma locomotiva, principalmente em Lummerland.

Bem, agora a gente já sabe tudo de importante sobre Jim; falta contar apenas como foi que surgiu o sobrenome dele. Foi assim: Jim estava sempre com um buraco nas calças, e sempre no mesmo lugar. A senhora Heem já havia costurado o buraco centenas de vezes, mas depois de algumas horas ele aparecia de novo. Jim tomava o maior cuidado, mas era só ele subir numa árvore, ou descer escorregando do pico mais alto, que — ratsch!! — o buraco aparecia de novo. Finalmente a senhora Heem encontrou a solução: caseou as bordas do buraco e ao lado dele pregou um grande botão. Então, para abrir o buraco, não era preciso rasgá-lo, era só desabotoá-lo. E, em vez de costurá-lo, era só abotoá-lo. Desse dia em diante, todo mundo na ilha chamava Jim de Jim Knopf. Em alemão, "Knopf" significa "botão", e em Lummerland todos falavam alemão.

Capítulo três

onde quase foi tomada uma decisão muito triste, com a qual Jim não concordava

Os anos se passaram, e agora Jim Knopf já era quase um meio-súdito. Se fosse em outro país, na certa ele já teria que estar sentado na carteira de uma escola para aprender a ler, escrever e calcular; mas em Lummerland não havia escolas e ninguém se lembrou de que o menino já estava na idade de aprender a ler, escrever e calcular. É claro que nem o próprio Jim pensava nessas coisas, e passava os dias se divertindo.

Todos os meses a senhora Heem media a altura do menino. Fazia Jim se encostar descalço na porta da cozinha, e colocando um livro sobre a cabeça do menino fazia um risquinho a lápis, marcando a altura dele no batente. A cada mês a marca estava um pouco mais para cima.

A senhora Heem estava muito satisfeita com o crescimento de Jim. Mas, enquanto isso, uma outra pessoa estava muito preocupada, pelo mesmo motivo: o rei, que tinha que governar o país e era responsável pelo bem-estar de seus súditos.

Certa noite, o rei mandou chamar Lucas, o maquinista, em seu castelo situado entre os dois picos da montanha. Lucas entrou, tirou o boné da cabeça e o cachimbo da boca e disse cordialmente:

— Boa-noite, senhor rei!

— Boa noite, meu caro Lucas maquinista — respondeu o rei. Sentado ao lado do telefone de ouro, o rei apontou para uma cadeira vazia e disse: — Sente-se, por favor!

Lucas sentou-se.

— Bem... — começou o rei com uma tossidinha nervosa. — Na verdade, Lucas, não sei como começar. Mas espero que você entenda o que vou dizer.

Lucas não respondeu. A expressão de preocupação do rei deixara-o com a pulga atrás da orelha.

O rei deu mais uma tossidinha, olhou para Lucas com cara de quem não sabe o que dizer e recomeçou:

— Você sempre foi um homem muito sensato, Lucas.

— Afinal, qual é o assunto? — perguntou Lucas, desconfiado.

O rei tirou a coroa, bafejou em cima dela e a lustrou com a manga da camisola. Fazia isso para ganhar tempo, pois estava muito confuso. Então, pôs a coroa de novo na cabeça com um gesto decidido, deu mais uma tossidinha e disse:

— Caro Lucas, pensei muito até chegar à conclusão de que não há outra solução. Teremos que fazê-lo.

— Teremos que fazer o quê, Majestade? — perguntou Lucas.

— Eu ainda não disse? — murmurou o rei, decepcionado. — Pensei que tinha acabado de dizer.

— Não — respondeu Lucas. — Sua Majestade disse apenas que temos que fazer alguma coisa.

Pensativo, o rei ficou olhando para o vazio. Depois de algum tempo, balançou a cabeça e disse:

— Engraçado... eu seria capaz de apostar que acabei de dizer que vamos ter que nos livrar de Ema.

Lucas achou que não tinha ouvido bem. Por isso perguntou:

— Fazer o que com Ema?

— Livrar-nos dela — respondeu o rei, balançando a cabeça com uma cara muito séria. — É claro que não precisa ser já, mas o quanto antes. Eu sei que vai ser difícil para todos nós nos separarmos de Ema... mas será preciso.

— Nunca, Majestade! — disse Lucas, com voz firme. — Além do mais, por que o faríamos?

— Veja bem — disse o rei, tentando acalmá-lo —, Lummerland é um país pequeno. É pequeno demais, se comparado com outros países e continentes como a Alemanha, a África ou a China. Para um rei, uma locomotiva, um maquinista e dois súditos, até que basta. Mas quando aparece mais um súdito...

— Mas ele é só meio-súdito! — argumentou Lucas.

— Claro, claro — concordou o rei, já aflito. — Mas por quanto tempo? O menino está crescendo a cada dia. Tenho que pensar no futuro do país! Afinal... para isso é que sou o rei! Não vai levar muito tempo para o Jim Knopf se transformar num súdito inteiro. E, quando isso acontecer, ele vai querer construir sua própria casa. Agora me diga: onde é que vamos colocar mais uma casa? Não há mais lugar, pois todos os espaços livres estão cheios de trilhos. Não tem outro jeito. É o único remédio.

— Droga!! — resmungou Lucas coçando a cabeça.

— Veja bem — prosseguiu o rei, pesando muito bem cada palavra. Nosso país sofre de superpopulação. Quase todos os países do mundo enfrentam esse problema. Mas em Lummerland ele é mais grave ainda. Estou preocupado. O que vamos fazer?

— Eu também não sei — disse Lucas.

— Ou nos livramos de Ema, a locomotiva, ou então um de nós terá de ir embora, assim que Jim Knopf se tornar um súdito inteiro. Você é amigo de Jim, meu caro Lucas. Por acaso você quer que ele vá embora de Lummerland quando crescer?

— Não — respondeu Lucas, muito triste. — Isso não.

E depois de algum tempo Lucas acrescentou: — Mas também não posso me separar de Ema. O que é um maquinista sem locomotiva?

— Bem... — disse o rei. — Pense bem em tudo isso. Sei que você é um homem sensato, racional. Você ainda tem tempo para tomar uma decisão. Mas não há como fugir dela!

E o rei estendeu a mão a Lucas, mostrando que a audiência tinha terminado.

Lucas levantou-se, colocou o boné e, cabisbaixo, deixou o palácio. Com um suspiro, o rei recostou-se em sua poltrona e enxugou o suor da testa com o lenço de seda. Aquela conversa exigira muito dele.

Lucas voltou bem devagarinho para a estação onde morava, ao pé da montanha. Ema, a locomotiva, estava esperando por ele. O maquinista deu uns tapinhas no corpo arredondado da locomotiva e lhe ofereceu um pouco de óleo, coisa de que ela gostava muito. Depois sentou-se na praia e apoiou a cabeça nas mãos. Naquela tarde o mar estava calmo, parado. O sol poente refletia-se no oceano infinito, e com sua luz desenhava um caminho dourado que vinha do horizonte até os pés do maquinista Lucas. Lucas olhou para aquele caminho que levava para bem longe, para países e continentes desconhecidos... só Deus sabe para onde. Ficou observando atentamente o lento pôr-do-sol, e viu que aquele caminho de luz ficava cada vez mais estreito, até desaparecer.

Balançou a cabeça com tristeza e disse baixinho:
— Está muito bem. *Nós* iremos embora. Nós dois.

Uma brisa suave soprava do mar e ele sentiu um pouco de frio. Levantou-se, foi até onde Ema estava e ficou olhando para ela durante longo tempo. Ema logo percebeu que tinha acontecido alguma coisa. É claro que as locomotivas não são muito inteligentes — tanto que precisam de alguém para dirigi-las —, mas elas são muito sensíveis. Quando Ema ouviu Lucas murmurar baixinho, e com muita tristeza: — Minha boa e velha Ema! — a locomotiva ficou tão amargurada, que parou de ofegar e prendeu a respiração.

— Ema — murmurou Lucas, baixinho, num tom muito estranho. — Não vou me separar de você. Não! Ficaremos juntos onde quer que seja, na terra ou no céu, se é que vamos para lá.

Ema não entendia o que Lucas estava querendo dizer, mas, como gostava muito dele, não agüentou vê-lo tão triste, e começou a chorar de um jeito que era de cortar o coração.

Com muita dificuldade, Lucas conseguiu acalmá-la: — É por causa do Jim Knopf, entende? — disse ele.

— Logo, logo ele vai ser um súdito inteiro, e alguém vai ter que sair, pois não há lugar para todos. Como um súdito é mais importante para um país do que uma locomotiva gorda, o rei decidiu que você precisa ir embora. Só que, você indo embora, é claro que eu também vou! O que seria de mim sem você?

Ema segurou a respiração, e já ia começar a chorar de novo, quando ouviu uma voz de criança perguntar:

— O que está acontecendo?

Era Jim Knopf, que de tanto esperar por Lucas acabara adormecendo dentro do tênder de carvão. Quando Lucas começou a falar com Ema, Jim acordou e não pôde deixar de ouvir tudo.

— Oi, Jim — disse Lucas, surpreso. — Bem... não era para você ouvir. Mas, afinal, por que você não pode saber? Olha... Ema e eu... nós dois precisamos partir. Para sempre. Tem que ser assim.

— Por minha causa? — perguntou Jim, assustado.

— Se a gente analisar direitinho — disse Lucas —, até que o rei tem razão. Lummerland é mesmo pequena demais para todos nós.

— E quando vocês estão pensando em ir embora? — gaguejou Jim.

— É melhor não prolongar demais essa despedida, já que ela tem que acontecer — respondeu Lucas, muito sério. — Acho que vamos partir essa noite mesmo.

Jim pensou um pouco. Então, decidido, disse:

— Eu vou junto!

— Mas Jim! — exclamou Lucas —, nem pensar! O que diria a senhora Heem? Ela nunca iria permitir!

— É melhor nem pedir! — replicou Jim, decidido. — Vou deixar uma carta para ela na mesa da cozinha, explicando tudo. Quando ela ficar sabendo que eu fui com vocês, não vai se preocupar muito.

— Não acredito — disse Lucas, pensativo. — Além do mais, você nem sabe escrever.

— Então eu desenho uma carta — replicou Jim.

Mas Lucas fez um gesto de reprovação com a cabeça: — Não, meu caro, não posso levar você. É muita gentileza de sua parte, e eu bem que gostaria de levá-lo, mas não dá. Afinal você ainda é muito pequeno e só iria nos...

Não acabou o que ia dizer, pois Jim olhou-o com cara de quem está muito infeliz, mas já tomou uma decisão.

— Lucas — disse Jim, bem baixinho —, por que você está dizendo tudo isso? Você vai ver que eu sei me comportar muito bem.

— Eu sei — respondeu Lucas, meio sem jeito —, é claro que você é um menino muito prestativo, e em algumas situações é bem melhor ser pequeno. Até aí tudo bem...

Acendeu seu cachimbo e, em silêncio, deu umas baforadas. Ele estava quase concordando, mas queria testar o garoto. Por isso, repetiu:

— Pense bem, Jim! A Ema tem que ir embora para no futuro você ter um espaço. Se você também resolver ir embora, ela poderia muito bem ficar. E eu também.

— Não! — disse Jim, com cara de teimoso. — Não vou abandonar meus melhores amigos! Ou ficamos os três aqui, ou vamos todos embora. Se aqui não podemos ficar... então vamos embora: os três!

Lucas riu:

— É muita gentileza sua, velho Jim — disse ele, colocando a mão no ombro de seu amigo. — Só não sei se o rei vai gostar. Com certeza ele não imaginou que isso fosse acontecer.

— Pouco me importa — dise Jim —, eu vou com você de qualquer jeito.

Lucas ficou pensando um tempão, envolto na fumaça do cachimbo. Ele sempre fazia isso quando estava emocionado e não queria que percebessem. Mas Jim o conhecia muito bem.

— Tudo bem! — exclamou Lucas, por trás daquela cortina de fumaça. — Espero por você aqui à meia-noite.

— Combinado — respondeu Jim.

Trocaram um aperto de mão, e Jim já ia se afastando quando Lucas chamou mais uma vez.

— Jim Knopf — disse Lucas, de um jeito quase solene —, você é o cara mais legal que conheci na minha vida.

Dizendo isso, Lucas deu meia-volta e saiu correndo. Jim ficou olhando para ele, pensativo, e depois também saiu correndo para casa. As palavras de Lucas continuavam soando nos ouvidos dele, e ao mesmo tempo ficou pensando na senhora Heem, que sempre tinha sido tão boa para ele.

Sentia-se feliz e infeliz ao mesmo tempo.

Capítulo quatro

*onde uma embarcação muito esquisita vai ao mar
e Lucas vê que pode confiar em Jim Knopf*

Depois do jantar, Jim começou a bocejar, como se estivesse morto de sono, e foi logo para a cama. A senhora Heem ficou meio espantada, porque geralmente dava muito trabalho convencer Jim a ir se deitar. "Acho que aos poucos ele está começando a criar juízo", ela pensou. Depois que Jim deitou, ela foi mais uma vez até o quarto dele, deu-lhe um beijo de boa-noite, apagou a luz e saiu. Então voltou para a cozinha, para fazer mais uma parte do pulôver que estava tricotando para o menino.

Jim ficou deitado, esperando. A luz da lua entrava pela janela e estava tudo muito quieto. Só se ouviam as ondas do mar quebrando nas praias; de vez em quando, dava para ouvir o barulho das agulhas de tricô batendo uma na outra, lá na cozinha. De repente passou pela cabeça de Jim que ele nunca ia usar o pulôver que a senhora Heem estava fazendo... o que ela faria se soubesse?

Ao pensar nisso, o menino sentiu um aperto tão grande no coração, que teve vontade de começar a chorar ou de correr até a cozinha e contar tudo para ela.

Mas então pensou outra vez nas palavras de Lucas, ao se despedir dele. Entendeu que era melhor ficar calado. Só que isto era difícil, muito difícil mesmo, ainda mais para alguém que ainda era um meio-súdito.

Além do mais, com uma coisa Jim não havia contado: o sono. Ele nunca tinha ficado acordado até aquela hora, e quase não estava conseguindo manter os olhos abertos. Se pelo menos ele pudesse ficar andando ou então brincando de alguma coisa! Mas ali, naquela cama quentinha, seus olhos teimavam em fechar.

Jim só pensava em como seria gostoso deixar o sono tomar conta dele. Esfregava os olhos e beliscava o braço para continuar acordado. Foi uma luta! Até que não conseguiu mais se controlar e adormeceu.

Viu-se na praia, olhando a locomotiva Ema, que caminhava lá longe, sobre as ondas do mar noturno, como se a água fosse sólida. Na cabine do maquinista, Jim via seu amigo Lucas iluminado pelo vermelho do fogo, acenando com um lenço vermelho e gritando:

— Por que você não veio? Seja feliz, Jim... Seja feliz, Jim... Seja feliz, Jim...

Sua voz era estranha e ecoava na noite. De repente começou a relampejar e a trovejar, e as rajadas do vento gelado que vinha do mar batiam em Jim como chicotadas. Misturada ao zunido do vento, a voz de Lucas:

— Por que você não veio? Seja feliz... Seja feliz, Jim...

A locomotiva ia diminuindo. Jim ainda conseguiu vê-la uma vez, iluminada pelo clarão de um raio, antes de ela desaparecer no escuro horizonte.

O menino fazia um esforço desesperado para sair

correndo atrás da locomotiva pelo mar adentro, mas suas pernas pareciam estar fincadas no chão. Com o esforço, Jim acordou de um salto e ficou muito assustado.

O quarto estava claro, inundado pelo luar. Que horas seriam? Será que a senhora Heem já estava dormindo? Será que já tinha passado de meia-noite e o seu sonho se tornara realidade?

Naquele momento, o relógio da torre do palácio real deu doze badaladas.

Jim pulou da cama, vestiu-se correndo, e já ia escapando pela janela quando se lembrou da carta. Tinha que desenhar uma carta para a senhora Heem, senão ela ia morrer de preocupação, e isso ele não queria. Com as mãos tremendo, Jim arrancou uma folha do caderno e nela desenhou o seguinte:

Traduzindo: Fui embora com Lucas, o maquinista, e a locomotiva Ema.

Depois, um pouco mais abaixo, desenhou rapidamente:

Traduzindo: Não se preocupe. Fique tranqüila.

Por fim, ainda teve tempo de desenhar:

que queria dizer: Um beijo do seu Jim.

Colocou a folha de papel em cima do travesseiro, subiu depressa no parapeito da janela e saiu sem fazer barulho.

Quando chegou ao local combinado, Ema, a locomotiva, não estava mais lá. Também não conseguiu ver Lucas em lugar nenhum. Jim correu até a praia e, chegando lá, viu que Ema já estava dentro da água. Montado na locomotiva estava Lucas, o maquinista. Ele acabava de içar uma vela, cujo mastro prendera bem firme junto à cabine do maquinista.

— Lucas! — gritou Jim, quase sem fôlego, — espere por mim! Lucas! Olha eu aqui!

Lucas virou-se surpreso, e um largo sorriso de alegria iluminou seu rosto.

— Por Deus... é o Jim Knopf! — disse ele. — E eu que pensei que você tinha decidido ficar! Já faz tempo que deu meia-noite!

— Eu sei — respondeu Jim. Saiu correndo, pegou a mão de Lucas e se atirou para cima de Ema. — É que eu tinha me esquecido da carta e tive que voltar.

— E eu achei que você tinha pegado no sono — disse Lucas, soltando baforadas de fumaça do cachimbo.

— Não, eu não dormi, não! — protestou Jim. Não

era bem verdade, mas o menino não queria que o amigo pensasse que ele era irresponsável.

— Você ia mesmo embora sem mim?

— Bem... — disse Lucas — é claro que eu ia esperar um pouquinho, mas depois... Como é que eu podia saber se nesse meio tempo você não tinha decidido outra coisa? Podia ser, não podia?

— Mas a gente tinha combinado! — disse Jim, em tom de repreensão.

— Tá certo — concordou Lucas. — Estou muito feliz por você ter cumprido o que nós combinamos. Agora sei que posso confiar em você. Aliás, o que você está achando do nosso navio?

— Superlegal! — disse Jim. — E eu que sempre pensei que as locomotivas afundassem na água...

Lucas sorriu de satisfação.

— E afundam mesmo, se a gente não escoar a água da caldeira, não esvaziar o tênder de carvão e não calafetar as portas — explicou ele, soltando argolinhas de fumaça. — É um truque que nem todo mundo conhece.

— O que é mesmo que a gente tem que fazer com as portas? — perguntou Jim, que nunca tinha ouvido aquela palavra.

— Calafetar — repetiu Lucas. — A gente tem que encher bem todas as fendas com estopa e breu, para não deixar passar nem uma gota de água. Isso é muito importante, pois, com a cabine impermeável e a caldeira e o tênder vazios, a Ema não afunda. Sem contar que, se chover, a gente tem um belo camarote.

— Mas como a gente vai entrar lá dentro, com as portas tão bem fechadas? — perguntou Jim.

— Dá para passar engatinhando por baixo do tênder — disse Lucas. — Está vendo como é quando a gente sabe como as coisas são feitas? Dá até para fazer uma locomotiva como a Ema nadar como um pato.

— É mesmo — disse Jim, admirado. — Mas ela não é de ferro?

— E daí? — respondeu Lucas, cuspindo em *looping* na água. — Muitos navios também são de ferro. Uma lata vazia também é de ferro, e no entanto não afunda, se não entrar água dentro dela.

— É mesmo... — disse Jim. Ele achava Lucas muito inteligente. Com um amigo daqueles ia ser difícil alguma coisa não dar certo. Agora sim ele se sentia muito feliz por ter mantido a palavra.

— Se você topar — disse Lucas —, vamos partir agora mesmo.

— Certo — concordou Jim.

Soltaram as amarras que prendiam Ema à margem. O vento encheu a vela. O mastro rangeu baixinho e aquela estranha embarcação se pôs em movimento.

Além do murmúrio do vento e do barulhinho das ondas na proa de Ema, não se ouvia nenhum outro ruído.

Lucas colocou o braço no ombro de Jim. Em silêncio, os dois ficaram vendo Lummerland se afastar. A casa da senhora Heem, a casa do senhor Colarinho, a estaçãozinha e o castelo do rei entre os dois picos desiguais foram ficando cada vez mais longe, envoltos no silêncio da noite e na luz do luar.

Uma lágrima desceu pelas bochechas escuras de Jim.

— Você está triste? — perguntou Lucas, baixinho.

Seus olhos também estavam com um brilho diferente. Jim fungou, passou a mão nos olhos e sorriu corajosamente.

— Já passou.

— É melhor a gente não ficar olhando para trás — disse Lucas dando um tapinha carinhoso nos ombros de Jim. Então viraram-se e ficaram olhando só para a frente.

— Bem... — disse Lucas — vou colocar mais um pouco de fumo no cachimbo, e a gente vai conversar um pouco.

Colocou fumo no cachimbo, acendeu-o, deu algumas baforadas e os dois começaram a conversar. Depois de algum tempo, já estavam contentes de novo, rindo satisfeitos.

E assim velejaram mar adentro, por aquelas águas prateadas de luar.

Capítulo cinco

onde termina a viagem pelo mar e Jim vê árvores transparentes

A viagem transcorreu sem maiores incidentes. Por sorte, o tempo estava bom. Uma brisa leve e contínua soprava dia e noite contra a vela e empurrava Ema para frente.

— Eu só queria saber para onde a gente está viajando — disse Jim, muito pensativo.

— Não tenho a menor idéia — respondeu Lucas, confiante. — Vamos dar um tempo para ver o que nos espera...

Durante alguns dias, os dois amigos foram se divertindo com um cardume de peixes voadores que os acompanhou. É que os peixes voadores são muito engraçados. Ficavam zunindo em volta da cabeça de Jim e brincando de pegador com ele. Só que Jim nunca conseguia pegar nenhum peixe, pois eles eram muito rápidos. No entusiasmo da brincadeira, Jim chegou a cair algumas vezes na água. Por sorte, ele sabia nadar muito bem, pois tinha aprendido nas praias de Lummerland quando ainda era bem pequeno. Quando Lucas o tirava da água e ele subia no teto da cabine para se secar, todos os peixes voadores colocavam a cabeça para fora

— *Eu só queria saber para onde a gente está viajando* — *disse Jim, muito pensativo.*

e abriam a boca, como se estivessem rindo. É claro que não se ouvia nada, pois, como todo mundo sabe, os peixes são mudos.

Quando nossos viajantes sentiam fome, colhiam algumas peras e pepinos do mar das altas árvores de coral. Essas árvores cresciam tanto, que iam do fundo do mar até a superfície da água. Os frutos do mar eram nutritivos e ricos em vitaminas; além do mais, tinham tanto suco, que os dois amigos nunca sentiam sede. (A água do mar não é potável, porque é muito salgada.)

Durante o dia, um contava histórias para o outro, eles assobiavam algumas canções ou jogavam "rouba-monte". Por precaução, Lucas havia trazido vários jogos, pois já sabia que a viagem seria longa.

À noite, quando queriam dormir, abriam a tampa do tênder, que ficava sempre fechada para não entrar água lá dentro, e passavam pelo buraco de alimentação de carvão até chegar à cabine do maquinista. Do lado de dentro, Lucas fechava bem a tampa do tênder. Depois eles se enrolavam em cobertas bem quentinhas e se ajeitavam para dormir. É claro que aquele camarote era meio estreito, mas também era muito confortável. A água batia devagarinho nas portas calafetadas fazendo um glu-glu-glu gostoso de ouvir. Nessa hora, a locomotiva Ema ficava parecendo um berço gigante, balançando, balançando...

Certa manhã, ou melhor, no terceiro dia da quarta semana de viagem, Jim acordou bem cedo. Podia jurar que tinha sentido um solavanco.

"O que será isso?", pensou. "E por que a Ema parou de balançar e está tão quietinha?"

Como Lucas ainda estava dormindo profundamente, Jim resolveu verificar sozinho o que tinha acontecido. Tomando cuidado para não acordar seu amigo, o menino levantou-se, subiu na pontinha dos pés e olhou pela janela.

Na luz rosada da aurora, viu uma paisagem incrivelmente bonita e suave. Nunca tinha visto nada tão maravilhoso, nem nos livros!

— Não é possível — disse ele —, não pode ser verdade. Devo estar sonhando.

Mais do que depressa, deitou-se novamente e fechou os olhos para continuar a sonhar. Mas com os olhos fechados ele não via mais nada. Por isso, aquilo não podia ser um sonho. Levantou-se mais uma vez e olhou para fora... e lá estava aquela paisagem.

Havia árvores e flores maravilhosas, de cores e formas muito estranhas; curiosamente, todas elas pareciam ser transparentes, transparentes como vidro colorido. Diante da janela havia uma árvore bem grossa e bem velha... tão grande, que três homens de mãos dadas não conseguiriam abraçar seu tronco. Só que dava para ver tudo o que havia por trás dela... era como se a gente olhasse através de um aquário. A árvore era de cor violeta-claro, e por isso tudo o que estava por trás dela também parecia ser violeta-claro. Uma névoa perfumada pairava por sobre os campos, e aqui e ali havia rios sinuosos, e sobre eles passavam pontes estreitas e delicadas de porcelana. Algumas dessas pontes tinham um telhadinho, e dele pendiam milhares de pequenos sinos de prata, que brilhavam à luz da manhã. Em muitas árvores e flores também havia sininhos de prata, pendurados, e, quando soprava uma brisa leve, ouvia-se aqui e ali um tilintar de sinos a várias vozes. Parecia um som de outro mundo.

Borboletas enormes de asas brilhantes voavam de flor em flor, e passarinhos minúsculos de bicos compridos e encurvados sugavam o mel e as gotas de orvalho dos cálices das flores. Esses passarinhos não eram maiores do que um zangão. (Eles se chamam colibris. São os menores pássaros que existem sobre a Terra e parecem ser feitos de puro ouro e pedras preciosas.)

Lá adiante, no horizonte, erguia-se uma montanha enorme, e seu pico entrava nas nuvens. Era toda listada de vermelho e branco. Àquela distância, parecia uma página colorida do caderno de caligrafia de uma criança gigante.

Jim olhava, olhava, e de tão maravilhado se esqueceu até de fechar a boca.

De repente, ouviu a voz de Lucas: — Você está com cara de quem viu fantasma, meu amigo. Aliás... bom dia, Jim — e o maquinista deu um bocejo gostoso.

— Lu-Lucas! — gaguejou Jim, sem desviar os olhos da paisagem. — Lá fora... tudo está tão transparente... e... e... e...

— Como assim, transparente? — perguntou Lucas, bocejando de novo. — Pelo que eu sei, a água sempre é transparente. Aliás, já estou um pouco cansado de ver tanta água. Gostaria de saber quando é que a gente vai chegar a algum lugar.

— Quem é que está falando de água? — disse Jim, quase gritando de entusiasmo. — Estou falando das árvores!!

— Árvores? — exclamou Lucas, estalando as juntas com uma boa espreguiçada. — Acho que você ainda está sonhando. No mar não existem árvores, muito menos árvores transparentes.

— Mas elas não estão no mar! — gritou Jim. Aos poucos ele ia perdendo a paciência. — Lá fora há terra e árvores e flores e pontes e montanhas... — e ele pegou Lucas pelas mãos, tentando erguê-lo.

— Está bem, está bem... — resmungou Lucas, enquanto se levantava. Olhou pela janela e viu aquela paisagem de conto de fadas. Ficou algum tempo sem conseguir dizer nada. Finalmente deixou escapar um ''Minha nossa!!!''

Depois ficou mudo de novo. Lucas estava embasbacado.

— Que lugar é esse? — perguntou Jim, quebrando o silêncio.

— E essas árvores esquisitas...? — murmurou Lucas, sem saber a resposta — ... e esses sininhos de prata por toda a parte, essas pontes curvas e estreitas de porcelana? — e então concluiu: — Não me chamo mais Lucas, o maquinista, se esse lugar não for Mandala! Venha, Jim, ajude-me! Vamos ver se conseguimos empurrar Ema para a praia.

Os dois saíram e empurraram Ema para a terra firme. Depois sentaram-se, e a primeira coisa que fizeram foi tomar o café da manhã com toda a tranqüilidade. Comeram os últimos pepinos do mar que tinham guardado. Quando terminaram, Lucas acendeu o cachimbo.

— Para onde a gente vai agora? — perguntou Jim.

Pensativo, Lucas respondeu: — Acho que o melhor é primeiro ir até Ping. Pelo que eu sei, Ping é a capital de Mandala. Vamos ver se a gente consegue falar com Sua Majestade, o Imperador.

— O que você quer com ele? — perguntou Jim, admirado.

— Vou perguntar se ele não quer uma locomotiva e dois maquinistas. Talvez ele esteja precisando. Nesse caso, a gente poderia ficar por aqui, entende? Esse país não parece nada mau.

Assim, puseram mãos à obra para transformar Ema novamente em um veículo terrestre. Primeiro desmontaram o mastro e enrolaram a vela. Depois abriram todas as portas que haviam sido calafetadas, tirando toda a estopa e o breu utilizados para vedar as fendas; por fim, encheram a caldeira de água e o tênder de carvão sequinho, que por sinal havia aos montes na beira da praia.

Feito isso, puseram fogo na caldeira. Verificaram, surpresos, que aquele carvão transparente queimava tão bem quanto carvão preto. Quando a água da caldeira começou a ferver, partiram deixando para trás um rastro de fumaça. A boa e velha Ema estava se sentindo muito melhor do que na água, pois a água não era o lugar mais apropriado para ela.

Depois de algum tempo, chegaram a uma estrada larga, na qual podiam viajar com mais conforto e velocidade. É claro que eles evitavam passar sobre as pequenas pontes de porcelana, pois a porcelana, como todos sabem, é muito frágil e não agüentaria o peso de uma locomotiva passando por cima dela.

Por sorte, não tiveram que virar à esquerda ou à direita, pois a estrada ia diretamente para Ping, capital de Mandala.

No começo só viam a linha do horizonte, e por cima dela a montanha listada de vermelho e branco. Mas

— *São os telhados de ouro de Ping.*

depois de mais ou menos cinco horas e meia de viagem Jim, que estava sentado no teto da cabine do maquinista, avistou à distância algo que parecia com um acampamento de milhares e milhares de tendas. E todas as tendas brilhavam ao sol, como se fossem de metal.

Jim contou gritando para Lucas o que estava vendo, e Lucas respondeu: — São os telhados de ouro de Ping. Estamos no caminho certo.

Depois de mais meia hora de viagem, chegaram à cidade.

Capítulo seis

onde uma cabeça gorda e amarela traz dificuldades aos nossos heróis

Em Ping havia uma multidão de mandalenses. Jim, que nunca tinha visto tanta gente junta, achou aquilo meio estranho. Todos tinham olhos puxados, usavam tranças e traziam uns chapelões redondos na cabeça.

Cada mandalense levava pela mão um outro mandalense, um pouco menor. E este também levava um outro pela mão, menor ainda. E assim por diante até o menor de todos, que era mais ou menos do tamanho de uma ervilha. Não dava para ver se este último levava um mandalense menor ainda pela mão, pois para isso seria preciso ter uma lente de aumento.

Eram os mandalenses com seus filhos e netos (todos os mandalenses têm muitos filhos e netos). Aquela multidão de gente andando depressa parecia um formigueiro; todos tagarelavam sem parar e gesticulavam tanto, que Jim acabou ficando tonto.

A cidade era feita de milhares de casas, e cada casa tinha muitos, muitos andares, e cada andar tinha o seu próprio telhado de ouro, com uma forma que lembrava um guarda-chuva.

Em cada janela havia bandeirinhas e lampiões. As

ruas secundárias eram cheias de varais, que iam de uma casa a outra. Neles as pessoas estendiam as roupas para secar, pois os mandalenses nunca vestem roupa suja. Eles são um povo muito limpo. Até o menor dos mandalenses, que é do tamanho de uma ervilha, lava suas roupas todos os dias e as pendura num varal, que é da grossura de um fio de linha.

Ema ia abrindo caminho no meio daquela multidão, com muito cuidado, para não atropelar nem matar nenhum mandalense. Ela ofegava muito, de tanta aflição. Ema soltava fumaça e apitava sem parar, para avisar aos filhos e aos netos dos mandalenses que ela queria passar. Ela estava ficando completamente exausta.

Finalmente, chegaram à praça principal, bem em frente ao Palácio Imperial. Lucas puxou uma alavanca. Ema parou, e soltou uma nuvem de fumaça como se estivesse suspirando de alívio. Os mandalenses saíram correndo para todo lado, assustados. Nunca tinham visto uma locomotiva, e pensavam que Ema fosse um monstro que queria matá-los com aquele bafo quente, para comê-los no café da manhã.

Lucas acendeu seu cachimbo calmamente e disse a Jim:

— Então, meu jovem, vamos lá! Vamos ver se o Imperador de Mandala está em casa!

Desceram da locomotiva e foram caminhando em direção ao Palácio. Para chegar até o portão de entrada, primeiro tiveram que subir noventa e nove degraus de prata. O portão tinha dez metros de altura por seis e meio de largura, e era inteirinho feito de ébano ricamente entalhado. O ébano é uma madeira mais preta que carvão misturado com piche, e é muito rara. Se juntarmos todo o ébano que existe no mundo teremos mais do que 6 toneladas. E pelo menos a metade disso tinha sido usada para construir aquele enorme portão.

Ao lado do portão havia uma placa de marfim, onde estava inscrito em letras de ouro:

IMPERADOR DE MANDALA

Debaixo da placa havia o botão de uma campainha, que era formado por um diamante.

— Minha nossa! — disse Lucas, o maquinista, quando viu o botão de diamante. E Jim arregalou os olhos de novo.

Lucas apertou o botão e alguém abriu uma portinhola que havia no grande portão de ébano. Uma cabeça grande e amarela apareceu e sorriu amavelmente para os dois estranhos que estavam do lado de fora. É claro que para uma cabeça daquele tamanho havia um corpo também enorme. Só que não dava para vê-lo, pois estava escondido atrás do portão. Então a cabeça amarela perguntou com uma voz bem fininha:

— O que desejam, ilustres senhores?

— Somos dois maquinistas — respondeu Lucas. — Viemos do estrangeiro e gostaríamos de falar com o Imperador de Mandala, se for possível.

— Sobre que assunto os senhores gostariam de falar com nosso sublime Imperador? — perguntou a cabeça com aquele sorriso amarelo.

— Preferíamos dizer isso pessoalmente a ele — disse Lucas.

— Infelizmente isso não é possível, respeitado maquinista de uma adorável mocolotiva — murmurou a cabeça que era sustentada pelo corpo invisível. E, sorrindo com muita amabilidade, prosseguiu: — É absolutamente impossível falar com nosso sublime Imperador. A não ser que os senhores tenham um convite!

— Não temos, não — respondeu Lucas, meio perplexo. — Convite para quê?

Do outro lado da portinhola, a gorda cabeça amarela replicou:

— Desculpe esse seu servo indigno, senhor, mas não posso deixá-lo entrar. O Imperador não tem tempo.

— Mas na certa ele vai encontrar uma horinha para nos atender no decorrer do dia — disse Lucas.

— Lamento profundamente! — replicou a cabeça com um sorriso que ia de uma orelha à outra.

— Nosso sublime Imperador nunca tem tempo. Desculpem-me — e, dizendo isso, bateu a portinhola.

— Droga dos infernos! — xingou Lucas.

Enquanto os dois desciam novamente os noventa e nove degraus de prata, Jim disse: — Sabe... tive a sensação de que o Imperador tinha tempo para nos receber, sim. Só que esse cabeção amarelo simplesmente não quis nos deixar entrar.

— Também acho — resmungou Lucas, irritado.

— E o que vamos fazer agora? — perguntou Jim.

— Vamos andar um pouco pela cidade — disse Lucas, disposto a conhecer o lugar. A irritação de Lucas nunca durava muito.

Atravessaram a praça, onde havia se reunido uma multidão. À distância, com medo e respeito, os mandalenses olhavam perplexos para a locomotiva. Ema estava numa situação muito embaraçosa. De tanta vergonha, tinha até baixado os olhos, isto é, os faróis. Mas, quando Lucas chegou até ela e lhe deu uns tapinhas carinhosos, Ema respirou aliviada.

— Escute uma coisa, Ema — disse Lucas. — Jim e eu vamos andar um pouco pela cidade. Fique aqui quietinha e comporte-se bem até a gente voltar.

Ema suspirou, meio desconsolada.

— Não vai demorar muito — disse Lucas, e saiu andando com Jim.

Durante horas a fio os dois amigos percorreram os becos estreitos e as ruas coloridas, e foi incrível a quantidade de coisas estranhas e curiosas que eles viram. Viram, por exemplo, os limpadores de ouvido! Os limpadores de ouvido trabalhavam mais ou menos como os nossos engraxates. Na calçada, colocavam cadeiras confortáveis para os fregueses se sentarem. E então limpavam o ouvido de quem quisesse! Mas não era só com cotonete, não senhor! Era todo um ritual demorado. Cada limpador de ouvido tinha uma mesinha com uma bandeja de prata, cheia de colherinhas e pinçazinhas e varetinhas e escovinhas e cotonetinhos e caixinhas e panelinhas. E tudo aquilo era usado no seu trabalho.

Os mandalenses gostam muito de ir ao limpador de ouvido. Em primeiro lugar, é claro, por causa da higiene; em segundo lugar, adoram aquela coceguinha gostosa que a gente sente quando um limpador de ouvido faz o trabalho direitinho.

Havia também os contadores de cabelo, que ficavam contando os fios de cabelo das pessoas. Em Mandala é muito importante saber quantos fios de cabelo a gente tem na cabeça. O contador de cabelo sempre trabalha com uma pinça pequena e rombuda, feita de puro ouro, e com ela separa cada fio de cabelo para a contagem. Ele vai formando montinhos de cem e vai amarrando com uma fitinha. Vai fazendo isso até a cabeça ficar cheia daqueles chumacinhos de cem fios de cabelo. A seu lado senta-se um ajudante de contador de cabelo, que faz a soma geral. É claro que geralmente leva muitas horas até todos os fios de cabelo serem contados. Mas para algumas pessoas não demora nada, pois em Mandala também tem gente só com dois ou três fios de cabelo na cabeça.

Mas havia ainda muito mais!!

Por exemplo, em quase todas as ruas havia um mágico. Tinha um que pegava uma sementinha e dela fazia brotar uma arvorezinha de verdade, com os galhos cheios de passarinhos cantando e de frutos, cada um do tamanho de uma pérola. As pessoas podiam colher e comer os frutos... e como eram doces!!

Havia também acrobatas, que usavam como bolas seus filhos, do tamanho de ervilhas. Jogavam as crianças para cima e elas ficavam pulando e tocando uma música engraçada, numas cornetinhas.

Isso sem falar nas coisas que havia para comprar! Quem nunca esteve em Mandala não consegue imaginar. Se a gente fosse enumerar todas as frutas, tecidos finos, louças, brinquedos e eletrodomésticos, este livro seria dez vezes mais grosso do que já é.

E ainda havia os escultores de marfim — é uma coisa inacreditável e maravilhosa. Alguns desses escultores tinham mais de cem anos, e durante toda a vida só tinham esculpido uma única peça. Só que ela era tão preciosa, que ninguém no mundo teria dinheiro para comprá-la. No fim, os escultores acabavam dando sua obra de presente para alguém que eles achassem que merecia. Alguns esculpiam pequenas esferas, mais ou menos do tamanho de uma bola de futebol, todinhas cobertas de figuras lindas. As figuras não eram pintadas, eram esculpidas, e tão bem esculpidas, que pareciam feitas de renda. Só que era marfim, um material duro.

Quando a gente olhava através dessa renda de marfim, dava para ver outra esfera lá dentro. Solta no interior da esfera maior, a segunda esfera também era ricamente esculpida. E assim por diante até chegar à menor esfera no fundo de todas as outras. O mais impressionante era que os artistas esculpiam todas aquelas maravilhas a partir de uma peça só, sem abrir nenhuma das esferas. Faziam todo o trabalho só através dos finos buraquinhos do rendado usando para isso formões minúsculos e espátulas muito fininhas. Começavam o trabalho quando eram bem novos, pequenos como ervilhas. E quando terminavam estavam bem velhinhos, com a cabeça toda branca. Então ficavam o tempo todo olhando para dentro das outras esferas, como se estivessem lendo um misterioso livro de gravuras.

Os escultores de marfim eram muito respeitados por todos os mandalenses, e eram chamados de Grandes Mestres do Marfim.

Capítulo sete

onde Ema brinca de carrossel e os dois amigos ficam conhecendo o neto de um mandalense

Nossos dois amigos passaram o dia inteiro caminhando pela cidade. O sol já estava começando a se pôr e os telhados de ouro das casas refletiam a luz avermelhada do crepúsculo.

Nos pequenos becos, onde já estava bem escuro, os mandalenses acendiam seus lampiões, que brilhavam em todas as cores. Cada mandalense carregava seu lampião aceso, preso à ponta de uma vara. Mandalense grande carregava lampião grande, e mandalense pequeno, lampião pequeno. Os lampiões menorzinhos pareciam minhoquinhas de luzes coloridas.

Os dois amigos estavam tão maravilhados, que até esqueceram que não tinham comido nada além daqueles frutos do mar do café da manhã.

— Não dá mais! — disse Lucas. — Precisamos fazer alguma coisa imediatamente. Vamos a um restaurante pedir um jantar bem gostoso.

— Certo! — concordou Jim. — Você tem dinheiro de Mandala?

— Droga!! — resmungou Lucas, coçando atrás da orelha. — Eu nem tinha pensado nisso. Bem, mas com dinheiro ou sem dinheiro a gente tem que comer alguma coisa. Deixe-me pensar...

Enquanto Lucas pensava, Jim ficava olhando para ele à espera de uma solução. De repente, Lucas gritou:
— Já sei! Se não temos dinheiro, precisamos ganhar algum.

— Ótimo — disse Jim. — Mas como é que se ganha dinheiro tão depressa?

— É fácil... — respondeu Lucas. — Vamos voltar agora mesmo para a praça onde está nossa velha Ema, e anunciar que as pessoas podem dar uma volta de locomotiva pela praça do Palácio por 10 lis.

Voltaram correndo para a grande praça em frente ao Palácio Imperial, onde a multidão continuava amontoada em volta de Ema, olhando embasbacada para ela. A única diferença é que agora cada pessoa carregava um lampião.

Lucas e Jim abriram caminho aos empurrões e subiram no teto da locomotiva. Um murmúrio de expectativa se elevou da multidão.

— Atenção! Atenção! — gritou Lucas. — Senhoras e senhores! Viemos de muito longe com nossa locomotiva, e tudo indica que teremos de partir em breve. Aproveitem esta oportunidade única! Façam uma pequena viagem conosco pelo preço especial de apenas 10 lis! Vamos lá, pessoal! Apenas 10 lis por uma volta ao redor desta praça enorme!

Ouviu-se um murmúrio e muitos cochichos na multidão, mas ninguém se moveu. Lucas voltou a gritar:

— Aproximem-se, senhores e senhoras! A locomotiva é mansa! Não tenham medo! Vamos lá, pessoal, vamos dar uma voltinha...!

A multidão olhava desconfiada para Lucas e Jim, e ninguém se aventurou a dar um passo à frente.

— Droga dos infernos! — disse Lucas a Jim. — Eles não confiam em mim. Tente você!

Jim prendeu o fôlego e gritou o mais alto que pôde:

— Crianças e criancinhas! Ouçam o que vou dizer: venham dar uma volta conosco! É a coisa mais divertida que vocês podem imaginar... é mais gostoso do que andar de carrossel! Atenção, pessoal! Dentro de poucos minutos vamos começar! Subam, subam! Só 10 lis por pessoa! Só 10 lis!

Ninguém se moveu.

— Ninguém vem — sussurrou Jim decepcionado.

— Acho que é melhor a gente dar uma volta sozinhos — disse Lucas. — Talvez aí alguém sinta vontade de andar também.

Os dois desceram do teto da locomotiva e puseram Ema a andar pela praça. Mas o resultado foi completamente diferente do que eles esperavam. Todo mundo saiu correndo de medo e a praça ficou completamente vazia.

— Não adianta... — suspirou Jim quando resolveram parar.

— Temos que pensar em alguma coisa melhor — resmungou Lucas consigo mesmo.

Os dois desceram da locomotiva e começaram a pensar, embora o ronco de seus estômagos atrapalhasse um pouco. Finalmente, Jim disse:

— Acho que não vamos encontrar nenhuma solução. Se pelo menos a gente conhecesse alguém daqui. Um mandalense poderia nos dar um bom conselho.

— Com todo o prazer! — disse de repente uma vozinha fina. — Será que eu posso ajudá-los?

Surpresos, Lucas e Jim olharam para baixo e viram, próximo a seus pés, um menino bem pequeno, mais ou menos do tamanho de uma mão. Na certa era o neto de algum mandalense. A cabeça dele não era maior do que uma bola de pingue-pongue. O menininho tirou seu minúsculo chapéu redondo e fez uma reverência, ficando com a trancinha espetada para cima.

— Meu nome, honrados estrangeiros, é Ping Pong. Estou ao seu inteiro dispor — disse ele.

Lucas tirou o cachimbo da boca e, com uma cara muito séria, também fez uma reverência: — Meu nome é Lucas, o maquinista.

Jim também fez uma reverência e disse: — E eu me chamo Jim Knopf.

O pequeno Ping Pong fez outra reverência e disse: — Ouvi o canto de lamentação de seus honrados estômagos, e para mim será uma honra poder oferecer-lhes alguma coisa. Por favor, esperem aqui um minuto!

Saiu com seus passinhos minúsculos em direção ao Palácio; andava tão depressa que parecia ter rodinhas nos pés. Quando o menino desapareceu na escuridão, os dois amigos olharam perplexos um para o outro.

— Estou curioso para ver no que isso vai dar — disse Jim.

— Vamos esperar — disse Lucas, batendo o cachimbo para tirar o fumo.

Quando Ping Pong voltou, veio cambaleando sob o peso enorme que trazia à cabeça. Era uma mesinha de laca, do tamanho de um pequeno tabuleiro. Colocou-a no chão, ao lado da locomotiva. Depois colocou em volta da mesinha algumas almofadas, do tamanho de selos de carta.

— Sentem-se, por favor! — disse ele, fazendo um gesto que convidava nossos amigos a se sentarem.

Os dois sentaram como puderam naquelas almofadinhas. Foi meio difícil, mas eles não queriam ser indelicados. Ping Pong saiu correndo mais uma vez e voltou com um lampião bem pequenininho, mas muito bonito, onde estava desenhado um rosto com um sorriso muito simpático. Depois espetou a varinha onde estava pendurado o lampião entre os raios de uma das rodas da locomotiva. Assim, os dois amigos ganharam uma linda iluminação para sua mesa de jantar. Nesse meio tempo a noite havia caído, e a lua ainda não tinha aparecido no céu.

— Pronto! — disse Ping Pong, com aquela voz de passarinho, observando sua obra, satisfeito. — E o que posso servir aos honrados estrangeiros?

— Bem... — começou Lucas, sem saber o que dizer. — O que você sugere?

Muito solícito, o pequeno anfitrião começou a enumerar um monte de coisas: — Que tal ovos velhos com uma fina salada de orelhas de esquilo? Ou será que vocês preferem minhocas açucaradas em molho de iogurte? O purê de cortiça salpicado com pó de casco de cavalo também é muito gostoso. Ou quem sabe caixa de marimbondo cozida com casca de cobra ao vinagrete? Que tal almôndegas de formigas com deliciosa gosma de lesmas? Eu sugeriria também ovos de libélula tostados no mel ou sopa de bichos-da-seda com espinhos de ouriço levemente cozidos... Mas talvez vocês prefiram pernas de gafanhoto tostadas com uma salada picante de antenas de besouro, hein?

Depois de trocar com Jim um olhar de quem não

tinha gostado nada daquilo tudo, Lucas disse: — Meu caro Ping Pong... estou certo de que todos esses pratos devem ser uma delícia. Mas a gente acabou de chegar em Mandala, e primeiro precisamos nos acostumar ao gosto de vocês. Por acaso você não teria alguma coisa mais simples?

— Claro, claro! — respondeu Ping Pong, com toda a educação. — Por exemplo, esterco de cavalo empanado ao molho de elefante.

— Ah, não... — disse Jim —, não foi isso que ele quis dizer. Por acaso não há nada de mais... normal?

— Mais normal? — perguntou Ping Pong, sem entender o que Jim queria dizer. Então seu rosto se iluminou e ele respondeu: — Já entendi! Rabinhos de rato com pudim de ovos de rã! Este é o prato mais normal que conheço.

Jim fez cara de nojo: — Não... também não quis dizer isso. Estou falando de uma bela fatia de pão com manteiga, por exemplo.

— Uma fatia de quê? — perguntou Ping Pong.

— De pão com manteiga — repetiu Jim.

— Não... isso aí eu não conheço — disse Ping Pong meio confuso.

— Ou então omelete de batata frita — sugeriu Lucas.

— Não — respondeu Ping Pong. — Nunca ouvi falar dessas coisas.

— Ou quem sabe uma fatia de queijo suíço — prosseguiu Lucas, sentindo a boca cheia de água.

Mas agora quem estava com cara de nojo era Ping Pong. O pequeno mandalense olhava para os dois estrangeiros com cara de quem não estava entendendo.

— Mil perdões, meus caríssimos estrangeiros, se faço essa cara de nojo — disse ele com sua vozinha fina. — Mas queijo é leite azedo. Vocês realmente comeriam uma coisa dessas?

— Claro! — responderam os dois amigos, quase a uma só voz. — Se comeríamos...

Todos ficaram calados por algum tempo pensando em uma solução. Então Lucas, o maquinista, estalou os dedos e disse:

— Pessoal, já sei! Estamos em Mandala, não estamos? E em Mandala existe arroz!

— Arroz? — perguntou Ping Pong. — O senhor quer dizer arroz comum?

— É isso mesmo — respondeu Lucas.

— Ah, já sei — disse Ping Pong, muito feliz —, vou trazer-lhes um belo prato de arroz imperial. É pra já! É pra já! — e já ia sair correndo quando Lucas segurou-o pela manguinha da camisa:

— Mas, por favor, Ping Pong... nada de besouro ou de cadarço de sapato frito no meio do arroz, tá? Se for possível, é claro...

Ping Pong prometeu que não colocaria nada no meio do arroz e desapareceu na escuridão. Voltou trazendo duas tigelinhas que não eram maiores do que um dedal, e as colocou sobre a mesa. Os dois amigos trocaram um olhar e ficaram imaginando se aquilo não seria muito pouco para dois maquinistas famintos. Mas não disseram nada; afinal de contas eram convidados. Ping Pong saiu correndo, voltou com outras tigelinhas e desapareceu novamente. Em pouco tempo, a mesinha estava cheia de tigelinhas. E, pelo cheiro gostoso que vinha de cada uma, aquela comida devia estar uma delícia.

Diante de cada um dos dois amigos havia dois pauzinhos, que pareciam lápis bem finos.

— Eu gostaria de saber para que servem esses pauzinhos — sussurrou Jim para Lucas.

Ping Pong, que tinha ouvido, explicou:

— Esses pauzinhos, caro senhor Knopf, são os talheres. Aqui a gente usa esses pauzinhos para comer.

— Ah, bom! — respondeu Jim, meio preocupado.

— Muito bem... vamos tentar! — disse Lucas. — Bom apetite!!

E tentaram comer alguma coisa. Mas toda vez que conseguiam equilibrar um grão de arroz naqueles pauzinhos ele caía antes de chegar até a boca. Não era nada agradável, pois os dois estavam ficando com uma fome cada vez maior, e a comida continuava cheirando gostoso. É claro que Ping Pong era educado demais para rir da falta de jeito dos dois estrangeiros. Mas no fim o próprio Jim e também o Lucas não conseguiram continuar sérios, e Ping Pong acabou rindo junto com eles.

— Desculpe-nos, Ping Pong — disse Lucas. — Mas a gente prefere comer sem esses pauzinhos... senão vamos acabar morrendo de fome...

E passaram a comer com a mão, tirando a comida daquelas tigelinhas que não eram maiores que uma colher de sopa. Em cada tigelinha havia arroz preparado de uma maneira diferente, e cada um era mais gostoso que o outro. Havia arroz vermelho, verde, preto, arroz doce, picante, salgado, papa de arroz, suflê e bolinho de arroz, arroz azul, cristalizado e dourado. Os dois comiam, comiam.

Depois de algum tempo, Lucas perguntou: — Por que não está jantando conosco, Ping Pong?

— Ah, não! — respondeu Ping Pong, com um ar muito sério. — Essa comida não faz muito bem para crianças da minha idade. Para nós, o melhor é comer alimentos líquidos.

— Por quê? — perguntou Jim, com a boca cheia. — Quantos anos você tem?

— Estou completando hoje 368 dias — respondeu Ping Pong, orgulhoso. — Mas já tenho quatro dentes!

Era mesmo inacreditável: Ping Pong tinha apenas um ano e três dias! Para se entender como isto é possível, é preciso saber o seguinte: os mandalenses são um povo muito inteligente, mas muito inteligente mesmo. São um dos povos mais inteligentes do mundo. E também são um povo muito antigo. Já existiam quando a maioria dos outros povos nem sonhava em existir. Por isso é que até as crianças bem pequenas já sabem lavar suas próprias roupas. Com um ano de idade elas já são tão inteligentes, que podem sair andando sozinhas por aí e conversar como gente grande. Aos dois anos já sabem ler e escrever. Aos três já resolvem os problemas mais difíceis de matemática, que no país da gente só mesmo um professor é capaz de resolver. Mas em Mandala isso é muito normal, já que todas as crianças são tão inteligentes.

Daí se explica por que o pequeno Ping Pong sabia se expressar tão bem e tomava conta de si mesmo como se fosse sua própria mãe. No mais, porém, ele não era nada diferente dos outros bebês de sua idade espalhados pelo mundo. Por exemplo, ao invés de calças, ele ainda usava fraldas. E as pontas das fraldas eram amarradas atrás, formando um laço. Só mesmo na inteligência é que ele era tão desenvolvido...

Capítulo oito

onde Lucas e Jim descobrem inscrições misteriosas

A lua cheia havia surgido no céu e uma luz prateada envolvia as ruas e praças da cidade de Ping. Na torre do palácio os sinos repicavam com um som grave e sombrio, que ecoava no ar e depois desaparecia.

— É Iau, a hora do grilo — explicou Ping Pong. — Nessa hora, todos os bebês de Mandala tomam a sua última mamadeira do dia. Permitam-me que eu vá buscar a minha!

— Mas é claro! — respondeu Lucas.

Ping Pong saiu correndo e pouco depois apareceu de novo. Vinha trazendo sua mamadeira, que de tão pequena parecia uma mamadeirinha de boneca. Acomodou-se na almofadinha dele e disse:

— Leite de lagarto é uma coisa maravilhosa e imprescindível para bebês da minha idade. É verdade que o gosto não é muito bom, mas é muito nutritivo.

E começou a mamar com muita vontade.

— Diga uma coisa, Ping Pong. Onde é que você conseguiu tão depressa esse jantar para nós? — perguntou Lucas, depois de algum tempo.

Ping Pong interrompeu sua refeição.

— Na cozinha do Palácio Imperial — disse ele, com toda a naturalidade. — Olhem só ali na frente. A entrada fica bem ao lado da escada de prata.

Agora, à luz do luar, dava para ver bem a porta. Nossos dois amigos nem tinham percebido aquela porta durante o dia. Jim ficou muito admirado.

— Bem... e você tem permissão para ir entrando lá dentro? — perguntou.

— Por que não? — replicou Ping Pong. Soluçou, e depois fez de novo aquela cara de sério. — Afinal, eu sou o trigésimo segundo neto do Senhor Chu Fu Lu Pi Plu, chefe da cozinha imperial.

— E você pode ir trazendo comida lá de dentro assim, sem mais nem menos? — perguntou Lucas, preocupado. — Quer dizer, na certa essa comida tinha sido feita para alguém.

— Era o jantar de nosso magnífico Imperador — respondeu Ping Pong, fazendo um gesto de indiferença com a mão.

— O quê? — perguntaram Lucas e Jim ao mesmo tempo, olhando-se perplexos.

— Acontece que, mais uma vez, nosso augusto e sublime Imperador não quis comer nada — explicou Ping Pong.

— Por que não? Estava tão gostoso... — disse Jim.

— Por acaso, caríssimos visitantes, não sabem o que está acontecendo com nosso digníssimo Imperador? Todo mundo sabe...

— Nós não sabemos. O que está acontecendo? — perguntou Lucas.

De repente, Ping Pong ficou muito sério: — Vou

mostrar a vocês quando eu terminar de mamar — prometeu ele. — Só mais um minutinho, por favor.

Pegou sua mamadeirinha e mamou com toda a força e vontade. Lucas e Jim trocaram um olhar. Os dois estavam pensando a mesma coisa. Talvez Ping Pong pudesse lhes mostrar um caminho que os levasse até o Imperador. Enquanto esperavam, Lucas pegou um dos pauzinhos de comer e, muito pensativo, começou a observá-lo mais de perto. Depois pegou outro, e então disse: — Tem alguma coisa escrita aqui. Parece que é um poema.

— E o que está escrito? — perguntou Jim, que não sabia ler.

Lucas levou um tempo enorme até conseguir descobrir a escrita, pois eram letras mandalenses, que eram colocadas uma *embaixo* da outra e não uma *do lado* da outra. Era assim que se escrevia em Mandala.

No primeiro pauzinho estava escrito: QUANDO MEUS OLHOS ENCONTRAM A LUA, SINTO A TRISTEZA TURVAR MINHA VISTA. E no outro: POIS, ATRAVÉS DE UM VÉU DE LÁGRIMAS, A LUA ME FAZ LEMBRAR MINHA FILHA.

— Nossa... que coisa triste! — disse Jim.

— É... alguém está muito triste por causa da filha — respondeu Lucas. — Talvez ela tenha morrido ou então esteja doente. Pode ser também que esteja muito longe, e esse alguém aí esteja triste por não poder vê-la. Pode ser que ela tenha sido roubada.

— É isso mesmo... roubada! — concordou Jim pensativo. — Pode ser...

— A gente teria que saber quem escreveu esse poema — disse Lucas, acendendo seu cachimbo.

Enquanto conversavam, Ping Pong acabava de tomar a sua mamadeirinha. Ao terminar, disse:

— Esse poema foi escrito por nosso augusto Imperador. Ele ordenou que fosse gravado em todos os palitinhos de Mandala, para ninguém esquecer isso.

— Isso o quê? — perguntaram Jim e Lucas.

— Esperem um momento — respondeu Ping Pong.

Rapidamente, o pequeno Ping Pong levou de volta para o castelo toda a louça do jantar. Apagou o lampião e o ficou segurando na mão.

— Agora venham, caríssimos estrangeiros! — ordenou ele, cerimoniosamente, e saiu marchando. Mas depois de alguns passos deu meia-volta.

— Tenho um pedido a fazer — disse ele com um sorrisinho envergonhado. — Eu adoraria dar uma voltinha na locomotiva. Será que dava para ser?

— Mas é claro! — replicou Lucas. — É só nos dizer para onde quer ir!

Jim pegou o pequeno Ping Pong pelo braço e subiram na locomotiva. Minutos depois, partiram. Ping Pong parecia estar com um pouquinho de medo, embora sorrisse com coragem e cordialidade:

— Como ela anda depressa!! — piou o baixinho. — Na próxima rua, por favor, à direita... acho! — e dizendo isso esfregou a mão na barriguinha cheia. — Agora à direita... acho que eu... agora em frente... acho que eu tomei o meu leite depressa demais... agora por cima daquela ponte, por favor... para crianças da minha idade... sempre em frente... para crianças da minha idade isto não faz bem... à direita de novo... isto não faz bem... oh... como ela anda depressa!!

Pouco depois tinham chegado a outra praça, que

— *O que está escrito aí?* — *Jim quis saber.*

era redonda. No meio dela havia um lampião gigantesco, do tamanho dessas colunas de colar cartazes. Dele saía uma luz vermelho-escura. O lampião parecia meio misterioso, naquela praça vazia banhada pela luz azul do luar.

— Parem! — disse Ping Pong bem baixinho. — Chegamos. Aqui é o ponto central de Mandala. E ali, onde está o grande lampião, é exatamente o meio do mundo, segundo os cálculos de nossos sábios. Por isso essa praça chama-se simplesmente: O Centro.

Os dois maquinistas pararam a locomotiva Ema e desceram. Ao se aproximarem do grande lampião, notaram que havia alguma coisa escrita. E, como sempre, com aquelas letras mandalenses, uma debaixo da outra. A coisa era mais ou menos assim:

E	I	M	S	E	D	P	C	Q	C
U,	M	A	O	N	E	R	A	U	I
	P	N	L	T		I	S	E	D
P	E	D	E	R	M	N	A		A
U	R	A	N	E	I	C	M	A	D
N	A	L	E	G	N	E	E		E
G	D	A,	M	A	H	S	N	L	
	O		E	R	A	A	T	I	D
G	R	D	N	E			O,	B	O
I		E	T	I	F	L		E	S
N	D	C	E		I	I	À	R	
G,	E	L		A	L		Q	T	D
		A	Q		H	S	U	A	R
		R	U	M	A,	I,	E	R	A
		O	E	Ã				L	G
				O	A	E	E	D	Õ
						M		A	E
									S

Depois de ter conseguido decifrar aquela escrita, Lucas soltou um assobio de admiração.

— O que está escrito aí? — Jim quis saber. Lucas leu a inscrição em voz alta. Enquanto isso, o pequeno Ping Pong estava cada vez mais inquieto: — Acho que bebi meu leite depressa demais — murmurava ele sem parar. De repente, gritou: — Ah, meu Deus do Céu!!

— O que foi? — perguntou Jim.

Com uma cara preocupada, Ping Pong respondeu: — Caríssimos estrangeiros, vocês sabem muito bem como são as coisas com os bebês de fralda, da minha idade: toda essa movimentação tão tarde da noite... Infelizmente não consegui segurar, e agora preciso imediatamente trocar de fralda!

Então todos voltaram para o palácio o mais rápido que puderam. Chegando lá, Ping Pong despediu-se depressa.

— Já passou da hora de um bebezinho da minha idade ir dormir — disse ele. — Então... até amanhã cedo! Durmam bem, caríssimos estrangeiros. Foi um grande prazer conhecê-los — e, fazendo uma reverência, desapareceu nas sombras do palácio. Deu para ver a porta da cozinha imperial abrir-se e depois fechar-se. Depois, tudo ficou escuro e em silêncio.

Os dois amigos acompanharam com os olhos o pequeno Ping Pong, e não conseguiram deixar de rir. Jim comentou:

— Acho que não foi o leite e sim o passeio em nossa velha Ema. O que você acha?

— É bem possível — resmungou Lucas. — Foi a primeira vez, e ele ainda é muito pequenininho. Venha, Jim, vamos deitar. Tivemos um dia bem cheio.

Entraram na cabine do maquinista e acomodaram-se como puderam. Mas já estavam acostumados a dormir daquele jeito. Afinal, era assim que tinham dormido durante toda a viagem pelo mar.

Enquanto se enrolava nas cobertas, Jim perguntou baixinho: — Você acha que devíamos tentar libertar a princesa?

— Acho que sim — respondeu Lucas, batendo o cachimbo para esvaziá-lo.

— Se a gente conseguisse, Jim, na certa o Imperador mandaria construir uma estrada de ferro que atravessasse todo o território de Mandala. E nossa velha Ema poderia finalmente voltar a andar nos trilhos, e a gente ia poder ficar por aqui.

No fundo, Jim não estava morrendo de vontade de ficar ali. É claro que Mandala não era tão ruim assim; mas ele queria ir para algum lugar onde houvesse menos gente e onde ele conseguisse distinguir as pessoas umas das outras. Lummerland, por exemplo, seria um ótimo lugar. Mas não falou o que estava pensando, senão Lucas poderia pensar que ele estava com saudades de casa. Por isso, só disse:

— Você tem experiência em lidar com dragões? Acho que não deve ser nada fácil...

Lucas replicou com bom humor: — Nunca vi um dragão. Nem no zoológico. Mas acho que a minha Ema não se deixaria vencer por uma fera dessas.

A voz de Jim tinha um certo tom de lamentação quando ele lembrou: — Com *um* dragão pode ser que ela possa competir. Mas parece que aquelas letras falavam de uma cidade inteira de dragões.

— Vamos ver, meu velho... — respondeu Lucas.

— Agora vamos dormir um pouco. Boa noite, Jim! E não se preocupe.

— Está bem — murmurou Jim. — Boa noite, Lucas.

Então Jim começou a pensar na senhora Heem, no que ela estaria fazendo naquela hora, e pediu ao bom Deus que a consolasse, se ela estivesse muito triste. Que ele explicasse tudo a ela, por favor.

Depois ficou ouvindo mais um pouquinho o ronco tranqüilo e profundo de Ema, que há muito tempo já estava dormindo.

E Jim também adormeceu.

Capítulo nove

onde aparece um circo e alguém trama planos maldosos contra Jim e Lucas

Quando os dois amigos acordaram na manhã seguinte, o sol já estava bem alto no céu. A multidão do dia anterior tinha se reunido novamente, e todos observavam Ema, meio de longe, com os olhos arregalados. Lucas e Jim desceram da locomotiva, trocaram um bom-dia e espreguiçaram-se lentamente.

— Que belo dia hoje! — disse Lucas. — O clima ideal para se visitar um Imperador e dizer-lhe que vamos libertar sua filha.

— Não seria melhor a gente primeiro tomar o café da manhã? — perguntou Jim.

Lucas respondeu: — Se minha intuição estiver certa, seremos convidados pelo próprio Imperador para tomar café com ele.

Subiram novamente os noventa e nove degraus de prata e apertaram a campainha de diamante. A portinhola no portão de ébano se abriu, e a mesma cabeça gorda e amarela espiou para fora.

— O que desejam, honrados senhores? — perguntou a cabeça com a mesma voz aguda e o mesmo sorriso amarelo do dia anterior.

— Queremos falar com o Imperador de Mandala — respondeu Lucas.

— Infelizmente o Imperador também não tem tempo hoje — replicou a cabeça gorda e amarela, fazendo menção de se retirar.

— Espere aí, meu amiguinho! — gritou Lucas. — Diga ao senhor Imperador que estão aqui dois homens que querem libertar sua filha da cidade dos dragões.

— Oh! — exclamou a cabeçona amarela. — Agora a coisa mudou de figura. Tenham a bondade de aguardar um minutinho.

Dizendo isso, a cabeça fechou a portinhola e os dois amigos ficaram na frente do portão, esperando... esperando... esperando.

Aquele "minutinho" já tinha se passado há muito tempo. Muitos "minutinhos" já tinham se passado, e a cabeça gorda e amarela ainda não tinha aparecido na portinhola. Depois de já terem esperado um tempão, Lucas não agüentou e resmungou:

— Você tem razão, Jim. É melhor a gente tratar primeiro de arranjar alguma coisa para o café da manhã. Talvez dê para a gente almoçar com o Imperador.

Jim começou a procurar pelo pequeno Ping Pong, mas Lucas disse: — Não, Jim. Não vamos querer ficar dependendo de um bebê, vamos? Seria ridículo se nós mesmos não conseguíssemos arranjar alguma coisa. Com um ar de dúvida, Jim disse: — Você acha que deveríamos tentar novamente usar Ema como carrossel?

Lucas soltou um anel de fumaça: — Estou pensando numa coisa melhor. Preste atenção, Jim. E cuspiu um *looping*, mas um *looping* bem pequenininho, só para Jim ver, e mais ninguém.

— Entendeu? — perguntou ele, e piscou um olho satisfeito.

— Não — respondeu Jim, admirado.

— Você não se lembra dos acrobatas que vimos ontem? Bem... a gente também sabe fazer algumas daquelas proezas. Vamos organizar um espetáculo de circo!

— Isso mesmo! — gritou Jim, entusiasmado. Mas então se lembrou de que ele não sabia fazer nada de excepcional, e perguntou decepcionado:

— E eu? O que eu vou fazer?

— Você pode fazer o papel do palhaço que vai me ajudar — disse Lucas. — Agora você vai ver, Jim, como é bom a gente saber fazer alguma coisa.

Subiram em cima da cabine do maquinista e, como no dia anterior, começaram a gritar, um de cada vez:

— Respeitável público! Somos o circo mambembe de Lummerland e vamos fazer uma apresentação de gala como vocês nunca viram! Aproximem-se, aproximem-se! Nosso espetáculo já vai começar!

Curiosas, as pessoas começaram a se aproximar aos empurrões. Para começar, Lucas, "o homem mais forte do mundo", mostrou que era capaz de entortar uma barra de ferro até transformá-la em um arco, usando só as mãos. Entrou na locomotiva, e quando saiu trouxe uma pá comprida e grossa, que usava para colocar carvão na fornalha.

Os mandalenses, que simplesmente adoravam tudo que tivesse alguma coisa a ver com circo, iam chegando cada vez mais perto. Sob exclamações de admiração, Lucas deu um laço na pá de ferro. Quando terminou, a multidão deu uma salva de palmas.

Na segunda parte, Jim ficou segurando um palito

de fósforo aceso e Lucas, agora "o rei do cuspe", conseguiu apagá-lo a uma distância de três metros e meio. Jim, no papel de palhaço, fazia de tudo para parecer o mais desajeitado possível e fingia que estava com medo de ser atingido pela cuspida.

Em seguida, Lucas assobiou uma linda melodia a duas vozes com Ema. A multidão aplaudia calorosamente, pois em Mandala nunca se tinha visto ou ouvido coisa igual.

Para o último número, Jim pediu ao respeitável público que fizesse silêncio absoluto, pois o que iam apresentar era uma proeza única no mundo. Sob silêncio absoluto, Lucas cuspiu um *looping* muito bonito, enorme, como nem o próprio Jim jamais tinha visto.

As palmas dos mandalenses explodiram como uma tempestade e todos queriam ver tudo de novo. Mas, antes que nossos amigos iniciassem mais uma sessão, Jim passou o boné para recolher dinheiro. A multidão de curiosos na praça ia aumentando cada vez mais e Jim conseguiu angariar bastante dinheiro. Eram moedinhas miúdas com um buraco no meio para as pessoas poderem passar por elas um cordãozinho e amarrar todas juntas. Jim achou aquilo muito prático, pois de outra forma não saberia como guardar todo aquele dinheiro.

As horas se passaram e a cabeça gorda e amarela ainda não tinha aparecido na portinhola do grande portão. É que por trás do portão de ébano funcionava a repartição pública imperial. E, como todos sabem, nas repartições públicas tudo leva muito tempo. Primeiro, o guarda do portão teve que ir falar com seu chefe. O chefe dos guardas do portão levou a mensagem a seu superior, que foi até o escrivão, que foi até o subchanceler, que foi até o chanceler, que foi até o conselho da chancelaria, e assim por diante. Um oficial ia falando com o outro imediatamente superior. É fácil imaginar como demorou para a notícia chegar até os bonzos. Bonzo é o nome que se dá em Mandala aos ministros. E o ministro mais importante leva o título de "Bonzo-mor". Naquela época, o Bonzo-mor em exercício era o senhor Pi Pa Po.

Infelizmente o que temos a dizer sobre o senhor Pi Pa Po não é muito agradável. Ele era uma pessoa extremamente ambiciosa e não suportava ver alguém fazendo alguma coisa extraordinária. Quando ficou sabendo que haviam chegado dois estrangeiros que queriam libertar a princesa Li Si, sentiu uma inveja terrível corroer-lhe o peito.

"Se é que existe alguém nesse mundo digno de receber a mão da princesa em casamento", pensou ele, "esse alguém sou eu."

Não é que ele tivesse a intenção de ir atrás da princesa; simplesmente estava com inveja. É claro que ele era medroso demais para ir em pessoa até a cidade dos dragões libertar a princesa. Mas já que ele, o Bonzo-mor Pi Pa Po, não tinha essa coragem, faria tudo para ninguém mais conseguir esse ato de coragem, digno de reconhecimento.

"Vou estragar os planos desses estrangeiros", pensou ele. "Vou prendê-los como espiões e atirá-los no calabouço. Só preciso tomar cuidado para o Imperador não ficar sabendo de nada, senão a coisa vai ficar feia para o meu lado."

Em seguida, mandou chamar o capitão da guarda imperial do Palácio. O capitão apareceu, ficou em posição de sentido e fez uma continência ao Bonzo-mor com sua espada comprida e curva. Era um homem bem grande e forte; tinha a cara feia e cheia de cicatrizes. Mas, embora parecesse mau, na verdade era uma pessoa muito simples. Tudo o que sabia fazer era obedecer os outros. Quando um bonzo lhe dava uma ordem, ele obedecia sem pensar, fosse qual fosse a ordem. Era assim que tinha aprendido. E era assim que fazia.

— Senhor capitão — disse o Bonzo-mor —, traga à minha presença os dois estrangeiros que estão esperando aí fora. Mas não diga nada a ninguém sobre isso, entendeu?

— Sim, senhor! — respondeu o capitão. Fez uma continência e saiu para chamar os soldados.

Capítulo dez

onde Lucas e Jim correm grande perigo

O circo Lummerland acabara de fazer mais uma apresentação e o aplauso dos espectadores ecoava pela praça:
— Pronto! Agora vamos tomar nosso café da manhã em paz. Já juntamos dinheiro suficiente — disse Lucas a Jim.
E virando-se para os espectadores anunciou:
— Vamos fazer agora um pequeno intervalo!
Nesse momento, as portas de ébano do portão do Palácio se abriram e trinta homens uniformizados começaram a descer as escadas. Usavam capacetes pontudos na cabeça e grandes espadas curvas presas à bainha. A multidão ficou em silêncio e, amedrontada, abriu caminho para a comitiva. Os trinta soldados marchavam em direção a Lucas e Jim. Formaram um círculo ao redor deles e o capitão aproximou-se de Lucas.
— Peço aos digníssimos estrangeiros que me acompanhem sem demora até o palácio, se não for um incômodo — ordenou ele com uma voz áspera e irritante.
Lucas examinou o capitão da cabeça aos pés. Depois tirou o cachimbo do bolso, encheu-o cuidadosamente de fumo e o acendeu. Com o cachimbo aceso, voltou

sua atenção novamente para o capitão e disse calmamente:

— Pois é um incômodo sim. Estávamos de saída para ir tomar o café da manhã. Vocês demoraram um tempão, e agora não estamos mais com pressa.

Com sua cara cheia de cicatrizes, o capitão fez uma careta tentando demonstrar certa gentileza, e disse:

— Estou aqui cumprindo ordens expressas de um superior. Os senhores devem me acompanhar. Tenho que cumprir ordens. Meu trabalho é obedecer.

— Pois o meu não é — revidou Lucas, soltando nuvenzinhas de fumaça. — Afinal, quem são vocês?

— Sou o capitão da guarda imperial do Palácio, disse o capitão com uma voz de porta rangendo e fez uma continência com a espada.

— Foi o Imperador de Mandala quem o mandou aqui? — quis saber Lucas.

— Não. Viemos a mando do senhor Pi Pa Po, o Bonzo-mor — respondeu o capitão.

— O que você acha, Jim? — perguntou Lucas a seu amigo. — Vamos primeiro tomar nosso café, ou vamos ver esse senhor Pi Pa Po?

— Não sei — respondeu Jim, que parecia não estar entendendo muito bem aquilo tudo.

— Muito bem. Seremos mais educados do que ele e não vamos deixá-lo esperando. Venha, Jim!

Os dois amigos saíram caminhando bem no meio da guarda do Palácio. Subiram os noventa e nove degraus e entraram no Palácio pelo portão aberto. Atrás deles, o pesado portão se fechou.

À sua frente, viram um corredor muito alto, ricamente ornamentado. Colunas grossas e sinuosas, feitas de puro jade, sustentavam um teto de madrepérola. Por toda parte havia cortinas de veludo vermelho, ornamentadas de preciosa seda estampada de flores. À esquerda e à direita havia corredores laterais. Neles, Lucas e Jim viam muitas portas: uma a cada cinco metros. Não dava nem para contar as portas, pois de cada corredor lateral saíam outros corredores laterais, todos muito compridos. Aquilo parecia não ter fim.

Com uma voz meio rouca, o capitão explicou:

— Isto, caríssimos estrangeiros, é a repartição pública imperial. Se os senhores fizerem a fineza de me acompanhar, eu os conduzirei ao ilustre senhor Bonzo-mor, Pi Pa Po.

— Na verdade, gostaríamos mesmo de ver o Imperador e não o senhor Pi Pa Po — resmungou Lucas.

— O ilustre senhor Bonzo-mor na certa os conduzirá ao Imperador — replicou o capitão, fazendo uma careta de cordialidade.

Assim, marcharam durante um bom tempo por todos aqueles corredores, até que finalmente pararam diante de uma porta.

— É aqui — murmurou o capitão, com todo o respeito.

Sem hesitar, Lucas bateu na porta e entrou, acompanhado por Jim. Dentro do aposento, três bonzos muito gordos estavam sentados em cadeiras altas. A cadeira do bonzo do meio era um pouco mais alta do que a dos outros, e ele usava uma túnica dourada. Era o senhor Pi Pa Po. Os três estavam se abanando com leques de seda. Diante de cada bonzo, sentado de cócoras no chão, havia um escrivão com tinta nanquim, pincel e papel, pois em Mandala todo mundo escreve com pincel.

— Bom dia, meus senhores! — disse Lucas amavelmente, enquanto tamborilava os dedos no boné. — O senhor é Pi Pa Po, o Bonzo-mor? Nós gostaríamos de falar com o Imperador.

— Bom dia — respondeu o Bonzo-mor, com um sorriso. — Os senhores verão o Imperador mais tarde.

— Talvez... — acrescentou o segundo bonzo, olhando de soslaio para o Bonzo-mor, um pouco acima dele.

— Quem sabe... — disse o terceiro bonzo. E os três se reverenciaram com um gesto de cabeça. Do chão, os três escrivães deixaram escapar um risinho de aprovação, debruçaram-se sobre seus papéis e escreveram as palavras espirituosas dos bonzos, para poderem legá-las à posteridade.

— Permitam-me primeiramente fazer algumas perguntas — disse o Bonzo-mor. — Quem são vocês?

— De onde vêm? — perguntou o segundo bonzo.

— O que desejam aqui? — perguntou o terceiro.

— Sou Lucas, o maquinista, e este aqui é o meu amigo Jim Knopf — respondeu Lucas. — Viemos de Lummerland e queremos ver o Imperador de Mandala para dizer-lhe que libertaremos sua filha da cidade dos dragões.

— Muito louvável! — disse o Bonzo-mor com um sorriso. — Só que isto qualquer um pode dizer.

— Vocês têm documentos? — perguntou o segundo bonzo.

— Ou permissão? — perguntou o terceiro.

Mais uma vez os escrivães deram aqueles risinhos de aprovação, escreveram tudo para a posteridade e os bonzos abanaram-se com seus leques e cumprimentaram-se com um movimento de cabeça e um sorriso.

— Escutem aqui, seus bonzos! — disse Lucas, tirando o boné da cabeça e o cachimbo da boca. — O que vocês querem, afinal? Vocês não deviam ficar aí se gabando desse jeito. Acho que o Imperador não ia gostar de saber que vocês ficam aqui bancando os figurões.

— É muito provável que ele jamais fique sabendo disso — replicou o Bonzo-mor.

— Sem a nossa ajuda — explicou o segundo bonzo, com presunção — vocês não poderão chegar até o Imperador.

— E só vamos permitir que vocês o vejam depois de verificarmos tudo direitinho — completou o terceiro.

E mais uma vez os bonzos se reverenciaram com um gesto de cabeça e um sorriso e os escrivães escreveram e riram aprovando o que tinham ouvido.

— Muito bem! — disse Lucas, com um suspiro. — Mas, por favor, vamos logo com suas averiguações, pois ainda não tomamos café.

— Diga uma coisa, senhor Lucas. O senhor tem carteira de identidade? — perguntou o Bonzo-mor.

— Não — respondeu Lucas.

Os bonzos ergueram as sobrancelhas e olharam um para o outro, de um jeito muito significativo.

— Sem uma carteira de identidade — disse o segundo bonzo —, o senhor não pode provar que existe.

— Sem uma carteira de identidade — completou o terceiro —, o senhor oficialmente não existe. Portanto, não pode ir até o Imperador, pois um homem que não existe não pode ir a lugar algum. É lógico.

E os bonzos concordaram com a cabeça, e os escrivães riram baixinho e escreveram tudo para a posteridade.

— *E só vamos permitir que vocês o vejam depois de verificarmos tudo direitinho...*

— Mas nós estamos aqui! — observou Jim. — Portanto, existimos sim!

— Isso qualquer um pode dizer — replicou o Bonzomor com um sorriso.

— E isto não é prova nenhuma — disse o segundo bonzo.

— Pelo menos não do ponto de vista oficial — acrescentou o terceiro.

— No máximo podemos emitir para os senhores uma carteira de identidade provisória — disse o Bonzomor, com certa condescendência. — É a única coisa que podemos fazer pelos senhores.

— Está bem — disse Lucas. — E com ela poderemos ver o Imperador?

— Não — disse o segundo bonzo. — É claro que com ela os senhores não poderão ver o Imperador.

— E o que a gente pode fazer com ela? — perguntou Lucas.

— Absolutamente nada — completou o terceiro bonzo, sorrindo.

E mais uma vez os três bonzos abanaram-se com seus leques, trocaram um movimento respeitoso com a cabeça, os três escrivães sorriram satisfeitos com o que tinham ouvido e escreveram as espirituosas palavras de seus superiores, para a posteridade.

— Bem, agora sou eu quem lhes quer dizer uma coisa, caros bonzos — disse Lucas, lentamente. — Se os senhores não nos levarem *imediatamente* ao Imperador, daremos uma boa prova de que existimos. Inclusive oficialmente! — e o maquinista mostrou um pedacinho daquele seu enorme punho preto, enquanto Jim também mostrou um pedacinho de seu pequeno punho preto.

— Cuidado com o que diz! — disse o Bonzo-mor, com uma voz sibilante e com um sorrisinho pérfido. — Isto é desacato a um bonzo! E por isso eu poderia mandar jogar vocês dois imediatamente no calabouço.

— Ah, mas isto é o cúmulo! — gritou Lucas, que estava começando realmente a perder a paciência. — Sua intenção é mesmo não nos deixar ver o Imperador, não é?

— Isso mesmo! — concordou o Bonzo-mor.

— Nunca!! — gritaram também os escrivães, olhando com o rabo do olho para os bonzos sentados acima deles.

— E por que não? — perguntou Lucas.

— Porque vocês são espiões — respondeu o Bonzo-mor com um sorriso triunfante. — Vocês estão presos!

— Está muito bem! — disse Lucas, com uma tranqüilidade perigosa. — Vocês acham mesmo que podem nos fazer de bobos, seus bonzos gorduchos e tontos? Pois escolheram as pessoas erradas!

Dizendo isso, Lucas foi primeiro até os escrivães, arrancou os pincéis das mãos deles e deu um tapão na orelha de cada um. Os escrivães rolaram pelo chão e começaram a chorar. Depois, sem tirar o cachimbo da boca, Lucas segurou o senhor Pi Pa Po pelo colarinho, ergueu-o da cadeira, virou-o de cabeça para baixo e o enfiou dentro de um cesto de lixo. O Bonzo-mor berrava de raiva, esperneava, mas não conseguia sair do cesto porque estava entalado. Em seguida, Lucas pegou os dois outros bonzos pelo colarinho, um em cada mão, escancarou a janela com um pontapé e esticou os braços para fora, sem largar os bonzos. Os dois bonzos choravam, mas não ousavam espernear, pois tinham medo de que Lucas os deixasse cair. E daquela janela até o chão era uma boa distância. Pendurados e quietinhos, os dois, pálidos como cera, olhavam o chão lá embaixo.

— E então? — resmungou Lucas, com o cachimbo entre os dentes. — Como é que vocês estão se sentindo? — e dizendo isto sacudiu um pouquinho os dois, que começaram a bater os dentes de medo. — Vão ou não vão nos levar imediatamente até o Imperador?

— Vamos, vamos! — choramingaram os dois bonzos.

Lucas puxou-os de novo para dentro e os colocou no chão. Só que os dois mal conseguiam parar em pé, de tão bambas que estavam suas pernas.

Nesse momento, porém, os guardas do Palácio apareceram na porta. Os gritos do Bonzo-mor tinham chamado a atenção deles. Os trinta homens entraram aos empurrões no aposento, e com as espadas em punho partiram para cima de Lucas e de Jim. Rapidamente, os dois pularam para um canto a fim de protegerem a retaguarda. Jim colocou-se atrás de Lucas, que usava a mesinha de um escrivão como escudo e uma cadeira para interceptar os golpes das espadas. Mas logo ele precisou de outras armas, pois as que tinha na mão já tinham sido despedaçadas pelas espadas. Jim pegou mais uma mesinha e uma cadeira e as passou rapidamente às mãos de Lucas. Mas dá para prever que nossos amigos não iam poder oferecer resistência por muito tempo. Afinal, ao todo só havia três mesinhas e três cadeiras naquele recinto. Logo as provisões iam se acabar, e o que aconteceria depois?

Totalmente absorvidos pela luta, nem Lucas nem Jim perceberam uma carinha espantada, que de repente apareceu na porta aberta. A cerca de um palmo do chão, aquela carinha deu uma olhada assustada por trás do umbral da porta e imediatamente desapareceu outra vez.

Era Ping Pong! Ele tinha dormido demais, pois na noite anterior tinha ido se deitar bem mais tarde do que de costume. Por isso, não tinha encontrado seus novos amigos na locomotiva. As pessoas lhe contaram que a guarda do Palácio havia levado os dois maquinistas. Ao ouvir isso, Ping Pong teve um mau pressentimento. Vasculhou correndo todos os corredores da repartição imperial, até que de longe ouviu o barulho da luta; correu na direção de onde vinha o barulho e viu a porta aberta. Só pela rápida olhada que deu, percebeu a gravidade da situação. Nesse caso, só uma pessoa poderia ajudar: o augusto Imperador em pessoa! Correndo feito uma lebre, Ping Pong passou por corredores, subiu escadas e atravessou salões e aposentos. Várias vezes teve que passar no meio das pernas de guardas que estavam a postos e cruzavam suas alabardas para tentar impedi-lo de passar. Nas curvas, Ping Pong perdia o equilíbrio, escorregava no chão de mármore liso e perdia preciosos segundos. Mas levantava-se depressa e continuava a correr, deixando atrás de si nuvenzinhas de poeira. Subiu aos pulos uma larga escada de mármore e atravessou um enorme tapete que parecia não ter fim. E correu, correu, correu...

Estava apenas a duas ante-salas da sala do trono do Imperador. Logo só faltava mais uma. Ele já estava avistando as enormes portas da sala do trono quando...
— que azar! — viu que dois criados estavam fechando as portas lentamente. No último minuto, Ping Pong escorregou por uma frestinha e... chegou à sala do trono. Com um ruído surdo, a porta foi trancada atrás dele.

*Nesse caso, só uma pessoa poderia ajudar:
o augusto Imperador em pessoa!*

A sala do trono era enorme, e lá no fundo estava o augusto Imperador, sentado em seu trono de prata e diamantes sob um baldaquino de seda azul-clara. Ao lado do trono, sobre uma mesinha, havia um telefone cravejado de diamantes.

Sentados em um amplo semicírculo, estavam reunidos os poderosos do reino: os príncipes e os mandarins e os tesoureiros e os nobres e os sábios e os astrólogos e os grandes pintores e poetas de Mandala. O Imperador sempre os reunia para pedir conselhos sobre questões políticas importantes. Também estavam presentes músicos com seus violinos de cristal e flautas de prata e um piano mandalense todinho cravejado de pérolas.

Naquele instante, os músicos começaram a tocar uma melodia solene. Reinava grande silêncio na sala e todos ouviam com atenção. Mas Ping Pong não podia esperar até a música terminar, pois os concertos em Mandala são muito mais demorados do que em qualquer outra parte do mundo. Abriu caminho por entre aquela multidão de dignitários e, quando ainda estava a cerca de vinte metros do trono, deitou-se de bruços — pois era assim que se cumprimentava o Imperador em Mandala — e foi se arrastando com enorme esforço até chegar bem em frente aos degraus de prata.

Entre a multidão de dignitários houve um ruído de inquietação. Os músicos pararam, pois haviam saído do compasso, e ouviu-se um murmúrio de indignação.

O Imperador de Mandala, um homem alto e bem velho, com uma barba fina e branca como a neve, que ia até o chão, olhou para o pequeno Ping Pong que estava a seus pés. O Imperador estava com uma cara espantada, mas não parecia bravo.

— O que você deseja, meu pequeno? — perguntou ele, lentamente. — Por que você veio perturbar meu concerto?

Ele falava baixo, mas sua voz ecoava até nos menores cantinhos da grande sala do trono.

Ping Pong estava sem fôlego: — Jiii... Luccc.... Locomotchchch.... Periii... Perigo!

— Fale devagar, meu menino! — ordenou o Imperador, com muita serenidade. — O que é? Não precisa ter pressa!

— Eles querem salvar Li Si! — disse Ping Pong, ofegando.

O Imperador levantou-se de um salto: — Quem? Onde estão eles?

— Na repartição! — gritou Ping Pong. — Com o senhor Pi Pa Po!... Rápido! A... gu-gu-guarda do Palácio!

— O que tem a guarda do Palácio? — perguntou o Imperador, um tanto nervoso.

— ... quer matá-los! — ofegou Ping Pong.

Então se desencadeou uma tremenda confusão. Todos correram para a porta. Os músicos abandonaram seus instrumentos e saíram correndo também. Na frente de todos ia o Imperador, como se a esperança de ver sua filha salva lhe desse asas. Atrás dele vinha o bando de dignitários, no meio dos quais estava o pequeno Ping Pong. Ele tomava muito cuidado para não ser pisoteado, pois no meio daquela bagunça ninguém prestava mais atenção nele.

Enquanto isso, Lucas e Jim estavam numa situação terrível. Todos os móveis já haviam sido reduzidos a pedacinhos pelos golpes de espadas dos guardas do Palácio. Nossos dois amigos, totalmente indefesos, estavam frente a frente com os soldados. Trinta pontas de espadas apontavam para eles.

— Acorrentem esses dois! — berrou o Bonzo-mor, que nesse meio tempo tinha conseguido se erguer mas continuava com o cestinho de lixo preso à cabeça. Os outros bonzos e escrivães gritavam: — Sim, sim... acorrentem esse dois. São perigosos espiões!

Lucas e Jim tiveram as mãos e os pés acorrentados, e depois foram trazidos pelos outros bonzos à frente do senhor Pi Pa Po.

— E agora? — perguntou o Bonzo-mor sorrindo furioso por entre as grades do cestinho de papel. — Como é que VOCÊS estão se sentindo agora? Acho que é melhor ordenar que cortem imediatamente suas digníssimas cabeças.

Lucas não respondeu nada. Reuniu todas as suas forças e tentou arrebentar as correntes. Mas elas eram de aço mandalense e pareciam feitas para amarrar elefante. Sorridentes como sempre, os bonzos trocaram um cumprimento de cabeça e os escrivães começaram a rir do esforço de Lucas para se libertar.

Sem se importar nem com os escrivães e nem com os bonzos, Lucas voltou-se para seu amigo e, com a voz grave, disse lentamente: — Jim, meu velho, foi uma viagem curta. Sinto muito que você tenha que compartilhar o meu destino.

Jim engoliu em seco:

— Ainda somos amigos — disse ele baixinho, e mordeu o lábio inferior para ele parar de tremer.

Os escrivães deram de novo aquele risinho e os bonzos se reverenciaram de novo com um gesto de cabeça.

— *Sim, sim... acorrentem esses dois.
São perigosos espiões!*

— Jim Knopf — disse Lucas — você é mesmo o cara mais legal que eu já encontrei em toda a minha vida!

— Levem-nos para o cadafalso! — ordenou o Bonzo-mor, e os soldados pegaram Lucas e Jim para levá-los.

— Alto lá! — ordenou uma voz em tom baixo, mas que todos ouviram muito bem.

Todos se viraram. À porta estava o Imperador de Mandala, e atrás dele todos os dignitários do reino.

— Baixem as espadas! — ordenou o Imperador.

O capitão ficou branco de medo e baixou a espada. Os soldados fizeram a mesma coisa.

— Tirem as correntes dos estrangeiros! — ordenou o Imperador. — E com elas acorrentem imediatamente o senhor Pi Pa Po e todos os outros!

E foi o que aconteceu. Quando Lucas se viu livre, a primeira coisa que fez foi acender o cachimbo, que tinha se apagado. Depois disse: — Venha, Jim.

Os dois amigos foram até o Imperador de Mandala. Lucas tirou o boné da cabeça e o cachimbo da boca, e disse: — Bom dia, Majestade! É um grande prazer poder conhecê-lo finalmente.

E os três trocaram um aperto de mão.

Capítulo onze

*onde Jim Knopf sem querer fica sabendo
de um segredo*

Seguidos pelo cortejo de dignitários, o Imperador, Lucas e Jim atravessaram os corredores do Palácio em direção à sala do trono.

— O senhor chegou bem na hora, Majestade! — disse Lucas ao Imperador, enquanto subiam a imponente escada de mármore. — Aquilo não ia acabar bem. Como é que o senhor ficou sabendo que estávamos em apuros?

— Através de um garotinho que entrou às pressas na minha sala — respondeu o Imperador. — Não sei quem é, mas ele me pareceu muito inteligente e muito decidido.

— Ping Pong! — disseram Lucas e Jim ao mesmo tempo.

— É um dos netos do chefe da cozinha de Sua Majestade. Um senhor de nome muito complicado — acrescentou Jim.

— O senhor Chu Fu Lu Pi Plu? — perguntou o Imperador, com um sorriso.

— Isso mesmo! — disse Jim. — Mas onde é que o Ping Pong se meteu?

Ninguém sabia, e todos começaram a procurar. Finalmente conseguiram encontrar o garotinho. Ele tinha se enrolado na barra de uma cortina de seda e estava dormindo. Para um bebê da idade dele, toda aquela operação de salvamento tinha sido cansativa demais. Quando viu que os dois estavam salvos, Ping Pong relaxou e mergulhou em sono profundo. O próprio Imperador debruçou-se, pegou-o no colo e levou-o cuidadosamente para seus aposentos. Chegando lá, colocou Ping Pong deitado em sua cama imperial, que tinha dossel e tudo. Emocionados, Lucas e Jim olhavam para o garotinho que tinha salvado suas vidas. O ronco suave de Ping Pong parecia mais o canto de um grilo.

— Vou dar a ele uma recompensa imperial — disse baixinho o Imperador. — E, quanto ao Bonzo-mor Pi Pa Po, vocês podem ficar sossegados. Ele e seus comparsas serão devidamente punidos.

É claro que, a partir daquele momento, as coisas melhoraram muito para os dois amigos, que receberam todas as honrarias possíveis e imagináveis. Todas as pessoas que os encontravam curvavam-se até o chão para reverenciá-los.

Durante toda a tarde, a biblioteca imperial foi palco da maior agitação. Nela havia sete milhões e trezentos e oitenta e nove mil e quinhentos e dois livros, e todos os sábios de Mandala estavam lá reunidos, querendo ler rapidamente todos eles. É que precisavam descobrir o mais depressa possível o que os habitantes da ilha de Lummerland gostavam de comer no almoço, e as receitas dessas comidas.

Finalmente os sábios conseguiram encontrar o que

É claro que, a partir daquele momento, as coisas melhoraram muito para os dois amigos...

procuravam, e enviaram as informações à cozinha imperial, ao senhor Chu Fu Lu Pi Plu e a seus trinta e um filhos e netos, todos cozinheiros como ele, e um menor do que o outro. Neste dia, o próprio senhor Chu Fu Lu Pi Plu preparou a comida. Nesse meio tempo, é claro que ele e sua numerosa família já estavam cansados de saber o que tinha acontecido e todos estavam estourando de orgulho de Ping Pong, o mais jovem membro da família. Não conseguiam fazer nada direito, de tão entusiasmados que estavam.

Quando a comida ficou pronta, o senhor Chu Fu Lu Pi Plu colocou o seu enorme chapéu de cozinheiro, tão grande que parecia um acolchoado enrolado. Depois ele fez questão de levar pessoalmente a comida à sala de jantar imperial.

Os dois amigos — Ping Pong ainda estava dormindo — nunca tinham saboreado uma comida tão gostosa em toda a sua vida, com exceção talvez do sorvete de morango da senhora Heem. Os dois não se cansaram de elogiar a arte do mestre Chu Fu Lu Pi Plu, e o rosto redondo do cozinheiro ficou parecendo um tomate, de tão vermelho de alegria. A propósito, dessa vez havia garfos, facas e colheres para comer. É que os sábios também haviam encontrado essa informação nos livros e haviam dado ao ferreiro imperial a incumbência de fundir os talheres em prata.

Depois da refeição, o Imperador e seus dois amigos foram passear no grande terraço, de onde se tinha uma vista da cidade inteira com seus milhares de telhadinhos de ouro. Sentaram-se à sombra de um enorme guarda-sol e ficaram conversando um tempão sobre mil coisas. Depois Jim desceu até a praça e trouxe da locomotiva a cartela do jogo de torrinha. Os dois amigos explicaram ao Imperador as regras do jogo, e depois jogaram algumas partidas com ele. O Imperador demonstrava muito boa vontade, mas perdia sempre e ficava muito feliz com isso. É que no fundo ele pensava: se esses estrangeiros têm tanta sorte, é bem provável que consigam mesmo libertar minha pequena Li Si!

Mais tarde apareceu também Ping Pong, que tinha dormido tudo a que tinha direito. Depois teve bolo com chocolate, à moda de Lummerland. Ping Pong e o Imperador, que não conheciam nada disso, experimentaram um pouco e acharam uma delícia.

— Quando é que vocês pretendem partir para a cidade dos dragões, meus amigos? — perguntou o Imperador, quando terminaram de comer.

— O mais rápido possível — respondeu Lucas. — Mas antes precisamos saber o que há de tão misterioso nessa tal cidade dos dragões, onde ela fica, como se faz para chegar lá, e outros detalhes.

O Imperador concordou com a cabeça: — Hoje à noite, meus amigos, vocês ficarão sabendo de tudo o que se sabe em Mandala sobre essa cidade.

Depois, o Imperador e Ping Pong levaram os dois amigos para os jardins do Palácio Imperial, a fim de passarem o resto da tarde na companhia deles. Mostraram-lhes uma porção de coisas interessantes, como por exemplo as maravilhosas fontes e chafarizes mandalenses, lindos pavões que ostentavam orgulhosos suas caudas douradas tingidas de verde e violeta, veados azuis com chifres prateados que chegavam bem pertinho deles, tão mansos que se podia até montar em seu lombo. Havia também um unicórnio mandalense, cujo pêlo prateado brilhava como a luz do luar, búfalos de cor púrpura com a crina comprida e toda ondulada, elefantes brancos com presas cravejadas de diamantes, macaquinhos de pêlo sedoso e cara engraçada, e milhares de outras raridades.

À tardinha, todos comeram juntos no terraço, e quando escureceu voltaram para a sala do trono. Durante todo o dia, haviam sido feitos grandes preparativos para a noite na sala do trono. Milhares de pequenas lanternas de pedras preciosas coloridas iluminavam o enorme recinto. Os vinte e um homens mais sábios de Mandala estavam reunidos e esperavam por Jim e Lucas. Eles haviam trazido livros e pergaminhos, nos quais se podiam buscar todas as informações conhecidas sobre a cidade dos dragões.

Se naquele país até as criancinhas eram tão inteligentes, dá para imaginar como eram sábios esses vinte e um homens, tidos como os mais inteligentes de todos. Podia-se perguntar a eles qualquer coisa: por exemplo, quantas gotas de água há no mar, qual a distância da Terra à Lua, por que o mar vermelho é vermelho, qual o nome do animal mais raro, ou quando será o próximo eclipse do Sol. Eles sabiam tudo. Eram chamados de Flores do Saber. Só que de flores eles não tinham nada: de tanto ficar estudando e decorando as coisas, muitos tinham ficado com o corpo encolhido e a testa enorme. Outros, de tanto ficarem sentados e lendo, tinham ficado baixinhos e gorduchos, com um traseiro enorme e achatado. E havia ainda aqueles que, de tanto se esticarem para pegar livros nas estantes, tinham ficado tão altos e magrinhos como cabos de vassoura. Todos usavam grossos óculos de ouro apoiados na pontinha do nariz: era a marca de sua respeitabilidade.

Depois que as vinte e uma Flores do Saber deitaram-se no chão de bruços, para cumprimentar o Imperador e os dois amigos, Lucas começou a fazer perguntas.

— A primeira coisa que eu gostaria de saber — disse ele, acendendo o cachimbo — é a seguinte: como é que vocês sabem que a princesa está na cidade dos dragões?

Então, um sábio do tipo cabo de vassoura deu um passo à frente, ajustou os óculos e disse:

— Honrado estrangeiro, tudo se passou da forma como vou narrar. Há um ano, a adorável princesa Li Si, tão pura quanto o orvalho da manhã, estava passando suas férias na praia. Um dia, sem mais nem menos, ela desapareceu sem deixar vestígios. Ninguém ficou sabendo o que tinha acontecido com ela. Aquela terrível incerteza durou até o dia em que, há duas semanas, alguns pescadores encontraram boiando nas águas do Rio Amarelo uma garrafa com uma mensagem dentro. O Rio Amarelo nasce na montanha listada de vermelho e branco e corta a região próxima aos portões de nossa cidade. Na verdade, a garrafa encontrada era uma mamadeira de bebê, dessas que as garotinhas usam para brincar de boneca. Dentro dela havia uma carta escrita de próprio punho pela nossa adorável princesa, tão cálida como a pétala de uma flor.

— Será que poderíamos dar uma olhada nessa carta? — perguntou Lucas.

O sábio procurou no meio de seus papéis e entregou a Lucas uma folha dobrada. Lucas desdobrou o papel e leu em voz alta:

"Prezado desconhecido! Seja você quem for, por favor entregue esta mensagem o mais depressa possível a meu pai, o senhor Pung Ging, digníssimo Imperador de Mandala. Os 13 me apanharam e me venderam à senhora Dentão. Por aqui há muitas outras crianças. Por favor, salve-nos, pois é terrível viver aprisionada aqui. A senhora Dentão é um dragão, e meu novo endereço é o seguinte:

> Princesa Li Si
> aos cuidados da senhora Dentão
> *Mummerland*
> Rua Velha, n.º 133
> Terceiro andar, à esquerda."

Lucas baixou a folha de papel, e ficou olhando para o infinito, absorto em pensamentos.
— Dentão...? — balbuciou — ... Dentão?... Mummerland?... Mas eu já ouvi isso em algum lugar!
— Mummerland é o nome da cidade dos dragões — explicou o sábio. — Encontramos essa informação num livro muito antigo.
Lucas tirou o cachimbo da boca. Soltou um assobio de admiração e murmurou:
— Essa história está começando a ficar emocionante!
— Por quê? — perguntou Jim, sem entender.
— Escute bem, Jim Knopf! — disse Lucas muito sério. — Chegou a hora de você ficar sabendo de um grande segredo: o segredo de como você chegou a Lummerland. Naquela época você era novinho demais, e por isso não se lembra. É que foi trazido pelo carteiro, dentro de um pacote mandado pelo correio.
Lucas contou a Jim tudo o que tinha se passado em Lummerland naquela época, e o garoto foi ouvindo com

os olhos cada vez mais arregalados. Por fim, Lucas reproduziu mais ou menos num papel o endereço, tal como ele havia sido escrito no pacote.

— Em vez do nome do remetente, só havia um grande número 13 — concluiu Lucas.

O Imperador, Ping Pong e os sábios escutaram com atenção o que Lucas contou e compararam o endereço que ele tinha escrito com o da carta da princesa.

— Não há dúvidas — disse um sábio gordo e baixinho, que era um especialista nesse assunto —, não há dúvida de que se trata do mesmo endereço nos dois casos. Só que a princesa Li Si o escreveu corretamente, e o endereço no pacote que trouxe Jim foi escrito por alguém que não sabia escrever direito.

— Mas então a senhora Heem não é minha mãe verdadeira? — disse Jim, de repente.

— Não — respondeu Lucas. — E isso sempre a deixou muito aflita.

Jim ficou calado por algum tempo; depois, meio angustiado, perguntou: — Mas, então, quem é minha mãe? Você acha que pode ser a senhora Dentão?

Pensativo, Lucas balançou a cabeça.

— Não acho, não — respondeu. — Pelo que a princesa escreveu, a senhora Dentão é um dragão. A gente teria que descobrir quem são esses "13". Foram eles que enviaram o pacote com você dentro.

Mas ninguém sabia quem eram os tais "13". Nem as Flores do Saber. Jim estava muito inquieto, o que era perfeitamente compreensível. Dá para imaginar como deve ser embaraçoso e constrangedor descobrir coisas tão importantes sobre si mesmo de uma hora para outra, e sem estar preparado.

— De qualquer modo — disse Lucas —, agora a gente tem mais um motivo para ir até a cidade dos dragões. Não só para salvar a princesa Li Si, mas também para descobrir o segredo de Jim Knopf.

Enquanto pensava, soltou algumas baforadas de fumaça e depois prosseguiu: — Tudo isto é realmente muito interessante! Se nós não tivéssemos vindo a Mandala, jamais descobriríamos esta pista!

— Sim — respondeu o Imperador —, certamente deve haver um grande segredo por trás de tudo isto.

— Pois meu amigo Jim Knopf e eu vamos descobri-lo. — replicou Lucas com seriedade e decisão. — E onde é que fica Mummerland, a cidade dos dragões?

Um sábio encolhido e de testa grande deu um passo à frente. Era o geógrafo-mor do Império e conhecia de cor todos os mapas do mundo.

— Honrado estrangeiro — disse ele, com cara de preocupação. — Infelizmente nenhum mortal conhece a localização da cidade dos dragões.

— Mas é claro — disse Lucas. — Senão o carteiro a teria encontrado.

E o sábio prosseguiu: — Acreditamos, porém, que ela se localize em algum lugar para além da montanha listada de vermelho e branco. Como a mamadeira que trazia a mensagem da princesa foi trazida rio *abaixo* pelas águas do Rio Amarelo, a cidade só pode se localizar rio *acima*. Contudo, só conhecemos o curso do Rio Amarelo até a montanha listada de vermelho e branco. Naquele ponto, ele surge de dentro de uma caverna profunda. Mas ninguém sabe realmente onde fica a sua nascente.

Lucas refletiu algum tempo, soltando grandes baforadas de fumaça, que subiram para o teto da sala do trono.

— E dá para entrar na caverna? — perguntou ele.

— Não — respondeu o sábio. — É totalmente impossível, pois o rio é muito caudaloso.

— Bem... mas em algum lugar esse rio tem que nascer! — disse Lucas. — E como a gente poderia chegar do outro lado da montanha para procurar?

O sábio abriu um enorme mapa na frente de Lucas e de Jim.

— Este é o mapa de Mandala — explicou o geógrafo-mor. — Como vocês podem ver, as fronteiras do reino são marcadas pela famosa Muralha de Mandala, que circunda todo o nosso país, menos na região costeira. Essa muralha tem cinco portões: um que dá para o Norte, outro para o Noroeste, outro para o Oeste, outro para o Sudoeste e um último para o Sul. Saindo-se pelo portão oeste, chega-se primeiro à Floresta das Mil Maravilhas. Atravessando a floresta, chega-se à montanha listada de vermelho e branco. Ela se chama Coroa do Mundo. Infelizmente não é possível escalá-la. Mas nesse ponto, um pouco mais ao sul, existe uma garganta chamada Vale do Crepúsculo. Por essa garganta é o único jeito de se atravessar a montanha. Contudo, até hoje ninguém ousou fazê-lo. É que o Vale do Crepúsculo está cheio de vozes e sons tão horríveis, que ninguém suporta ouvi-los. É provável que do outro lado desse vale exista um deserto. Seu nome é Fim do Mundo. Infelizmente não tenho outras informações, pois ali começa uma região totalmente inexplorada.

Lucas estudou atenciosamente o mapa. Refletiu mais um pouco, e disse:

— Se a gente atravessar o Vale do Crepúsculo e caminhar sempre em direção ao norte, do outro lado da montanha na certa vamos reencontrar o Rio Amarelo em algum lugar. Então poderemos continuar navegando rio acima, até chegar à cidade dos dragões. Isso se ela ficar mesmo às margens do Rio Amarelo, é claro.

— Não temos certeza — replicou o sábio. — Mas supomos que sim.

— Bem, de um jeito ou de outro a gente vai tentar — disse Lucas. — De qualquer maneira, eu gostaria muito de levar o mapa. Mais alguma pergunta, Jim?

— Sim — respondeu Jim. — Como são os dragões?

Nesse momento, um sábio baixinho e gorducho, daqueles de traseiro achatado, deu um passo à frente e disse:

— Sou professor-doutor em Zoologia do Império e conheço tudo sobre todos os bichos da terra. Mas, quanto à família dos dragões, infelizmente tenho que admitir que a ciência sabe muito pouco. Todas as descrições que pude encontrar são altamente imprecisas e incrivelmente contraditórias. Aqui o senhor poderá ver algumas ilustrações, mas não posso lhe assegurar até que ponto elas correspondem à verdade.

Dizendo isso, o sábio desenrolou diante de Lucas e de Jim uma gravura. Nela havia diversas criaturas, de aparência tão estranha que era difícil acreditar na sua existência.

— Bem — disse Lucas, soltando umas baforadas engraçadas —, se voltarmos inteiros, poderemos dizer a vocês como são os dragões. Acho que agora já sabemos o necessário. Muito obrigado, caros senhores Flores do Saber!

Os vinte e um homens mais sábios de Mandala

deitaram-se de bruços em sinal de respeito a Lucas, a Jim e ao Imperador, juntaram seus papéis e deixaram a sala do trono.

— Quando é que vocês estão pensando em começar a viagem, meus amigos? — perguntou o Imperador, quando ficaram sozinhos.

— Creio que amanhã cedo — respondeu Lucas. — De preferência, antes do sol nascer. Temos uma longa viagem pela frente e não queremos perder tempo.

Depois virou-se para Ping Pong e pediu:

— Você poderia me fazer o favor de arranjar uma folha de papel, um envelope e um selo? Lápis eu tenho. Não podemos deixar de mandar uma carta a Lummerland, antes de partirmos para a cidade dos dragões. A gente nunca sabe o que pode acontecer.

Ping Pong trouxe o que Lucas tinha pedido, e nossos dois amigos começaram a escrever uma longa carta. Explicaram à senhora Heem e ao rei Alfonso Quinze-para-Meio-Dia por que tinham saído de Lummerland. Disseram também que Jim já estava sabendo de toda a história do pacote e que agora teriam que viajar a Mummerland, a cidade dos dragões, para libertar a pequena princesa Li Si e descobrir o segredo de Jim. Para terminar, mandaram fortes abraços, inclusive para o senhor Colarinho. Lucas assinou seu nome, e Jim desenhou sua carinha preta.

Em seguida, colocaram a carta no envelope selado, escreveram o endereço, e os quatro juntos desceram para a grande praça, onde colocaram a carta numa caixa de correio. Sozinha e abandonada, lá estava Ema iluminada pelo luar.

— Ainda bem que eu lembrei! — disse Lucas,

virando-se para o Imperador e para Ping Pong. — Ema precisa de água fresca. Além disso, precisamos encher o tênder de carvão, pois numa viagem rumo ao desconhecido a gente nunca sabe se vai encontrar um bom material de combustão.

Nesse mesmo momento, o cozinheiro-chefe, Chu Fu Lu Pi Plu, abriu a porta da cozinha e saiu para admirar a lua. Quando viu os dois estrangeiros perto da locomotiva, junto com o Imperador e com Ping Pong, desejou-lhes respeitosamente uma boa noite.

— Ah, meu caro senhor Chu Fu Lu Pi Plu — disse o Imperador —, o senhor pode fornecer água e carvão da cozinha a nossos amigos, não pode?

O cozinheiro-chefe mostrou-se muito disposto a ajudar, e todos colocaram mãos à obra. Lucas, Jim, o cozinheiro-chefe e até o Imperador carregaram baldes de água e de carvão da cozinha até a locomotiva. Ping Pong não queria ficar parado ali só olhando, e também ajudou, embora só conseguisse carregar um baldinho pouco maior do que um dedal. Finalmente, o tênder ficou cheio de carvão e a caldeira de Ema cheia de água.

— Ótimo! Muito obrigado! — disse Lucas. — Agora vamos dormir!

— Vocês não vão passar a noite no Palácio? — perguntou o Imperador, admirado.

Mas Lucas e Jim disseram que preferiam dormir na locomotiva. Disseram que era muito aconchegante e eles já estavam acostumados. Despediram-se de todos e se desejaram boa-noite. O Imperador, o cozinheiro-chefe e Ping Pong prometeram que voltariam bem cedo na manhã seguinte para desejarem boa sorte a seus amigos. Lucas e Jim subiram na cabine da locomotiva, Ping Pong e o cozinheiro-chefe foram para a cozinha, e o Imperador desapareceu no interior do palácio. Pouco depois, todos já estavam dormindo.

Capítulo doze

*onde começa a viagem rumo ao desconhecido
e nossos dois amigos vêem a Coroa do Mundo*

— Ei, Jim, acorde!
Jim levantou-se, esfregou os olhos e perguntou, ainda com sono: — O que é?
— Está na hora — disse Lucas. — Precisamos partir!
Jim despertou como se tivesse levado um banho de água fria. Olhou pela janela da cabine. A praça estava deserta. Estava tudo escuro, pois o sol ainda não tinha nascido. Nesse momento, a porta da cozinha se abriu e o senhor Chu Fu Lu Pi Plu saiu. Trazia na mão uma enorme sacola e vinha na direção de Ema. Atrás dele vinha o pequeno Ping Pong, com a carinha cheia de preocupação. Mas dava para ver que ele estava se esforçando muito para se controlar.
— Preparei alguns sanduíches para os caríssimos estrangeiros comerem na viagem — disse o cozinheiro-chefe. — Passei manteiga e tudo, como se costuma fazer em Lummerland. Espero que vocês gostem.
— Muito obrigado — disse Lucas. — É muita gentileza sua ter pensado nisso!
De repente, Ping Pong começou a chorar. Por mais

que se esforçasse, não conseguiu suportar aquela angústia.

— Hu-hu-hu, meus queridos estrangeiros — soluçou ele, limpando do rostinho as lágrimas que escorriam.
— Desculpem, mas gente da minha idade... hu-hu-hu... às vezes chora sem saber por quê...

Lucas e Jim sorriram emocionados; depois, com muito carinho, apertaram a mãozinha de Ping Pong. Lucas disse:

— Sabemos disso, Ping Pong. Boa sorte, nosso salvador e amigo.

Depois chegou o Imperador. Estava mais pálido do que de costume e parecia muito preocupado.

— Meus amigos — disse ele. — Que o céu os proteja, e também à minha filhinha. De hoje em diante não vou mais me preocupar apenas com minha Li Si, mas também com vocês dois, de quem aprendi a gostar tanto.

Emocionado, Lucas soltou umas baforadas bem grandes e murmurou:

— Tudo vai dar certo, Majestade!

— Aqui tem um pouco de chá quente para vocês — disse o Imperador, entregando a Lucas uma garrafa térmica de ouro. — É sempre bom tomar um pouco de chá quente durante a viagem.

Lucas e Jim agradeceram, depois subiram na locomotiva e fecharam as portas da cabine. Jim baixou o vidro e disse:

— Adeus!

— Adeus! Adeus! — responderam os que ficaram. Ema se pôs em movimento, e todos ficaram acenando até que não puderam mais se ver: a viagem à cidade dos dragões tinha começado.

No início da viagem, Lucas e Jim ficaram algum tempo andando por ruas desertas; depois chegaram a uma planície e deixaram para trás os telhados de ouro de Ping. O sol nasceu e o tempo estava claro e lindo: um dia perfeito para quem ia sair em uma expedição.

Viajaram o dia inteiro sem parar, sempre atravessando o país de Mandala em direção ao misterioso Vale do Crepúsculo. No segundo dia atravessaram amplos jardins e campos deixando um rastro de fumaça pelos povoados em que passavam. Os camponeses e as camponesas de Mandala, junto com seus filhos e netos, acenavam para eles. Ninguém mais tinha medo de Ema. A notícia de que dois estrangeiros tinham saído em uma locomotiva para libertar a princesa Li Si tinha se espalhado por todo o reino feito fumaça.

No terceiro dia, os dois amigos avistaram um dos castelos mandalenses mais famosos, feito de mármore branco. Ele ficava no meio de um lago. Sustentado por várias colunas finas, o castelo parecia pairar sobre as águas. Ali viviam algumas jovens nobres de Mandala. Lucas e Jim viram de longe as jovens acenando para eles com seus leques de seda e os dois retribuíram ao aceno com seus lenços.

Em todos os lugares onde paravam, as pessoas se aproximavam e traziam enormes cestos de frutas e doces de todo o tipo para os dois amigos, e água e carvão para a locomotiva.

No sétimo dia de viagem, chegaram finalmente ao portão oeste da grande Muralha de Mandala. Os doze soldados que montavam guarda, e que eram muito parecidos com os guardas do Palácio, vieram arrastando uma chave gigantesca, tão grande, que três homens quase não conseguiam carregá-la. Colocaram a chave na fechadura e com grande esforço foram girando. Com um rangido alto, as pesadas asas do portão oeste se abriram. Ninguém se lembrava mais da última vez em que aquilo tinha acontecido. Quando Ema passou pelos guardas soltando um risco de fumaça, eles saudaram os amigos, dizendo: — Viva! Viva! Viva os heróis de Lummerland!

Alguns minutos depois, os viajantes já estavam no meio da Floresta das Mil Maravilhas. Não era nada fácil encontrar um caminho para uma locomotiva; e um maquinista que conhecesse um pouco menos que Lucas seu instrumento de trabalho certamente teria ficado atolado. É que a Floresta das Mil Maravilhas era uma imensa floresta virgem de árvores de vidro colorido, trepadeiras e flores esquisitas. Como tudo era transparente, dava para ver um monte de animais que moravam ali.

Havia borboletas do tamanho de um guarda-sol. Papagaios coloridos faziam acrobacias nos galhos. Por entre as folhas se arrastavam enormes tartarugas com bigodes compridos e caras de sábias, e sobre as folhas moviam-se caracóis azuis e vermelhos carregando nas costas casinhas de vários andares, como as casas de Ping com seus telhadinhos de ouro, e eram muito parecidas com elas, só que menores, é claro. Às vezes apareciam unicórnios listados, mansos, de orelhas tão grandes, que de dia pairavam no ar com elas e à noite, quando iam dormir, enrolavam-se nelas como se fossem cobertores. Cobras enormes, de cor cinza-brilhante, enrolavam-se nos troncos das árvores. Mas elas não eram perigosas. Tinham uma cabeça em cada ponta e, por causa disso,

— Viva! Viva! Viva os heróis de Lummerland!

viviam em conflito consigo mesmas, e nunca conseguiam resolver para onde ir. É claro que elas nunca conseguiam apanhar um animal para comer. Tinham que se alimentar de legumes, que pelo menos não saíam correndo enquanto as duas cabeças discutiam. Certa vez, Lucas e Jim chegaram a ver um bando de veados dançarinos cor-de-rosa, muito tímidos, que dançavam uns com os outros numa clareira da floresta.

Tudo aquilo era muito interessante e Jim ficou morrendo de vontade de descer para passear um pouco pela Floresta das Mil Maravilhas. Mas Lucas não deixou, pois agora não tinham tempo a perder. Precisavam libertar a princesa o mais rapidamente possível.

Levaram três dias para atravessar a floresta, pois só conseguiam avançar com muita dificuldade. No terceiro dia, porém, a mata fechada abriu-se repentinamente, como se fosse uma cortina multicolorida; e à frente deles, bem perto dali, erguia-se a cadeia de montanhas listadas de vermelho e branco, que tinha o nome de Coroa do mundo. Só pelo fato de Lucas e Jim terem conseguido avistar aquela enorme cadeia de montanhas lá da praia, a centenas de milhas, dá para imaginar como os picos eram altos. Aquela visão majestosa deixou nossos dois amigos muito impressionados. As montanhas eram tão coladinhas umas nas outras, que não dava nem para pensar em atravessá-las. Atrás da primeira cadeia de montanhas vinha a segunda, atrás da segunda uma terceira e atrás dela outra e mais outra. Os picos chegavam até as nuvens e a cadeia de montanhas cortava todo o país de norte a sul.

Todas as montanhas eram listadas de vermelho e branco; em algumas, as listas eram horizontais, em outras oblíquas, em outras onduladas e em outras até em ziguezague. Algumas montanhas eram quadriculadas e em outras as listas formavam lindos padrões.

Nossos dois amigos ficaram um tempão olhando aquilo tudo, mostrando um ao outro as lindas esculturas formadas pela natureza no topo das montanhas. Depois, Lucas abriu o mapa.

— Bem, agora vamos ver onde é que fica esse Vale do Crepúsculo.

Encontrou-o logo, o que deixou Jim muito admirado, pois naquele papel ele só conseguia ver uma confusão de linhas e pontos coloridos, nada mais.

— Veja bem — disse Lucas, apontando com um dedo para o mapa. — Nós estamos aqui. Nesse outro ponto fica o Vale do Crepúsculo. Portanto, saímos da floresta um pouco mais ao norte do que o previsto. Por isso temos que viajar um pouco mais em direção ao sul.

— Você é quem manda — disse Jim, cheio de confiança.

Viajaram um trecho em direção ao sul, sempre ao longo das montanhas, e logo viram uma fenda estreita entre duas montanhas. Rumaram para lá.

Capítulo treze

*onde as vozes do Vale do Crepúsculo
começam a falar*

O Vale do Crepúsculo era uma garganta, como se fosse um corredor sombrio, mais ou menos da largura de uma rua. O chão era feito de pedras vermelhas e era liso como asfalto. Nenhum raio de sol conseguia chegar até lá embaixo. À esquerda e à direita erguiam-se rochedos íngremes que chegavam até a altura do céu. Lá no fundo, bem no fim daquele corredor, um enorme sol vermelho começava a se pôr e a tingir de vermelho as paredes escabrosas da garganta.

Mas não se ouvia nada. Um silêncio misterioso reinava por toda parte. O coração de Jim batia forte e ele pegou na mão de Lucas. Assim, de mãos dadas, os dois permaneceram calados por algum tempo, até que Jim disse:

— Que silêncio!

Lucas concordou com a cabeça e ia dizer alguma coisa quando a voz de Jim ecoou claramente do lado direito dos rochedos:

— Que silêncio!

Depois do lado esquerdo, a mesma coisa:

— Que silêncio!

Então, numa espécie de murmúrio, aquelas palavras se repetiram por todo o vale, uma vez do lado esquerdo, outra do lado direito:

— Que silêncio! — Que silêncio! — Que silêncio!

— O que é isso? — perguntou Jim, assustado, apertando com mais força a mão de Lucas.

— O que é isso? — O que é isso? — O que é isso? — ouviu-se ao longo dos rochedos.

— Não tenha medo! — respondeu Lucas, tentando tranqüilizá-lo. — É apenas um eco!

— Apenas um eco! — Apenas um eco! — Apenas um eco! — ouviu-se ao longo da garganta.

Os dois amigos voltaram para onde estava Ema e já iam embarcando, quando Jim sussurrou ao ouvido de Lucas:

— Psiu, Lucas! Escute!

Lucas ficou escutando. E então os dois perceberam que o eco vinha voltando lá do fundo da garganta. A princípio, bem baixinho; depois, cada vez mais alto:

— Que silêncio! — Que silêncio! — Que silêncio!

Curioso... agora não se ouvia mais a voz de Jim; era como se mais de cem Jims estivessem conversando, misturando todas as palavras. O som chegou até eles num volume alto, envolveu-os, depois deu meia-volta e lá se foi de novo vale abaixo.

— Parece que o eco voltou e se multiplicou no caminho — murmurou Lucas.

Agora quem vinha lá de longe era o segundo eco, sempre se alternando entre o paredão esquerdo e o direito:

— O que é isso? — O que é isso? — O que é isso? — ouvia-se nos rochedos. E a essa altura já parecia ser

... *depois, cada vez mais alto:* — *Que silêncio!*
— *Que silêncio!* — *Que silêncio!*

uma multidão de Jims. Depois o eco deu meia-volta e voltou a se distanciar.

— Bem, se a coisa continuar assim, vai ser muito divertido — disse Lucas, baixinho.

— Por que você está dizendo isso? — perguntou Jim com medo, e bem baixinho também. Ele achava muito esquisito ouvir sua voz se multiplicar sozinha e ficar pairando por ali feito um fantasma.

— Imagine só — disse Lucas, abafando a voz — o que não vai acontecer quando a Ema começar a andar aqui dentro do vale. Isso aqui vai parecer uma estação ferroviária em véspera de feriado.

Nesse momento começou a se aproximar o terceiro eco, sempre em ziguezague pelos paredões do vale:

— Apenas um eco! — Apenas um eco! — Apenas um eco! — gritavam mais de mil Lucas pelas paredes de pedra. E mais uma vez as vozes deram meia-volta e se dirigiram para a outra ponta da garganta.

— Por que isso acontece? — sussurrou Jim.

— É difícil explicar. Isso teria que ser estudado — respondeu Lucas.

— Ouça! Lá vem o eco de novo! — murmurou Jim.

O primeiro eco retornava lá de longe pela segunda vez, e nesse meio tempo tinha se multiplicado incrivelmente.

— Que silêncio! — Que silêncio! — Que silêncio! — trovejavam dez mil Jims. Era um barulho tão alto, que os ouvidos dos dois amigos quase estouravam.

Quando passou, Jim cochichou:

— O que vamos fazer? Esse negócio está ficando insuportável!

— Acho que não há o que fazer — respondeu Lucas, também cochichando. — A única coisa é tentar atravessar o vale o mais depressa possível.

De novo o eco retornou do outro lado do vale. Era a pergunta de Jim: — O que é isso? — que voltava como se fossem cem mil Jims gritando. O chão tremeu debaixo da locomotiva e Jim e Lucas tiveram que tapar os ouvidos. Logo que o eco se distanciou novamente, Lucas enfiou a mão dentro de uma gavetinha que havia do lado da alavanca e tirou uma vela, que estava bem mole devido ao calor da caldeira. Lucas fez duas bolinhas com a cera da vela e deu-as a Jim.

— Tome — disse ele —, coloque essa cera no ouvido para o eco não arrebentar seus tímpanos! E não se esqueça de abrir a boca!

Mais do que depressa, Jim enfiou a cera no ouvido e Lucas fez a mesma coisa. Depois perguntou através de gestos se Jim ainda estava escutando alguma coisa. Os dois ficaram ouvindo atentos, mas perceberam só de longe o terceiro eco que se aproximou, fazendo um barulho de trovão, e depois se foi novamente.

Satisfeito, Lucas percebeu que sua idéia tinha dado certo. Deu uma piscadinha para Jim, jogou algumas pás de carvão no fogo e depois entraram a pleno vapor no vale misterioso. O chão era liso, e eles avançavam numa boa velocidade, mas fazendo o maior barulhão.

Para entendermos o que aconteceu dali a pouco com nossos dois amigos, precisamos saber o que esse tal Vale do Crepúsculo tinha de especial. Os paredões de pedra tinham uma conformação que impedia o som de sair daquele vale. O som ficava batendo de cá para lá, em ziguezague, sem conseguir escapar. Quando chegava na outra ponta do corredor estreito, era obrigado a voltar para o ponto de partida, onde fazia meia-volta de novo. Assim, cada eco produzia outro eco, e este mais um outro. O número de vozes era cada vez maior, e, quanto maior o número de vozes, mais alto era o barulho, é claro. Agora, então, o que ecoava pela garganta de pedra era o barulho de uma locomotiva! Aquilo sim é que era barulho!

Bem, a essa altura é de se perguntar por que estava aquele silêncio no vale quando Lucas e Jim chegaram. De fato, era de esperar que o menor ruído produzido no vale ficasse ecoando para sempre, e cada vez com maior intensidade.

Essa é uma pergunta para ser respondida por um cientista. O raciocínio está correto, tanto que, se nossos dois amigos tivessem chegado ao vale dois dias antes, teriam ouvido um barulhão muito forte mesmo. Ele tinha se formado a partir de alguns ruídos bem baixinhos, mas que com o tempo cresceram terrivelmente. Por exemplo, ouvia-se o miau de um gatinho ampliado um milhão e cem vezes, o pio de um pardal ampliado um milhão de vezes e o ruído de uma pedrinha caindo, cerca de setecentos milhões de vezes. Dá para imaginar o barulho que tudo isso produzia!

Mas para onde teria ido esse eco? A resposta é a seguinte: nesse meio tempo... tinha chovido! E, sempre que chovia, um pouquinho de eco ficava "pendurado" nas gotas de chuva e depois escoava com a água. Era assim que o Vale do Crepúsculo se limpava de seus barulhos. Como um dia antes da chegada de Jim, Lucas e Ema tinha chovido muito forte, e como não se tinha produzido nenhum barulho no vale depois da chuva, eles encontraram aquele silêncio absoluto.

Mas vamos voltar a nossos dois amigos, que atravessavam o vale a pleno vapor. O caminho era mais comprido do que Lucas tinha imaginado. Quando chegaram mais ou menos ao meio do vale, sem querer Jim deu uma olhadinha para trás. E o que ele viu certamente faria tremer nas bases o homem mais corajoso do mundo!

Se eles ainda estivessem na entrada da garganta, a essa hora já estariam soterrados debaixo de um montão de pedacinhos de rochedos, de um peso incalculável. As paredes dos dois lados tinham desmoronado. Jim via os rochedos desmoronarem à esquerda e à direita, como se fossem dinamitados; via também que os picos das montanhas, que pareciam tocar o céu, balançavam, acabavam se quebrando e enchiam o Vale do Crepúsculo com seus destroços. Com a velocidade do vento, aquela avalanche fatal vinha bem atrás da locomotiva.

Jim deu um grito e puxou Lucas pela manga da camisa. Lucas virou-se e imediatamente percebeu a tragédia que os ameaçava. Sem pensar, virou uma alavanca para a posição

Emergência! Para ser utilizado apenas em caso de extremo perigo!

Há muitos anos ele não usava aquela posição da alavanca, e não sabia se a boa e velha Ema ainda agüentaria um esforço daquele tamanho. Mas não tinha outra alternativa.

Ema sentiu o sinal e soltou um assobio estridente: — Pfiiuu! —, como se quisesse dizer — Já entendi! — Então o ponteiro do velocímetro foi subindo, subindo, subindo, passou por uma lista vermelha e chegou à posição

Velocidade máxima

Subiu mais ainda, chegou a um ponto em que não havia nada escrito e então o velocímetro explodiu.

Mais tarde, nem Lucas nem Jim sabiam dizer como tinham conseguido. O fato é que conseguiram escapar daquele desastre. Como uma bala de canhão, a locomotiva saiu pelo outro lado da garganta, bem na hora em que os últimos picos desmoronavam.

Lucas voltou a alavanca para a posição normal. Ema passou a andar mais devagar e logo depois os dois maquinistas sentiram um tranco. A locomotiva soltou todo seu vapor e parou. Não estava mais ofegando, e nem dava qualquer outro sinal de vida. Lucas e Jim desceram, tiraram a cera do ouvido e olharam para trás. Atrás deles estava a Coroa do Mundo, e no lugar da garganta que tinham atravessado havia uma nuvem de poeira que se elevava a quilômetros de altura.

Ali, era uma vez o Vale do Crepúsculo.

Capítulo quatorze

onde Lucas é obrigado a reconhecer que, sem o seu pequeno amigo Jim, estaria perdido

— Essa foi por pouco! — resmungou Lucas, levantando a aba do boné e enxugando o suor da testa.

— Acho... — disse Jim, que ainda sentia um medo terrível nos ossos — acho que nunca mais alguém vai poder passar pelo Vale do Crepúsculo.

— Não mesmo — respondeu Lucas, sério. — O Vale do Crepúsculo já era.

Depois encheu seu cachimbo de fumo, acendeu-o, deu umas baforadas e, pensativo, prosseguiu: — O mais chato nessa história toda é que nós também não poderemos *voltar* pelo Vale do Crepúsculo.

Jim não tinha pensado nisso. — Deus meu! — exclamou ele assustado. — Mas a gente precisa voltar para casa!

— Claro, claro — respondeu Lucas. — Só que vamos ter de encontrar outro caminho.

— Onde é que nós estamos agora? — perguntou Jim, meio preocupado.

— No deserto — respondeu Lucas. — Parece que aqui é o Fim do Mundo.

O sol já tinha se posto, mas ainda dava para os dois

verem que estavam no meio de uma planície sem fim, plana como uma bandeja de café. Por todo lado só havia areia, pedras e cascalhos. Lá longe, no horizonte, havia um único cacto do tamanho de uma árvore, que mais parecia uma enorme mão preta fazendo figa sobre o fundo de um céu descorado pela ausência do sol.

Os dois amigos olharam para trás, em direção às montanhas listadas de vermelho e branco. A nuvem de fumaça tinha se dissipado um pouco, e dava para ver um pouco do Vale do Crepúsculo, agora totalmente obstruído pelos escombros.

— Como é que isso pôde acontecer? — perguntou Jim perplexo.

— Na certa o barulho produzido por Ema se multiplicou tanto, que a vibração fez os rochedos desmoronarem — respondeu Lucas. Virou-se para a locomotiva, deu uns tapinhas carinhosos nela e disse com muito carinho: — Você esteve maravilhosa, minha velha Ema!

Ema continuava muda, sem dar sinal de vida. Só então Lucas percebeu que havia algo de errado com ela.

— Ema! — gritou ele assustado. — Ema, minha velha, minha gorducha, o que você tem?

Mas a locomotiva não se moveu. Não soltava o menor ronco que fosse. Assustados, Lucas e Jim se olharam.

— Meu Deus do céu! — gaguejou Jim. — Só falta agora a Ema... — não ousou terminar a frase.

Lucas empurrou o boné e resmungou: — Só faltava essa, mesmo!

Tiraram depressa a caixa de ferramentas de baixo do estribo. Nela havia todo tipo de ferramentas: chave-inglesa, martelos, alicates, chaves-de-fenda, limas, tudo o que fosse preciso para consertar uma locomotiva quebrada. Por um bom tempo Lucas ficou auscultando a locomotiva e, calado, foi verificando cada roda e cada parafuso da velha Ema. Jim observava tudo sem piscar e não ousava perguntar nada. Lucas estava tão mergulhado em pensamentos, que seu cachimbo até apagou. Aquilo não era bom sinal. Por fim, endireitou-se e praguejou:

— Praga do inferno!
— É tão grave assim? — perguntou Jim.

Baixando a cabeça lentamente, Lucas concordou. Sombrio, ele disse: — Acho que o êmbolo do motor quebrou. Por sorte eu trouxe um outro.

Desembrulhou de um pedacinho de couro um pequeno êmbolo de aço, mais ou menos do tamanho do dedão de Jim.

— Aqui está! — disse ele, segurando o êmbolo entre os dedos. — É pequeno, mas importante! É essa peça que determina a marcha de Ema.

— Você acha que dá para consertá-la? — perguntou Jim, baixinho.

Lucas sacudiu os ombros e resmungou preocupado: — Seja como for, a gente tem que tentar. E não podemos perder um minuto. Não sei se a Ema vai resistir a um conserto desses. Talvez sim... talvez não... Não podemos cometer um erro, por menor que seja, senão... Você tem que me ajudar, Jim... sozinho eu não vou conseguir.

— Está certo — respondeu Jim, decidido.

Ele sabia que Lucas não estava brincando e não perguntou mais nada. Lucas não parecia estar com muita vontade de conversar. Calados, puseram mãos à obra. Tinha escurecido e Jim precisou ficar segurando uma lanterna para iluminar o local de trabalho. Sem dizer uma palavra e com muito empenho, os dois amigos lutavam para salvar a vida de sua velha Ema.

Passaram-se horas e horas. O êmbolo do motor ficava bem lá dentro; assim, tinham que desmontar toda a locomotiva, peça por peça. De fato, aquele era um trabalho que exigia nervos de aço. Já passava da meia-noite. A lua tinha aparecido, mas agora estava escondida atrás das nuvens. O deserto do Fim do Mundo estava banhado apenas por uma fraca luminosidade azulada.

— Alicate! — disse Lucas, a meia-voz. Ele estava trabalhando sob as rodas da locomotiva.

Jim passou-lhe o alicate. De repente, ouviu um zunido esquisito no ar. Seguiu-se um estalido horrível. E depois outro barulho. E ali na frente também... e também aqui perto. O que seria? Jim tentou reconhecer no escuro o que estava fazendo aquele barulho. Com alguma dificuldade, conseguiu ver que pelo chão havia umas coisas grandes e pretas, que olhavam para ele com olhos de fogo.

Mais uma vez o barulho. Um pássaro enorme e pesado pousou sobre o teto da cabine da locomotiva e olhou para o menino com olhos de um verde cintilante. Jim teve que se controlar para não gritar de medo. Sem tirar os olhos daquele bicho enorme, sussurrou:

— Lucas! Ei, Lucas!

— O que é? — perguntou Lucas, lá embaixo da locomotiva.

— Tem uns pássaros enormes por aqui! — murmurou Jim. — Um monte deles. Estão pousados por toda parte e parece que estão querendo alguma coisa.

— Como são esses pássaros? — perguntou Lucas.

— Não são nada simpáticos — respondeu Jim. — Têm o pescoço pelado, bico torto e olhos verdes. Tem um, pousado em cima da locomotiva, que não tira os olhos de mim.

— Ah... são apenas abutres — disse Lucas.

— Ah, bom! — disse Jim, meio que resmungando. E acrescentou: — Eu gostaria de saber se os abutres gostam de atacar a gente. O que você acha?

— Se a gente está vivo eles não fazem nada. Ficam esperando a gente morrer para depois atacar — explicou Lucas.

— Sei... — disse Jim. E depois de mais alguns minutos, perguntou: — Tem certeza?

— Certeza de quê? — perguntou Lucas, lá embaixo da locomotiva.

— Certeza de que eles não vão abrir uma exceção e atacar um garotinho negro? Quem sabe se garotinhos negros como eu eles não preferem comer *vivos*? — disse Jim.

— Não precisa ter medo — respondeu Lucas. — Os abutres são chamados de coveiros do deserto, pois só atacam o que já está morto.

— Então está bem... — murmurou Jim.

Mas na verdade não estava nada bem. Aquele abutre em cima da locomotiva parecia ter no canto do bico uma expressão de tanta fome, que Jim continuou achando que aqueles bichos iam abrir uma exceção e devorá-lo vivo... E se Ema não conseguisse ficar boa, o que iria acontecer? Teriam que ficar ali, bem no meio do Fim do Mundo, na companhia daqueles horríveis coveiros, que já estavam ali por perto, esperando. Lucas e ele estavam fora do alcance de qualquer ajuda humana, e incrivelmente longe de Lummerland. Era o fim da linha e eles jamais voltariam a Lummerland... nunca!

Pensando em tudo isso, Jim foi assaltado por uma terrível sensação de abandono. Não pôde evitar que um soluço enorme o sacudisse. Nesse momento, Lucas saiu se arrastando de debaixo de Ema e limpou as mãos em um pedacinho de pano.

— O que foi, meu velho? — perguntou ele, olhando discretamente para o lado, pois tinha percebido o que estava acontecendo com Jim.

— Nada... — respondeu Jim. — Acho que eu... acho que... acho que estou com soluço!

— Ah, bom! — resmungou Lucas.

— Diga a verdade — disse Jim, baixinho. — Ainda há alguma esperança?

Pensativo, Lucas olhou sério nos olhos do garoto e disse:

— Escute bem, Jim Knopf! Você é meu amigo e por isso tenho que lhe dizer a verdade. Tudo o que eu podia fazer eu fiz, só que não consigo tirar o último parafuso. Só dá para tirá-lo por dentro. Alguém teria que entrar dentro da caldeira. E eu não posso, pois não caibo lá dentro: sou grande e gordo demais para isso. Que complicação!

Jim deu uma olhadinha para o abutre em cima da locomotiva e para os outros que estavam à sua volta e iam se aproximando lentamente, esticando os pescoços pelados, com aqueles colarinhos de penas esquisitos. Decidido, Jim declarou:

— Eu vou entrar lá dentro!

Lucas concordou com a cabeça, mas estava muito sério.

— É mesmo a única saída. Mas é perigoso, pois você terá de trabalhar dentro da caldeira, debaixo da água. Não podemos esvaziar a caldeira, pois aqui no deserto não há água. Além do mais, lá dentro é tudo escuro, você não vai enxergar nada e terá de confiar na sensibilidade da pontinha de seus dedos. Pense bem se você quer mesmo tentar. Eu saberei entender se você recusar.

Jim pensou em tudo. Ele sabia nadar e mergulhar. Além do mais, Lucas tinha dito que aquela era a única saída. Não havia outra solução.

— Eu vou! — disse ele.

— Ótimo! — respondeu Lucas, lentamente. — Pegue essa chave-de-fenda. Acho que ela vai servir. O parafuso deve estar mais ou menos nesse ponto — disse ele, mostrando o lugar pelo lado de fora da caldeira.

Jim marcou bem o lugar e depois foi para cima da caldeira. O abutre que estava sobre a cabine ficou olhando para ele com ar de admiração. De repente, a lua saiu de trás das nuvens sombrias e tudo ficou um pouco mais claro.

Todo mundo que conhece uma locomotiva sabe que, atrás da chaminé, existe uma espécie de cúpula que parece outra chaminé, só que é um pouco menor. Essa cúpula pode ser aberta, e debaixo dela existe um poço que leva à caldeira. Jim tirou os sapatos e jogou-os para Lucas. Depois se enfiou dentro do buraco da cúpula. Era um buraco muito apertado e o coração de Jim parecia que ia sair pela boca. Mas ele cerrou os dentes e forçou a passagem. Quando estava só com a cabeça para fora, Jim acenou para Lucas e depois sentiu os pés se molharem na água morna da caldeira. Jim prendeu a respiração e escorregou para dentro.

Ao lado da locomotiva, Lucas esperava. Apesar da cara suja de ferrugem e óleo, ele estava pálido. O que faria se acontecesse alguma coisa com Jim? Sem poder ajudar, Lucas teve que ficar esperando do lado de fora, pois não podia entrar na caldeira. De vez em quando, enxugava as gotinhas de suor que escorriam pelo rosto.

Então Lucas ouviu um ruído no interior da caldeira, e depois outro. E de repente alguma coisa caiu no chão fazendo um barulhinho — Plinc!

— É o parafuso! — gritou Lucas. — Jim... pode voltar!

Mas Jim não apareceu. Os segundos corriam. Lucas não sabia o que fazer, morrendo de medo de que alguma coisa acontecesse a seu amigo. Subiu na locomotiva e gritou através do orifício da cúpula: — Jim! Jim! Venha para fora! Jim... onde você está?!

Finalmente, o rostinho preto do garoto apareceu todo molhado e em busca de ar. Depois apareceu a mão. Lucas pegou Jim pela mão e puxou o amigo para fora. Tomou-o nos braços e desceu com ele da locomotiva.

— Jim! — repetia Lucas sem parar. — Meu velho Jim!

O garoto estava ofegante. Meio tonto, ele sorria e cuspia um pouco de água. Finalmente, sussurrou: — Está vendo, Lucas, como foi bom você ter me trazido?

— Jim Knopf! — disse Lucas. — Você é um garoto e tanto. Sem você eu estaria perdido!

— Você nem imagina como eu me senti! — suspirou Jim. — No começo foi tudo bem. Logo encontrei o parafuso e consegui desparafusá-lo facilmente. Mas depois, quando eu quis voltar, não conseguia encontrar o buraco. Ainda bem que acabei conseguindo!

Lucas tirou as roupas molhadas de Jim e embrulhou-o num cobertor quentinho. Depois deu a ele um pouco de chá quente, que tirou da garrafa térmica de ouro do Imperador.

— Muito bem! — disse Lucas. — Agora você vai descansar! O resto é comigo!

De repente, colocou a mão na testa e gritou assustado:

— Caramba! Todo esse tempo a água da caldeira ficou saindo pelo buraquinho do parafuso!

E ele tinha razão. Mas por sorte tinha escapado só um pouco de água. Mais ou menos meio litro. Lucas substituiu rapidamente o êmbolo quebrado e apertou de novo todos os parafusos. O parafuso que Jim tinha tirado podia ser apertado pelo lado de fora da caldeira. Parte por parte, Lucas foi remontando Ema cuidadosamente. Depois de apertar o último parafuso, ele disse:

— E então, Jim... diga alguma coisa!

— Dizer o quê? — perguntou Jim.

— Ouça com atenção! — gritou Lucas, mal cabendo em si de alegria.

Jim ficou escutando com atenção. De fato: a velha Ema estava ofegando novamente! Bem baixinho, quase não dava para ouvir... mas não havia como negar: ela estava respirando! Sorrindo, os dois amigos trocaram um aperto de mão.

Os abutres ficaram meio desapontados. Mas não pareciam ter perdido a esperança por completo, pois afastaram-se só para um pouco mais adiante no deserto.

— Ótimo! — disse Lucas, satisfeito. — Agora Ema precisa é de dormir bastante, para recuperar as forças. E nós vamos fazer o mesmo.

Entraram na cabine e fecharam bem a porta. Depois comeram algumas frutas e doces do cesto e beberam um pouco de chá da garrafa térmica de ouro. Depois da refeição, Lucas ainda fumou um cachimbo. Mas nessa hora Jim já estava dormindo, com um sorriso de orgulho no rosto, o orgulho que só pode sentir quem um dia arriscou a própria vida para consertar uma locomotiva quebrada. Lucas cobriu-o bem e alisou a carapinha ainda úmida.

— Grande Jim! — murmurou ele, carinhosamente. Depois bateu o cachimbo e olhou mais uma vez pela janela.

A uma certa distância da locomotiva, lá estavam os abutres em círculo, um ao lado do outro. A lua os iluminava intensamente. Com as cabeças peladas esticadas para o centro do círculo, eles pareciam estar combinando alguma coisa.

— Ha, ha... podem procurar outra coisa para o jantar! — resmungou Lucas. Depois deitou-se, suspirou profundamente, bocejou e adormeceu.

Capítulo quinze

*onde os viajantes chegam a um lugar maluco
e descobrem uma pista fatal*

Na manhã seguinte, Lucas e Jim acordaram meio tarde. Dava para entender, pois na noite anterior tinham ido dormir muito depois da meia-noite. O sol já estava alto no céu e um calor abrasador esquentava tudo. No deserto, onde não existem árvores nem arbustos para darem um pouco de sombra, em pouco tempo o ar fica quente e sufocante como dentro de um forno.

Os dois amigos tomaram depressa o café da manhã e partiram. Alegremente, a locomotiva ia soltando seu rastro de fumaça, sempre em direção norte. Como não tinham bússola, seu único ponto de referência era a Coroa do Mundo. Eles tinham decidido tomar um rumo de modo que pudessem ver as montanhas sempre do lado direito. Em algum lugar ao norte, se seus cálculos não estivessem errados, voltariam a encontrar o Rio Amarelo, que seguiriam contra a corrente até a cidade dos dragões. Aquele mapa já não servia, mas tudo ia muito bem, pelo menos no começo.

Ema já estava totalmente em forma. Ao que tudo indicava, ela tinha conseguido se recuperar por completo de toda aquela enorme operação de conserto. Apesar da idade avançada e de ser um pouco obesa, a boa Ema continuava sendo uma locomotiva bem forte.

O sol subia cada vez mais alto. O calor fazia tremer o ar do deserto. Embora dentro da cabine também fizesse muito calor, devido à proximidade da fornalha, ainda assim estava mais agradável do que lá fora. Pelo caminho, de vez em quando apareciam esqueletos descorados de animais, meio enfiados na areia. Nossos amigos olhavam para aquilo pensativos.

Devia ser por volta do meio-dia quando de repente Lucas gritou:

— Mas não é possível!

— O que foi? — perguntou Jim, muito assustado. Cansado de tanto calor, ele quase tinha perdido os sentidos.

— Acho que nos perdemos! — resmungou Lucas.

— Por quê?

— Olhe pela janelinha da direita! Até agora as montanhas estavam ali. Mas de repente passaram para o outro lado!

De fato, tinha acontecido exatamente o que Lucas havia dito: do lado direito só se via agora o distante e vazio horizonte do deserto. Do lado esquerdo, estavam as montanhas listadas de vermelho e branco. Se aquilo já era estranho, mais esquisito ainda era que alguma coisa parecia ter mudado naquelas montanhas. Parecia que elas não estavam assentadas no chão, mas estavam pairando no ar.

— O que está acontecendo? — perguntou Jim, inquieto.

— Não sei — disse Lucas. — Seja como for, precisamos dar meia-volta.

Mas antes que ele terminasse de dizer isso, as montanhas desapareceram completamente, tanto do lado esquerdo como do direito. No lugar delas nossos amigos avistaram, a uma certa distância, uma praia com palmeiras que se balançavam ao vento.

— Mas veja só — murmurou Lucas perplexo. — Dá para entender isso, Jim?

— Não — respondeu Jim. — Parece que a gente entrou numa região muito esquisita.

Virou-se e deu uma olhadinha para trás. Para sua surpresa, viu as montanhas listadas de vermelho e branco. Só que elas estavam de cabeça para baixo! Era como se estivessem penduradas no céu!

— Alguma coisa não está certa! — disse Lucas, com o cachimbo entre os dentes.

— O que vamos fazer? — perguntou Jim, aflito. — Se continuar assim, nunca mais vamos reencontrar nosso rumo.

Lucas respondeu: — O melhor é continuar nessa direção, até a gente conseguir escapar da loucura desse não-sei-o-quê.

Assim, continuaram naquela direção. Mas não conseguiram sair do não-sei-o-quê.

Ao contrário, tudo estava ficando cada vez mais confuso. Por exemplo, a uma certa hora viram um iceberg boiando no céu. Aquilo era muito estranho, pois com o calor que estava fazendo um iceberg teria se derretido imediatamente. De repente, apareceu na frente deles a torre Eiffel, que fica na cidade de Paris e não no meio do deserto do Fim do Mundo. Depois apareceram do lado esquerdo várias tendas de índios com uma fogueira no meio; guerreiros com cocares e pinturas de guerra, dançando uma dança estranha. De repente, apareceu a cidade de Ping com seus telhadinhos de ouro. Depois tudo desapareceu tão misteriosamente quanto tinha aparecido, e só restou em volta o puro deserto. Poucos minutos depois, porém, apareceu uma outra coisa surgida do nada.

A esperança de Lucas era de tarde poder reencontrar o rumo do norte pela posição do sol poente. Mas infelizmente já nem dava para pensar nisso. É que ora o sol aparecia do lado direito, ora do esquerdo, e ora dos dois lados ao mesmo tempo. O sol tinha se duplicado! Tudo parecia ter enlouquecido.

Finalmente, as próprias imagens começaram a se confundir umas com as outras. Por exemplo, de repente apareceu a torre de uma igreja se equilibrando sobre a ponta de seu catavento, e lá no alto, acima da torre, surgiu um lago com um rebanho de vacas pastando sobre as águas.

— É a desordem mais maluca que eu jamais pude imaginar! — disse Lucas, quase achando graça no que via.

Apareceu um moinho de vento nas costas de dois elefantes.

— Se tudo não fosse tão complicado, eu até ia achar engraçada essa bagunça toda — disse Lucas.

Um barco a vela cortou os céus enquanto dele despencava uma cachoeira.

— Não sei não — disse Jim, balançando a cabeça preocupado. — Não estou gostando nada disso... eu queria mesmo era encontrar um jeito de sair logo daqui.

Na frente deles, metade de uma roda gigante pulava daqui para lá pelo deserto, como se estivesse procurando sua outra metade. Só que não dava para ver a outra metade em lugar nenhum.

— Eu também gostaria de sair daqui! — disse Lucas, coçando a cabeça. — Bem, alguma hora a gente vai ter que sair desse lugar maluco. Pelos meus cálculos, só depois do meio-dia nós já andamos umas boas cem milhas. Foi uma burrice termos esquecido de trazer uma bússola.

Durante algum tempo, os dois amigos prosseguiram viagem calados, observando todas aquelas imagens que surgiam e desapareciam. Então, quando Lucas quis mostrar a Jim que o sol estava brilhando em três lugares diferentes ao mesmo tempo, o garoto soltou um grito de alegria.

— Lucas! Ali, veja! Como é possível? Lá está... Lummerland!

Era verdade! Lummerland estava ali — dava para ver claramente —, cercada por um lindo mar azul. Lá estavam os dois picos, e entre eles dava para ver o castelo do rei Alfonso Quinze-para-Meio-Dia. Os sinuosos trilhos da estrada de ferro brilhavam ao sol; lá estavam também os cinco túneis e até a casa do senhor Colarinho. Via-se também a pequena estação e a casa da senhora Heem, com a mercearia! E na praia estava ancorado o barco do correio.

— Depressa! — disse Jim, fora de si. — Depressa, Lucas! Vamos para lá!

Mas Ema já tinha tomado o rumo de Lummerland por conta própria. Parecia que ela também tinha avistado sua ilha natal. Eles se aproximavam cada vez mais. Já conseguiam ver que o rei estava olhando pela janela. E na frente do castelo estava a senhora Heem com uma carta na mão, junto com o carteiro e com o senhor Colarinho. Os quatro pareciam estar muito tristes. A senhora Heem não parava de enxugar os olhos no avental.

— Senhora Heem! — gritou Jim. Abriu a janela e, apesar do calor infernal, esticou o corpo para fora o mais que pôde. — Senhora Heem, eu estou aqui! Está me vendo, senhora Heem? Sou eu, Jim Knopf! Não saia daí! Estamos chegando!

Jim estava tão excitado, e acenava e gritava tanto, que quase caiu da janelinha. Lucas só teve tempo de segurá-lo pelo botão da calça. Quando Ema já estava a pouco menos de dez metros de Lummerland, tudo desapareceu tão misteriosamente quanto tinha aparecido. E mais uma vez só sobrou aquele deserto infinito, escaldado pelo sol.

No começo, Jim não quis acreditar. Mas Lummerland já não estava mesmo ali. Duas lágrimas grossas desceram pelo seu rosto preto. O menino não conseguiu contê-las. Também os olhos de Lucas estavam com um brilho estranho, e ele soltou enormes baforadas de fumaça.

Calados, os dois prosseguiram viagem. Mas o mais surpreendente ainda estava por acontecer. De repente, avistaram uma outra locomotiva, igualzinha a Ema. Ela andava paralelamente a eles, só que a uma distância de mais ou menos cem metros. E à mesma velocidade! Lucas não conseguia acreditar nos seus olhos. Debruçou-se na janela e, lá do outro lado, na outra locomotiva, o maquinista também se debruçou na janela. Lucas acenou e o outro maquinista acenou também.

— Agora é que a coisa endoidou de vez! — disse Lucas. — Será que estamos sonhando?

— Não estamos, não — respondeu Jim.

— Muito bem... então vamos examinar isso mais de perto — disse Lucas.

Fizeram uma curva para se aproximarem da outra locomotiva. Ao mesmo tempo, porém, a outra locomotiva também fez uma curva. Finalmente, Lucas brecou sua locomotiva Ema. A outra locomotiva parou também. Lucas e Jim desceram. Um maquinista e um garotinho negro desceram da outra locomotiva também.

— Mas isso está parecendo...! — murmurou Lucas, sem entender nada.

Então Lucas foi caminhando ao encontro do outro Lucas e Jim ao encontro do outro Jim. No momento em que os dois Lucas e os dois Jims iam se cumprimentar com um aperto de mão, soprou uma brisa leve, muito leve, e o outro Jim, o outro Lucas e a outra Ema ficaram transparentes e desapareceram... simplesmente desmancharam no ar. Com os olhos arregalados e sem entender nada, Jim ficou olhando para o lugar onde estava o outro Jim. De repente ouviu Lucas assobiar e dizer:

— Eureca! É claro! Só pode ser isso!

— Isso o quê? — perguntou Jim.

— Você já ouviu falar em labirinto de espelhos?

— Não — respondeu Jim.

— Venha, vamos voltar para dentro de Ema que eu vou explicar. Aqui fora está mais quente do que dentro de uma frigideira.

Os dois entraram na cabine e Lucas foi explicando a história do labirinto de espelhos: — É uma espécie de quarto cheio de espelhos, que existe em alguns parques de diversões. Quando a gente entra lá dentro, tudo fica muito confuso, pois nunca se sabe o que é espelho e o que é realidade. Num parque de diversões é divertido, pois em caso de emergência sempre existe alguém que pode mostrar a saída para a gente. Mas no deserto a coisa muda de figura! É claro que aqui não existe labirinto de espelhos de vidro. Acontece o seguinte: quando o sol brilha sobre o chão de areia, o ar torna-se muito quente. E vai esquentando cada vez mais, até começar a lampejar de calor. Então o ar começa a refletir as coisas como um espelho de banheiro. Mas ele não reflete só as coisas que estão por perto; ao contrário, prefere ir buscar suas imagens bem longe. Então aparecem coisas que estão a muitas milhas de distância. São as miragens. Por exemplo, às vezes, pessoas que estão andando há muito tempo no deserto de repente vêem à sua frente um bar com uma placa:

LIMONADA GELADINHA POR APENAS
10 CENTAVOS O COPO

E quando saem correndo em direção ao bar, talvez porque estejam morrendo de sede, tudo desaparece. Nesse momento as pessoas ficam tão confusas, que se esquecem de onde estão.

É claro que as imagens acabam se misturando um pouco umas com as outras durante o longo trajeto que têm que percorrer para chegarem até o deserto. E o resultado disso são miragens curiosas, como as que os dois amigos tinham acabado de ver.

— E no fim — disse Lucas, terminando sua explicação —, acabamos vendo uma miragem de nós mesmos. Quando a brisa soprou, o ar se resfriou um pouco e parou de refletir.

Jim ficou pensando um pouco e depois disse, admirado:

— Acho que não existe nada que você não saiba, Lucas.

— Existe sim — respondeu Lucas com um sorriso.
— Existe um montão de coisas que eu não sei. Por exemplo: eu não sei o que é aquilo ali na frente.

Os dois firmaram bem os olhos e olharam para a frente.

— Parece que são pegadas na areia — disse Jim.

— Certo — resmungou Lucas. — Parecem marcas de automóvel.

— Isso se não for mais uma miragem — disse Jim, preocupado. — Num deserto como esse a gente nunca sabe se o que tem pela frente é uma miragem ou não.

Aproximaram um pouco mais a locomotiva, mas desta vez a imagem não desapareceu. De fato eram marcas na areia, marcas de rodas.

— Parece que alguém andou por aqui antes de nós — constatou Jim.

Lucas brecou a locomotiva Ema, desceu e examinou as marcas.

— Mas que droga! — disse ele, coçando a cabeça.
— Alguém andou mesmo viajando por aqui antes de nós. E sabe quem foi?

— Não. Quem foi?

— Nós mesmos. São as marcas das rodas de Ema. Parece que andamos em círculo e reencontramos nossas próprias pegadas.

— Meu Deus do céu! — disse Jim, desesperado. — Precisamos encontrar um jeito de sair desse deserto!

— Certo! — concordou Lucas. — Mas como?

Olhou ao seu redor tentando descobrir alguma coisa. Do lado direito deles, um barco a vapor cortava os céus soltando grandes bolhas de sabão coloridas pela chaminé. Do lado esquerdo havia um farol. Lá em cima do farol havia uma baleia de cabeça para baixo. Atrás de si, Lucas viu uma loja de departamentos, com árvores saindo pelas portas e janelas. E à sua frente viu uma rede de fios de telégrafo. Sobre os fios passeava uma família de hipopótamos.

Lucas olhou para o céu. O sol brilhava em três lugares ao mesmo tempo. Era impossível distinguir o sol verdadeiro das miragens. Lucas balançou a cabeça.

— Não adianta... precisamos esperar até acabarem essas miragens. Senão nunca vamos conseguir sair daqui. Não podemos mais ficar gastando carvão e água à toa. Não sabemos quanto ainda teremos de viajar.

— Quando você acha que essas miragens vão acabar? — perguntou Jim.

— Acho que à noite — respondeu Lucas —, quando não estiver mais tão quente.

Recolheram-se à cabine do maquinista para descansar enquanto esperavam o pôr-do-sol. O calor enorme deixou os dois meio sonolentos, e Lucas já estava a ponto de adormecer quando Jim perguntou:

— Por que eles todos pareciam tão tristes?

— Eles quem? — perguntou Lucas, bocejando.

— Todos — respondeu Jim, baixinho. — Na miragem de Lummerland.

— Acho que nós os vimos bem na hora em que chegou nossa carta — disse Lucas, meio pensativo.

Jim suspirou. Preocupado, perguntou: — Lucas, você acha que algum dia voltaremos a ver Lummerland?

Carinhosamente, Lucas colocou o braço nos ombros de Jim e o consolou: — Lá no fundo eu estou certo de que um dia nós três, você, Ema e eu, voltaremos para Lummerland.

Jim ergueu a cabeça e seus olhos foram se arregalando: — Você acha mesmo? — perguntou ele, todo esperançoso.

— Eu poderia até te dar a minha palavra — resmungou Lucas.

De repente, Jim sentiu-se maravilhosamente aliviado e feliz; tão feliz como se eles estivessem viajando de volta para casa. Ele sabia que, quando Lucas dizia uma coisa, era quase certo que ela ia acontecer.

— Você acha que isto vai acontecer logo? — perguntou Jim.

— Talvez sim, talvez não — replicou Lucas. — Não sei... é só uma sensação. Agora tente dormir, Jim. Talvez a gente precise viajar a noite inteira.

— Certo — respondeu Jim. E no mesmo instante ele adormeceu.

Mas Lucas continuou acordado, pensando. Estava muito preocupado. Enquanto colocava fumo no cachimbo, olhou para o sol dourado da tarde no deserto e viu que os abutres tinham voltado. Formando um grande círculo ao redor de Ema, eles esperavam pacientemente e em silêncio. Pareciam estar certos de que aqueles viajantes jamais conseguiriam sair daquele deserto terrível.

Capítulo dezesseis

onde Jim Knopf passa por uma experiência fundamental

Quem já viajou pelo deserto sabe que, lá, o pôr-do-sol é um espetáculo fascinante. O céu tinge-se de todas as cores, do vermelho-fogo ao rosa, verde-claro e violeta mais suaves. Lucas e Jim estavam sentados no topo da locomotiva e balançavam as pernas no ar, enquanto comiam o que sobrara no cesto de provisões e bebiam os últimos goles de chá da garrafa térmica de ouro.

— Nossas provisões acabaram. Agora teremos que procurar outras coisas para comer — disse Lucas, preocupado.

O calor tinha diminuído bastante. Um vento leve, quase frio, chegava até eles. As miragens tinham desaparecido, exceto uma, que teimava em se manter por mais um pouco. Era uma miragem pequena: um monociclo sobre o qual havia um ouriço. Ainda ficou uns quinze minutos zanzando pelo deserto, meio perdida, e depois desapareceu.

Agora nossos dois amigos podiam ter quase certeza de que o sol que se punha no horizonte era o verdadeiro. Como todo mundo sabe que o sol sempre se põe no oeste, Lucas pôde identificar facilmente o norte, e viu para onde tinha que viajar. O sol poente tinha que ficar sempre do lado esquerdo. E isto não era difícil... Assim, a viagem recomeçou. O sol estava quase desaparecendo por completo, quando Jim percebeu uma coisa curiosa. Até aquela hora, os abutres vinham seguindo os dois lá do alto. De repente, todos fizeram uma curva ao mesmo tempo e se afastaram. Pareciam estar com muita pressa. Jim comentou com Lucas o que tinha observado.

— Talvez, finalmente, tenham desistido — resmungou Lucas, satisfeito.

Mas então Ema soltou um assobio estridente, que mais parecia um grito de desespero, fez uma curva por sua própria conta e saiu correndo feito louca. Lucas puxou a alavanca do breque e parou a locomotiva. Ema parou tremendo, resfolegando e ofegando.

— O que foi, Ema? Que modos são esses? — perguntou Lucas.

Sem querer, Jim deu uma olhadinha para trás e quis dizer alguma coisa, mas as palavras ficaram entravadas na sua garganta: — Ali! —, foi tudo o que conseguiu murmurar.

Lucas virou-se e viu lá fora a coisa mais espantosa do mundo. Na linha do horizonte havia um gigante imenso. Comparada com ele, a Coroa do Mundo, que era quase da altura do céu, ficava parecendo um montinho de caixas de fósforos. Devia ser um gigante muito velho, pois tinha uma barba branca que ia até o joelho, toda trançada. Provavelmente assim ficava mais fácil cuidar daquela barba enorme. Dá para imaginar como deve ser cansativo pentear todos os dias aquela floresta de pêlos! Na cabeça, o gigante usava um velho chapéu de palha. Em que lugar do mundo ele teria encontrado palha tão gigantesca? O gigante estava com um velho camisão de manga comprida, certamente muito maior do que a vela da maior caravela do mundo.

Jim não conteve um grito de horror: — Ei! Isso aí não é miragem nenhuma! Depressa, Lucas, vamos embora! Pode ser que ele ainda não tenha visto a gente!

— Calma, calma! — replicou Lucas, soltando pequenas baforadas de fumaça, enquanto observava atentamente o gigante. — Apesar do tamanho, esse gigante aí até que parece bem comportado.

— O... o... o q-quê? — gaguejou Jim, desesperado.

— Bom... o fato de ele ser grande não quer dizer que ele seja um monstro — disse Lucas, calmamente.

— É, m-mas... e se ele *for* um monstro? — gaguejou Jim.

Nesse momento, o gigante estendeu ansiosamente a mão. Depois, decepcionado, baixou-a novamente e um suspiro profundo fez tremer o seu peito. Curiosamente, ele não emitia nenhum som.

Com o cachimbo entre os dentes, Lucas disse: — Se ele quisesse nos fazer alguma coisa, já teria feito há muito tempo. Ele parece bonzinho. Só queria saber por que ele não se aproxima. Será que não é *ele* que está com medo de nós?

Com os dentes batendo de medo, Jim lamentou-se: — Oh, Lucas... é o nosso fim!

— Não acho — replicou Lucas. — Talvez o gigante possa até nos dizer como sair desse maldito deserto!

Jim não respondeu nada. Ele não sabia mais o que

pensar. De repente, o gigante levantou as duas mãos, juntou-as num gesto de súplica e com uma voz fininha, de dar dó, ele disse:

— Por favor... por favor, estrangeiros, não vão embora! Não vou lhes fazer mal nenhum!

Pelo tamanho dele, era de esperar que tivesse uma voz mais forte do que um trovão. Mas não era o caso. Por que será?

— Esse gigante parece inofensivo — resmungou Lucas. — Parece até bem simpático. Só acho que tem algum problema com a voz dele.

— Talvez ele esteja fingindo! — gritou Jim, apavorado. — Vai ver que ele quer cozinhar a gente para o jantar. Uma vez eu ouvi uma história de gigante que era assim. Juro, Lucas!

— Você não confia nele só porque ele é grande desse jeito — respondeu Lucas. — Mas isto não é motivo, pois isso não é culpa dele!

O gigante se ajoelhou e com as mãos unidas num gesto de súplica implorou:

— Por favor, acreditem em mim! Não vou lhes fazer nenhum mal... só quero conversar com vocês. Sou tão solitário... tão terrivelmente solitário... — mais uma vez sua voz soou como um fino lamento.

— A situação desse coitado é de dar dó — disse Lucas. — Vou acenar para ele ver que não temos má intenção.

Morrendo de medo, Jim viu Lucas debruçar-se na janela, tirar cordialmente o boné e acenar para o gigante com o lenço. Agora sim é que a desgraça ia se abater sobre eles! O gigante levantou-se devagarinho. Parecia indeciso e muito confuso.

— *Por favor... por favor, estrangeiros, não vão embora! Não vou lhes fazer mal nenhum!*

— Está querendo dizer que posso me aproximar? — perguntou ele, com sua vozinha.

— Sim! — gritou Lucas, usando as mãos como alto-falante e acenando amigavelmente com o lenço.

Com todo o cuidado, o gigante deu um passo em direção à locomotiva. Depois parou e ficou esperando.

— Ele não está acreditando em nós — murmurou Lucas.

Decidido, Lucas desceu e foi caminhando em direção ao gigante, sempre acenando com o lenço. Jim quase desmaiou de medo. Será que Lucas estava com insolação? Mas, como sempre, Jim não podia de jeito nenhum deixar seu amigo Lucas sozinho numa situação perigosa como aquela. Assim, ele também desceu e correu atrás de Lucas, embora estivesse com as pernas bambas.

— Espere, Lucas! Eu também vou! — gritou ele, ofegante.

— Ora, vejam só! — disse Lucas, dando uns tapinhas nos ombros de Jim. — Assim é muito melhor! O medo não serve para nada. Quando a gente tem medo, a gente vê as coisas muito piores do que elas são na realidade!

Quando o gigante viu que o homem e o menino tinham descido da locomotiva e vinham acenando em sua direção, teve certeza de que não precisava se preocupar. Sua cara infeliz se iluminou.

— Muito bem, meus amigos, então lá vou eu! — disse ele com sua vozinha aguda. E pôs-se a caminhar na direção de Lucas e de Jim. O que aconteceu então foi tão espantoso, que Jim ficou mudo e Lucas se esqueceu de puxar a fumaça do cachimbo.

O gigante foi se aproximando, e a cada passo que

ele dava, ficava um pouco menor. Quando chegou a uma distância de mais ou menos cem metros, não parecia maior do que a torre de uma igreja. Depois de caminhar mais cinqüenta metros, tinha a altura de uma casa. E quando chegou perto da locomotiva, estava do tamanho de Lucas, o maquinista. Chegava até a ser um pouco mais baixo. Diante dos dois amigos embasbacados, estava agora um senhor idoso e magro, com um rosto bondoso, de traços finos.

— Bom dia! — disse ele, tirando o chapéu de palha. — Não sei como agradecer por vocês não terem fugido de mim. Há muitos anos venho esperando pelo dia de encontrar alguém que tenha essa coragem. Mas até hoje ninguém nunca se aproximou de mim, porque de longe eu pareço terrivelmente grande. A propósito, me esqueci completamente de me apresentar: meu nome é Tor Tor, isto é, meu nome é Tor e meu sobrenome é Tor também.

— Bom dia, senhor Tor Tor — respondeu Lucas amavelmente, tirando o boné da cabeça. — Meu nome é Lucas, o maquinista.

Lucas não deixou transparecer sua admiração e fez como se aquele encontro fosse a coisa mais natural do mundo. Lucas realmente sabia como agir em qualquer situação. Jim, que até então estava olhando para o senhor Tor Tor com olhos arregalados e boca aberta, pareceu acordar de um susto.

— Eu me chamo Jim Knopf — disse ele.

— Muito prazer — disse o senhor Tor Tor, desta vez dirigindo-se a Jim. — Principalmente por conhecer uma pessoa que, tão jovem, já tem tanta coragem, senhor Knopf. Vocês me prestaram uma grande ajuda.

— Bem... hã-hã... eu... na verdade... — gaguejou Jim, sentindo o rosto e as orelhas ficarem vermelhas, só que não dava para ver porque sua pele era escura. De repente, Jim ficou morrendo de vergonha, pois na verdade não tinha sido nem um pouco corajoso. No seu íntimo, jurou que nunca mais ia ter medo de qualquer pessoa ou coisa antes de examiná-la melhor. Em pensamento, jurou que jamais se esqueceria do que tinha acontecido com o senhor Tor Tor.

— Sabe — disse o senhor Tor Tor, dirigindo-se a Lucas —, na verdade eu não sou gigante. Sou apenas um gigante de mentira. Essa é a razão da minha infelicidade. Por causa disso sou tão solitário.

— Explique melhor, senhor Tor Tor — pediu Lucas. — O senhor é o primeiro gigante de mentira que a gente encontra pela frente.

— Vou tentar explicar... — assegurou o senhor Tor Tor. — Mas não aqui. Vocês me permitiriam convidá-los para irem à minha modesta cabana?

— Então o senhor mora por aqui? — perguntou Lucas, admirado. — No meio do deserto?

— Claro! — respondeu o senhor Tor Tor, sorrindo. — Moro no meio do Fim do Mundo. Ali... perto do oásis.

— Oásis? O que é isso? — perguntou Jim, que já estava com medo de outra surpresa.

— Oásis é o nome que se dá a uma fonte ou a qualquer reserva de água no deserto — explicou o senhor Tor Tor. — Vou levá-los até lá.

Mas Lucas preferiu ir na locomotiva, pois queria aproveitar a oportunidade para reabastecer Ema com água fresca. Só que demorou um tempão até Lucas e

Jim conseguirem convencer o gigante de mentira de que não era perigoso viajar numa locomotiva. Por fim, os três subiram em Ema e partiram.

Capítulo dezessete

onde o gigante de mentira explica o que tinha de especial e dá uma prova de sua gratidão

O oásis do senhor Tor Tor era formado por um pequeno lago de água muito límpida, no meio do qual uma fonte jorrava formando um belo chafariz. Ao redor do lago havia uma relva bem verde e várias palmeiras e árvores frutíferas, que recortavam o céu do deserto. Debaixo dessas árvores havia uma casinha branca, muito limpa, de portas e janelas verdes. Num pequeno jardim diante da porta, o gigante de mentira cultivava flores e legumes.

Dentro da casa, Lucas, Jim e o senhor Tor Tor sentaram-se ao redor de uma mesa de madeira e jantaram. Comeram vários tipos de legumes gostosos e, de sobremesa, uma deliciosa salada de frutas. É que o senhor Tor Tor era vegetariano. Vegetariano é quem nunca come carne. O senhor Tor Tor gostava muito de animais e por isso não matava nenhum bicho para comer. Mas, como ele parecia gigante, os animais sempre fugiam dele, o que o deixava muito triste.

Enquanto os três comiam em paz, Ema ficou do lado de fora, perto do laguinho. Lucas tinha deixado aberta a cúpula que fica atrás da chaminé, e Ema deliciava-se em deixar aquela água fresquinha que brotava da fonte entrar na sua caldeira. Ela estava com uma sede danada depois do calor que tinha passado durante o dia.

Depois do jantar, Lucas acendeu o cachimbo, recostou-se na cadeira e disse:

— Muito obrigado pela deliciosa refeição, senhor Tor Tor. Mas agora estou ansioso por conhecer sua história.

— É isso mesmo — concordou Jim. — Conte-a para nós, por favor!

— Bem, na verdade não há muito o que contar — disse o senhor Tor Tor. — Cada pessoa tem suas características peculiares. O senhor Knopf, por exemplo, tem a pele negra. Ele é assim por natureza, e não há nada de estranho nisso, não é mesmo? Por que não ser negro? Infelizmente, a maioria das pessoas não pensa assim. Por exemplo, se elas são brancas, acham que só a sua cor é a certa e sempre têm alguma coisa contra alguém que é negro. Infelizmente, há muita gente insensata assim.

— No entanto — acrescentou Jim —, às vezes é muito prático ser negro. Por exemplo, quando a gente é maquinista.

Sem perder a seriedade, o senhor Tor Tor concordou e prosseguiu:

— Muito bem, meus amigos: se agora um de vocês resolvesse se levantar e ir embora, ficaria cada vez menor até parecer apenas um ponto no horizonte. E se resolvesse voltar iria ficando maior, e quando chegasse aqui estaria com seu tamanho natural. Mas nós sabemos que a pessoa, na verdade, estaria sempre do mesmo tamanho. Só aparentemente é que ele diminuiria e depois cresceria.

— Certo! — concordou Lucas.

— Muito bem — prosseguiu o senhor Tor Tor. — Comigo acontece o contrário. Só isso. Quanto mais me distancio, maior eu pareço. Quanto mais me aproximo, mais as pessoas vêem meu tamanho verdadeiro.

— O senhor quer dizer que na verdade não diminui à medida que se aproxima? — perguntou Lucas. — Quer dizer também que o senhor não cresce como um gigante quando se distancia? O senhor apenas *aparenta* ser tão grande?

— Isso mesmo — respondeu o senhor Tor Tor. — Por isso é que eu digo que sou um gigante de mentira. Do mesmo modo como a gente poderia chamar de anão de mentira alguém que de longe parece anão, embora não seja.

— É realmente muito interessante — murmurou Lucas. Pensativo, ele soltava lindos anéis de fumaça. — Mas diga uma coisa, senhor Tor Tor, como foi que isso aconteceu? Ou o senhor sempre foi assim, desde criança?

— Sempre fui assim — respondeu o senhor Tor Tor, meio aflito. — E não posso fazer nada para mudar isso. Na minha infância, essa característica não era tão acentuada. Tinha mais ou menos metade da intensidade que tem agora. Apesar disso, ninguém queria brincar comigo, pois todos tinham medo de mim. O senhor pode imaginar como fui uma criança triste. Sou uma pessoa muito pacífica e sociável. Mas era só eu aparecer para todos saírem correndo.

— E por que o senhor mora aqui no Fim do Mundo? — perguntou Jim, curioso. Aquele senhor tão fino lhe causava pena.

— Foi assim — explicou o senhor Tor Tor. — Nasci em Laripur, uma grande ilha ao norte da Terra do Fogo. Meus pais eram as únicas pessoas que não tinham medo de mim. Foram pais maravilhosos. Quando eles morreram, resolvi deixar minha terra natal. Eu queria procurar um lugar em que as pessoas não tivessem medo de mim. Andei pelo mundo inteiro, mas em todo o lugar era a mesma coisa. Finalmente cheguei a este deserto, onde ninguém mais se assustaria comigo. Depois dos meus pais, vocês são as duas únicas pessoas que não tiveram medo de mim. Não dá para dizer o quanto esperei por esse momento, o momento de poder conversar com alguém antes de morrer. Vocês dois satisfizeram esse meu desejo. Agora, sempre que eu me sentir sozinho, vou pensar em vocês e será um grande consolo saber que em algum lugar do mundo eu tenho dois amigos. Para mostrar minha gratidão, gostaria de fazer alguma coisa por vocês.

Durante algum tempo, Lucas ficou calado, refletindo sobre o que tinha acabado de ouvir. Jim também estava pensativo. Ele gostaria muito de dizer alguma coisa que pudesse ajudar o senhor Tor Tor, mas não lhe ocorria nada.

Finalmente, Lucas quebrou o silêncio:

— Se o senhor quiser, senhor Tor Tor, poderá nos prestar um enorme favor — e Lucas contou ao senhor Tor Tor de onde eles vinham, disse que estavam a caminho da cidade dos dragões para libertar a princesa Li Si e para buscar uma pista que ajudasse a desvendar o segredo de Jim Knopf. Quando Lucas terminou de falar, o senhor Tor Tor olhou para seus dois amigos com muito respeito.

— Vocês são realmente dois homens de muita coragem — disse ele. — Não duvido de que vocês consigam libertar a princesa, embora eu saiba que é muito perigoso entrar na cidade dos dragões.

— Será que o senhor poderia nos dizer como chegar até lá? — perguntou Lucas.

— Seria muito incerto — respondeu o senhor Tor Tor. — O melhor é eu acompanhá-los até vocês saírem do deserto. Mas só poderei ir com vocês até a região dos Rochedos Negros. De lá em diante terão de prosseguir sozinhos.

Pensou um pouco e depois continuou:

— Mas há outro problema. Vivo aqui há muitos anos e conheço esse deserto como a palma da minha mão. Contudo, durante o dia até eu poderia me confundir. As miragens têm-se multiplicado nos últimos anos.

— Então nós tivemos uma sorte danada de tê-lo encontrado, senhor Tor Tor — disse Lucas.

— É mesmo — replicou o senhor Tor Tor, franzindo a testa. — Sozinhos vocês jamais conseguiriam sair deste deserto. Amanhã ou depois vocês iam virar comida de abutre.

Jim sentiu um frio percorrer-lhe a espinha.

— Então vamos partir agora mesmo — sugeriu Lucas. — A lua já apareceu no céu.

O senhor Tor Tor ainda preparou rapidamente alguns sanduíches e encheu a garrafa térmica de ouro do Imperador com um chá fresquinho. Então, os três saíram para pegar a locomotiva.

Antes de partirem, Jim quis ver mais uma vez o senhor Tor Tor virar gigante. O senhor Tor Tor mostrou-se disposto a fazer uma exibição para ele. Foi se afastando e os dois amigos o viram crescer à medida que se distanciava. Ao voltar, foi ficando menor até chegar a seu tamanho normal. Depois, Lucas ficou parado enquanto Jim foi se distanciando junto com o senhor Tor Tor, para ver se de fato ele só crescia aparentemente. Quando tinham se afastado um pouco de Lucas, Jim gritou:

— O que você está vendo, Lucas?

Lucas respondeu: — Você está do tamanho do meu dedo mindinho e o senhor Tor Tor do tamanho de um poste de iluminação.

Jim constatou que o senhor Tor Tor, que estava do lado dele, não tinha crescido nada, continuava do mesmo tamanho de antes. Depois foi a vez de Jim ficar parado ao lado de Ema, enquanto o senhor Tor Tor se afastava em companhia de Lucas. Jim viu que Lucas ficava cada vez menor ao passo que o senhor Tor Tor ficava cada vez maior. Quando os dois voltaram, Jim comentou satisfeito:

— É, senhor Tor Tor, o senhor é mesmo um gigante de mentira!

— Não há a menor dúvida — acrescentou Lucas. — Agora vamos embora, pessoal!

Os três subiram na cabine da locomotiva, fecharam as portas e seguiram deserto adentro. As nuvenzinhas de fumaça que saíam da chaminé da velha Ema subiam para o céu noturno, cada vez mais alto, até desfazerem-se lá em cima, onde brilhava uma enorme lua prateada.

Capítulo dezoito

*onde os viajantes se despedem do gigante de mentira
e não podem prosseguir quando chegam
na Boca da Morte*

O deserto era plano feito uma tábua e a paisagem era absolutamente igual em todas as direções. Mas em nenhum momento o senhor Tor Tor ficou em dúvida sobre a direção a seguir. Assim, em menos de três horas eles já tinham chegado à fronteira norte do Fim do Mundo.

A região toda estava iluminada pelo luar; mas ali, onde o deserto terminava, tudo acabava de repente. Não havia nem chão, nem céu. Não havia *nada*. De longe, tinha-se a impressão de que, da orla do deserto até o céu, estendia-se uma escuridão preta feito piche misturado com carvão.

— Que coisa estranha! — disse Lucas. — O que é isso?

— É a região dos Rochedos Negros — explicou o senhor Tor Tor.

A locomotiva prosseguiu até bem pertinho de onde a escuridão começava. Lucas parou Ema e todos desceram. Então o senhor Tor Tor começou a explicar:

— A cidade dos dragões fica em algum ponto da Terra dos Mil Vulcões. É um planalto muito extenso, coberto por milhares de montanhas grandes e pequenas que ficam cuspindo fogo. Infelizmente não sei dizer em que ponto exato fica a cidade dos dragões. Mas isso vocês vão descobrir.

— Ótimo — disse Lucas. — Mas o que é essa escuridão aí na frente?

— Será que a gente vai ter que atravessá-la? — perguntou Jim.

— É inevitável — respondeu o senhor Tor Tor. — Vejam só, meus amigos: a Terra dos Mil Vulcões, como acabei de dizer, é um planalto que está a setecentos metros de altura em relação ao Fim do Mundo. O único caminho para chegar até lá é através da região dos Rochedos Negros.

— Mas eu não estou vendo caminho nenhum aqui — disse Jim, admirado.

— Não mesmo — disse o senhor Tor Tor, muito sério. — Não dá para ver o caminho. E este é o grande segredo dos Rochedos Negros. Eles são tão escuros, que engolem toda a luminosidade. Lá dentro a luz simplesmente não existe. Só em dias em que o sol está muito forte é que um fraco lampejo de luz pode ser observado. Nesses dias, dá para perceber lá em cima, no céu, uma fraca mancha violeta. É o sol. Fora isso, o que reina ali são as trevas.

— Mas, se não dá para ver nada, como é que a gente vai encontrar o caminho? — perguntou Lucas.

— Deste ponto em diante, a estrada se estende em linha reta por mais ou menos cem milhas — explicou o senhor Tor Tor. — Se vocês viajarem sempre em linha bem reta, nada poderá acontecer. Mas não se desviem do caminho, de jeito nenhum! À esquerda e à direita existem abismos terrivelmente profundos, em que vocês fatalmente cairão se saírem da rota!

— Bela coisa! — resmungou Lucas ironicamente, coçando atrás da orelha. Assustado, Jim só conseguiu murmurar um "Ai, meu Deus!".

O senhor Tor Tor prosseguiu: — No ponto mais alto, a estrada passa por um portão de rochedos, que se chama Boca da Morte. Ali a escuridão atinge seu ponto máximo, e, mesmo em dias de sol muito claro, lá só há escuridão. Vocês vão reconhecer imediatamente a Boca da Morte, pelos uivos e gemidos.

— Por que é que ela uiva e geme? — perguntou Jim, já sentindo um friozinho na barriga.

— Por causa do vento que sopra sem cessar através do portão de rochedos — respondeu o senhor Tor Tor. — Aliás, aconselho vocês a manterem as portas da locomotiva bem fechadas, pois, como é uma região de noite eterna, o vento é tão frio que uma gota de água se congela antes mesmo de chegar no chão. Outra coisa: vocês não devem abandonar a locomotiva de jeito nenhum! Virariam picolé na mesma hora!

— Muito obrigado pelos conselhos! — disse Lucas. — Acho melhor esperarmos pelo nascer do sol. Um pouquinho de luz ainda é melhor do que luz nenhuma. O que você acha, Jim?

— De acordo — revidou Jim.

— Então é melhor eu me despedir agora — disse o senhor Tor Tor. — Disse a vocês tudo o que sei, meus amigos. Prefiro voltar para casa antes que o dia amanheça. Vocês sabem... é por causa das miragens.

Trocaram apertos de mão, votos de boa sorte e o senhor Tor Tor pediu aos dois que o visitassem, se algum dia voltassem ao Fim do Mundo. Jim e Lucas prometeram que o fariam. Então o gigante de mentira se pôs a caminho, de volta para seu oásis.

Os dois amigos ficaram observando o bom homem se afastar. A cada passo, sua figura ia ficando maior, até que finalmente ficou parecendo um gigante no horizonte. Então o senhor Tor Tor virou-se mais uma vez e acenou. Lucas e Jim acenaram também. O senhor Tor Tor continuou sua caminhada e foi crescendo mais ainda, mas sua figura foi perdendo a nitidez e acabou desaparecendo no céu noturno.

— Que pessoa simpática! — comentou Lucas, soltando fortes baforadas. — É de dar pena.

— Sim... pena que ele tenha que viver tão sozinho — disse Jim, pensativo. E os dois foram dormir, a fim de reunir forças para a viagem através dos Rochedos Negros. Na manhã seguinte, o sol forte nasceu iluminando todo o deserto. Jim e Lucas tomaram café da manhã, trancaram bem as portas da cabine, fecharam as janelas e partiram para dentro da escuridão.

Era exatamente como o senhor Tor Tor tinha dito: logo já não dava mais para ver o sol ofuscante. Uma mancha violeta, bem fraquinha, era só o que se podia ver lá no alto daquele céu preto. Por todos os lados, estava tudo escuro feito breu. Lucas apertou um botão e acendeu o farol. Mas não adiantou nada. A luz era engolida pelos rochedos negros, e tudo continuava escuro como antes.

Quanto mais avançavam, mais frio ficava. Jim e Lucas colocaram seus cobertores nas costas, mas logo aquilo já não estava adiantando mais nada. Embora Lucas não parasse de alimentar o fogo da fornalha, o gelo continuava a penetrar pela vidraça trazendo um frio de cortar os ossos. Os dentes de Jim começaram a bater de tanto frio. A locomotiva avançava cada vez mais devagar. As horas passavam e, pelos cálculos de Lucas, eles só tinham percorrido a metade das cem milhas.

Jim começou a ajudar a alimentar o fogo, pois sozinho Lucas não estava dando conta. Tinham que enfiar carvão na fornalha cada vez mais depressa, para que a água da caldeira continuasse a ferver e a produzir vapor. Ema se arrastava cada vez mais devagar. Na sua chaminé e em suas válvulas já se acumulavam grossos pedaços de gelo. Lucas olhou preocupado para sua provisão de carvão, que diminuía muito depressa.

— Tomara que a gente consiga — ele murmurou.

— Por quanto tempo ainda teremos carvão? — perguntou Jim, soprando ar quente nas mãos geladas.

— Por mais uma hora — respondeu Lucas. — Talvez menos. É difícil calcular.

— Será que a gente vai conseguir chegar? — perguntou Jim, com os lábios roxos de frio.

— Se não acontecer nada, talvez — resmungou Lucas, esquentando com o cachimbo os dedos gelados.

Até aquela fraca mancha violeta tinha desaparecido do céu. Estavam chegando perto da Boca da Morte. Alguns minutos se passaram, e os dois começaram a ouvir ao longe uivos e gemidos terríveis:

— Huuuuiiiiuuuuiiiioooohhhh!

Não dá para imaginar como eram horríveis aqueles uivos e gemidos. Só quem os ouviu sabe como eram. Não eram sons altos, mas se propagavam como um lamento medonho por aquela região escura e deserta. Era quase insuportável!

— Meu Deus! — gaguejou Jim. — Acho que vou colocar cera de novo nos ouvidos!

Mas com o frio a cera da vela tinha ficado dura feito pedra, e não dava para ser modelada. Assim, os dois amigos tiveram que suportar o ruído daqueles lamentos inconsoláveis.

— Aaaaaaauuuuuuuuu! — mais um gemido, agora mais próximo.

Lucas e Jim cerraram os dentes. Ema parou e soltou um longo apito de desespero: — Piuiii! — por algum motivo ela tinha se desviado um pouco da linha reta e sentiu suas rodas passarem na beiradinha de um abismo.

— Droga! — disse Lucas, acionando a alavanca. Mas Ema tremia e se recusava a prosseguir.

— O que está acontecendo com ela? — perguntou Jim, com os olhos arregalados de medo.

— Não faço a menor idéia — resmungou Lucas. — Ela não quer avançar. Talvez tenhamos saído da linha reta.

— E agora? — sussurrou Jim.

Lucas não respondeu. Mas Jim conhecia a cara do amigo em situação de grande perigo: os lábios se apertavam, as maçãs do rosto cresciam e os olhos ficavam bem pequenininhos.

— Não podemos deixar que o fogo se apague de jeito nenhum, senão estaremos perdidos — disse o maquinista.

— Mas não podemos ficar parados aqui! — replicou Jim.

Lucas sacudiu os ombros. Jim não perguntou mais nada. Se nem o Lucas sabia o que fazer, muito menos ele, Jim. O gemido do vento era cheio de malícia. Era como se a Boca da Morte soltasse uma risada de assombração:

— Huhuhuhuhuhohohohooooo!

Eles esperavam, esperavam, sem parar de pensar no que fazer. Descer eles não podiam, por causa do frio. Além do mais, não adiantaria nada. Para voltar também não dava, pois Ema se recusava a se mexer, fosse para frente ou para trás. O que fazer? Era preciso fazer alguma coisa! A cada segundo perdido aumentava o perigo de ficarem sem carvão. Calados, Jim e Lucas esquentavam a cabeça sem conseguir ter alguma idéia. Lá fora, porém, o salvamento de nossos amigos se preparava. O vapor que saía da chaminé de Ema congelava-se ao contato com o ar gelado e caía em forma de neve. O vento gemia espalhando os flocos e pouco a pouco todo o espaço em volta da locomotiva foi ficando coberto de neve. O gelo branco foi se fixando nos rochedos negros, impedindo-os, assim, de absorver a luz. Assim, pouco a pouco a estrada foi aparecendo. No meio daquele nada preto apareceu de repente um pedaço de estrada branca.

Jim foi o primeiro a perceber. Ele tinha escavado um buraquinho no gelo acumulado na vidraça e tentava olhar para fora.

— Ei, Lucas... veja! — gritou.

Lucas olhou para fora. Endireitou o corpo, olhou sério para Jim, prendeu a respiração e disse: — Estamos salvos!

Lucas acendeu o cachimbo. A própria Ema se mostrou disposta a prosseguir. Conseguiu enxergar um pedaço da estrada reta e voltou a mergulhar na escuridão.

O gemido do vento era cheio de malícia.

— Huuuuuooooochchchchchch! — gemia o vento. E parecia que eles estavam entrando direto na goela aberta da morte.

— Ooooooaaaaaahhhhhh! — e foi então que eles saíram do outro lado da passagem de rochedos, conseguindo escapar da Boca da Morte.

— Hiiiiiuuuuu! — ouviu-se mais uma vez atrás deles. Só que agora já não havia perigo. E então os lamentos se perderam na distância.

Só havia umas dez pás de carvão. Por sorte agora começava uma descida, pois a Boca da Morte ficava no ponto mais alto. A cada minuto, Lucas jogava uma pá de carvão na fornalha: um minuto... dois minutos... três minutos... quatro... cinco... seis... sete minutos... oito... nove... e... dez minutos... a última pá de carvão já estava queimando. Mas lá fora continuava escuro. A locomotiva andava cada vez mais devagar. Estava quase parando. Então, no último minuto, foi como se eles passassem deslizando através de uma cortina. A luz atravessou as janelas cobertas de gelo. Luz do sol! Ema parou.

— Então, Jim... que tal uma pausa para descansar? — disse Lucas.

— Ótimo — respondeu Jim, respirando aliviado.

Com muito esforço, conseguiram tirar o gelo da maçaneta e abriram a porta. Uma rajada de ar morno os recebeu. Desceram da locomotiva para esquentarem ao sol seus braços e pernas enrijecidos pelo frio.

Capítulo dezenove

*onde Lucas e Jim consertam um pequeno vulcão
e Ema ganha uma nova roupagem*

Com as mãos nos bolsos e as pernas afastadas, os dois amigos ficaram parados diante da locomotiva, olhando a paisagem.

Diante deles estava a Terra dos Mil Vulcões, com milhares e milhares de vulcões de todos os tamanhos. Alguns eram da altura de um prédio de quatro andares; outros não passavam da altura de uma toca de toupeira. Alguns estavam em plena atividade, ou seja, cuspiam fogo e lava, enquanto outros só ficavam roncando baixinho. De alguns escorria uma lama incandescente, como se fossem panelas derramando mingau quente.

A terra não parava de tremer e um barulho terrível ressoava no ar. Eram roncos que começavam baixinho e depois cresciam, cresciam, para depois diminuírem outra vez. De repente, houve um solavanco forte, um ruído enorme, e uma fenda profunda abriu-se no chão. Os vulcões ao redor da fenda começaram a despejar sua lava para dentro dela, e aos poucos o abismo que se tinha formado foi se enchendo com aquele mingau fervente. Logo, em outro lugar, abriu-se uma outra fenda. Lá longe, erguia-se solitária uma montanha gigantesca, com mais de mil metros de altura. Também ela era um vulcão. Calados, Lucas e Jim ficaram um bom tempo olhando aquela paisagem nada hospitaleira.

Quebrando o silêncio, Jim observou: — Eu só queria saber o que vai acontecer na hora em que aquela montanha grande lá do meio começar a transbordar. Acho que toda essa região vai ficar coberta de mingau quente. O que você acha, Lucas?

— Pode ser — respondeu Lucas. Naquele momento ele estava pensando em outras coisas. — A cidade dos dragões deve ser em algum lugar por aqui... mas onde? — murmurou ele.

— Pois é, a gente precisava saber... — disse Jim.

— Mesmo que a gente soubesse, como é que nós íamos poder chegar até ela? — perguntou Lucas.

— É mesmo — concordou Jim. — Por aqui não dá para andar de locomotiva. Ema ficaria atolada nesse mingau quente, ou então iria acabar caindo numa dessas fendas, pois não dá para saber onde é que elas vão se abrir.

— Mesmo que desse, também não adiantaria — acrescentou Lucas. — Não podemos continuar viagem sem carvão.

— É mesmo! — exclamou Jim, assustado. — Eu não tinha pensado nisso! Que complicação!

— Complicação mesmo! — resmungou Lucas. — Por aqui não parece haver madeira. Pelo menos não estou vendo nada que se pareça com uma árvore.

Então resolveram sentar-se um pouco, comeram alguns pãezinhos com manteiga e beberam o chá do gigante de mentira que estava na garrafa térmica de ouro do Imperador de Mandala. Devia ser mais ou menos qua-

— *A cidade dos dragões deve ser em algum lugar por aqui... mas onde?*

tro da tarde. Hora do lanche, portanto. Além do mais, eles estavam com muita fome, pois não tinham almoçado.

Quando terminaram, Lucas encheu o cachimbo de fumo e Jim tampou a garrafa. De repente, os dois pareceram ouvir um barulho.

— Psiu! Escute! — disse Jim. Os dois aguçaram os ouvidos e ouviram novamente aquele barulho que parecia o choro de um porquinho.

— Parece uma voz — sussurrou Jim.
— É... parece um leitãozinho. Vamos ver o que é — disse Lucas.

Levantaram-se e foram caminhando na direção do som. Não demorou e eles chegaram ao lugar de onde saía aquele choro, um vulcão bem perto dali. Só que o vulcão parecia extinto, não estava soltando fogo, nem expelindo lava.

Jim e Lucas escalaram a montanha que tinha mais ou menos a altura de uma casa térrea, e lá de cima olharam para dentro da cratera. De lá dava para ouvir nitidamente o choro, e até algumas palavras nossos amigos conseguiram entender:

— Ah... não agüento mais... não agüento mais mesmo! Oh, pobre de mim... coitado de mim...!

Mas não dava para ver nada, pois dentro do vulcão estava tudo escuro feito breu.

— Ei! Tem alguém aí? — gritou Lucas.

Fez-se um silêncio sepulcral. Até o choro parou.

— Ei... ei!! — gritou Jim, o mais alto que pôde. — Quem está aí? Quem estava dizendo "coitado de mim"?

A princípio não ouviam nada. De repente, porém,

um chiado terrível ecoou pelos ares. Os dois amigos recuaram um pouco, pois ficaram com medo de que pelo buraco começasse a sair fogo ou lava incandescente. Só que nada disso aconteceu. O que apareceu, isto sim, foi uma cabeça grande, com olhos enormes e redondos; uma cabeça que lembrava um pouco a cabeça de um hipopótamo, só que era salpicada de amarelo e azul. A cabeça era sustentada por um corpinho frágil, em cuja extremidade havia uma cauda comprida e fina, mais ou menos parecida com a cauda de um filhote de crocodilo. De pé sobre duas perninhas, aquela criatura esquisita fitou Lucas e Jim, ergueu os bracinhos como se quisesse pegá-los e grunhiu, tentando parecer assustadora:

— Sou um dragão! Buuuuu!

— Ótimo — disse Lucas. — E eu sou Lucas, o maquinista.

— E eu sou Jim Knopf — acrescentou Jim.

Desapontado, o dragão fitou os dois amigos com os olhos arregalados e, com aquela voz de leitãozinho, perguntou: — Vocês não têm medo de mim?

— Não. Por que deveríamos ter medo de você? — perguntou Lucas.

O dragão começou a chorar copiosamente. Lágrimas gorduchas começaram a rolar de seus olhos esbugalhados.

— Hu hu hu! — uivava o pequeno monstro. — Era só o que me faltava. Nem os humanos me consideram um dragão de verdade! Que dia mais infeliz! Hu hu huuuuuu!

— Mas é claro que a gente acha que você é um dragão de verdade — disse Lucas, tentando acalmá-lo. —

Se a gente tivesse medo de alguma coisa nesse mundo, essa coisa seria você. Não é mesmo, Jim?

Dizendo isso, Lucas deu uma piscadinha para o amigo.

— É claro! — confirmou Jim. — Só que por acaso somos pessoas que não têm medo de nada. Senão a gente ia ter medo de você. E não ia ser pouco!

— Ah... — resmungou o dragão, soluçando. — Vocês só estão dizendo isso para me consolar!

— Não... é verdade! — disse Lucas. — Você é horrível.

— É sim... horrivelmente medonho — completou Jim.

— É mesmo? — perguntou o dragão, não acreditando muito. E a cara enorme dele começou a se iluminar de satisfação.

— É verdade — disse Jim. — Por acaso alguém acha que você não é um dragão de verdade?

— Sim. Huuuuuuuhuhuuuuuuu! — respondeu o dragão, começando de novo a soluçar de dar dó. — Os dragões de raça pura não me deixam entrar na cidade dos dragões. Eles dizem que eu não passo de um meio-dragão. Só porque minha mãe era uma hipopótama! Mas meu pai era um dragão de verdade!

Lucas e Jim trocaram um olhar muito significativo. Os dois deviam estar pensando: "A-há! Então na certa esse meio-dragão poderá nos dizer como prosseguir viagem!"

— É por isso que você está tão infeliz? — perguntou Lucas.

— Não, não — fungou o dragão. — É que hoje é um dia de azar para mim. Meu vulcão apagou e eu não consigo acendê-lo de novo. Já tentei de tudo, mas não adiantou nada!

— Bem, deixe a gente dar uma olhadinha — sugeriu Lucas. — Afinal, somos maquinistas e entendemos um pouco dessas coisas que têm a ver com fogo.

O meio-dragão enxugou as lágrimas e arregalou os olhos.

— Seria maravilhoso! — guinchou ele. — Eu seria eternamente grato a vocês. Sabe, para nós é vergonhoso deixar o vulcão apagar.

— Entendo... — disse Lucas.

— A propósito — prosseguiu o meio-dragão, todo gentil —, ainda não me apresentei. Meu nome é Nepomuk.

— Bonito nome — disse Lucas.

— Mas é nome de gente — revidou Jim. — Será que combina com um dragão?

Nepomuk respondeu: — Foi minha mãe, a hipopótama, que me batizou assim. Ela morava num jardim zoológico e tinha muito contato com as pessoas. Por isso resolveu me chamar assim. Na verdade, geralmente nome de dragão é diferente.

— Ah, bom... — disse Jim.

Então, um atrás do outro, os três desceram pela cratera até lá dentro do vulcão. Quando chegaram lá embaixo, Lucas acendeu um fósforo e olhou ao seu redor. A caverna era bem larga e espaçosa; metade dela era ocupada por uma enorme montanha de carvão, enquanto do outro lado havia uma grande fornalha aberta. Sobre a fornalha, pendurada numa corrente, havia uma enorme caldeira. Tudo estava preto de fuligem e com um cheiro forte de enxofre e de um monte de outras coisas.

— É bonita a sua casa, Nepomuk — disse Lucas, enquanto olhava pensativo para o monte de carvão.

— Mas você não tem cama! — observou Jim, admirado.

— É que eu prefiro dormir em cima do carvão — disse Nepomuk, o meio-dragão. — É tão gostoso se sujar de carvão... principalmente de manhã, quando a gente se espreguiça e se suja todinho...

É que com os dragões acontece o contrário do que acontece com as pessoas. As pessoas tomam banho de manhã e à noite, para estarem sempre limpas. Os dragões, ao contrário, se emporcalham bastante de manhã e à noite, para estarem sempre sujos. Com os dragões é assim...

Enquanto isso, Lucas já tinha começado a mexer na enorme fornalha. Depois de alguns minutos descobriu o que estava errado.

— A-há! já sei o que aconteceu! A grelha da fornalha caiu, e alguma coisa está impedindo a passagem do ar! — disse ele.

— Vai demorar muito para consertar? — perguntou Nepomuk, com cara de quem já ia começar a chorar outra vez.

Lucas ia responder que não era nada sério, quando lhe ocorreu uma coisa.

— Vou ver o que posso fazer — disse ele. — Para dizer a verdade, não se trata de consertar. Você está precisando mesmo é de uma fornalha nova. Mas talvez eu consiga consertar esta. Você teve sorte de encontrar justo dois maquinistas.

É que Lucas tinha um plano em mente, e precisava exagerar um pouco.

— ... Você teve sorte de encontrar justo
dois maquinistas.

— Jim — disse ele, com uma cara muito séria. — Suba pela cratera e vá correndo até nossa locomotiva! Traga a caixa de ferramentas, você sabe qual é. E não se esqueça da lanterna!

— Certo! — respondeu Jim, também muito sério. Escalou as encostas da cratera e num instantinho já estava de volta com a caixa de ferramentas e com a lanterna.

— Muito bem, meu caro Nepomuk — disse Lucas, franzindo a testa. — Agora você precisa nos deixar sozinhos um pouco, por favor. É que eu e meu assistente não conseguimos trabalhar direito quando tem alguém observando.

Nepomuk olhou curioso para a caixa, dentro da qual brilhavam ferramentas misteriosas. Depois escalou a encosta, saiu do vulcão e sentou-se ao lado da cratera, ansioso. Minutos depois começou a ouvir barulho de marteladas e de limas. Os dois maquinistas pareciam ser muito competentes!

Na verdade, com um único movimento Lucas já tinha recolocado a grelha da fornalha, depois de ter desobstruído a passagem do ar. Tudo estava em ordem novamente. Então, os dois amigos sentaram-se confortavelmente no chão, piscaram um para o outro e sorriram satisfeitos, enquanto batiam com as ferramentas na fornalha e na caldeira; pelo barulho, o interior do vulcão parecia mais uma oficina de fundição.

Depois de algum tempo, Nepomuk perguntou pelo buraco da cratera:

— Como está o trabalho?

— É mais difícil do que eu imaginava! — gritou Lucas lá de baixo. — Mas acho que a gente vai conseguir!

E continuaram a bater e a martelar. Jim tinha que morder os lábios para não rir. Nepomuk continuava sentado lá fora, ao lado da cratera; ouvia o barulho do trabalho e dava graças a Deus por aqueles dois maquinistas justamente naquele dia terem aparecido. Alguns minutos se passaram e Lucas disse baixinho a Jim:

— Acho que chega!

Pararam de bater e Lucas acendeu o fogo da fornalha. As labaredas se levantaram e a fumaça começou a subir e a sair pela cratera. Tudo estava funcionando perfeitamente.

Quando Nepomuk viu a fumaça saindo, ficou fora de si de tanta alegria. É que no fundo ele tinha duvidado um pouquinho de que os dois maquinistas fossem mesmo conseguir fazer um conserto tão grande. Começou a dançar de alegria em volta da cratera, gritando com sua voz de porquinho:

— Deu certo! Deu certo! Meu vulcão está aceso de novo! Hurra! Ele está funcionando de novo!

Jim e Lucas saíram da cratera e foram ao encontro dele.

— Muito obrigado! — disse Nepomuk, quando viu os dois.

— Não há de quê! — replicou Lucas, sem muito entusiasmo. — Só que eu queria pedir uma coisa.

— O que é? — perguntou Nepomuk, o meio-dragão.

— Sabe... é que o nosso carvão acabou. E você tem uma montanha inteira lá embaixo. Será que você se importaria se nós enchêssemos nosso tênder com um pouco de seu carvão?

— É claro que não me importaria! — respondeu

Nepomuk, sorrindo amável, se é que aquela bocarra podia parecer amável. — Eu mesmo vou providenciar isso!

Jim e Lucas quiseram ajudar, mas Nepomuk insistiu em fazer tudo sozinho.

— Vocês dois trabalharam duro para mim; agora precisam descansar — disse ele.

Então desceu para dentro do vulcão e logo apareceu novamente carregando um balde cheio de carvão. Correu até Ema e o esvaziou dentro do tênder da locomotiva. Voltou para a caverna novamente, encheu de novo o balde e repetiu a operação até encher totalmente o tênder. Os dois amigos ficaram observando o meio-dragão com a consciência meio pesada, até que, finalmente, ele terminou o trabalho:

— Ufa! — bufou Nepomuk, enxugando o suor da testa. — Acho que já chega! Não cabe mais carvão lá dentro!

— Muito obrigado, Nepomuk — disse Lucas, meio envergonhado. — Foi muita gentileza sua. Muita mesmo. Você não gostaria de tomar um lanche conosco agora?

É que nesse meio tempo já tinha ficado tarde e o sol já estava se pondo no horizonte.

— O que vocês têm para comer de lanche? — perguntou Nepomuk, com o olhar muito curioso.

— Chá e sanduíches — respondeu Jim.

Nepomuk ficou decepcionado: — Ah, não... obrigado — disse ele. — Meu estômago não suporta essas coisas. Prefiro comer uma boa porção de lava.

— Lava? — perguntou Jim. — E lava é gostoso?

— A lava é o prato predileto de todos os dragões — explicou Nepomuk com orgulho. — É uma papa incandescente feita de ferro e enxofre derretidos, misturados com uma série de outros temperos finos. Eu tenho um caldeirão enorme cheinho de lava. Vocês não querem experimentar?

— Não, não... obrigado — responderam Lucas e Jim ao mesmo tempo.

Os dois amigos foram buscar seu lanche na locomotiva e Nepomuk foi pegar seu caldeirão de lava. Depois sentaram-se os três juntos e jantaram. Mas Nepomuk não era dos mais comportados: comia a papa fervente com a boca aberta, fazia um barulhão enorme e espirrava comida por todo lado. Lucas e Jim tinham que tomar cuidado para não se queimarem com aqueles pingos quentes. Nepomuk era só um meio-dragão, mas esforçava-se o mais possível para se comportar como um dragão de raça pura. Quando terminou, derramou o resto de seu caldeirão dentro de uma fenda no chão. Lambeu os beiços, bateu na barriga cheia e arrotou alto, soltando duas rosquinhas de fumaça pelas orelhas. Nossos dois amigos também tinham acabado de comer. Jim levou de volta para a locomotiva o pão que tinha sobrado e a garrafa térmica, enquanto Lucas enchia o cachimbo de fumo. Depois ficaram batendo papo, até que Lucas perguntou, como quem não quer nada:

— Gostaríamos muito de ir até a cidade dos dragões. Você sabe como se chega até lá, Nepomuk?

— Claro que sei — replicou Nepomuk. — O que vocês querem fazer lá?

Os dois explicaram a Nepomuk rapidamente seus planos. Quando terminaram, o meio-dragão disse:

— Na verdade, nós dragões deveríamos ser muito unidos, e eu não deveria dizer nada a vocês. Mas vocês me ajudaram e os dragões de Mummerland são sempre tão cruéis com os meio-dragões... eles não deixam a gente entrar na cidade. Por isso vou ficar do lado de vocês! Só para irritar os dragões! Vou me vingar deles. Estão vendo aquela montanha alta lá na frente? — perguntou ele, apontando com a pata para o gigantesco vulcão, bem no meio da paisagem. — Naquela montanha fica a cidade dos dragões. O pico é aberto. É uma cratera.

— O que é uma cratera? — perguntou Jim.

— Uma cratera é... bem, uma cratera é uma cratera — respondeu Nepomuk, meio confuso. — A montanha é oca por dentro e aberta em cima, mais ou menos como uma sopeira grande.

— Ah... entendi! — disse Jim.

— E no fundo dessa cratera — explicou Nepomuk — fica Mummerland, a cidade dos dragões. É uma cidade enorme e nela moram milhares de dragões. Todos se mudaram para lá, desde que o mundo aqui fora ficou perigoso demais para eles. É muito raro, mas às vezes um ou outro dragão sai para dar um passeio por algum outro país.

— Mas de onde vem a fumaça que sai pelo buraco da montanha? — perguntou Jim. — Eles também têm dessas fornalhas como a sua?

— Claro — respondeu Nepomuk. — Mas geralmente a fumaça vem dos próprios dragões. Eles soltam fumaça e fogo.

Para ilustrar o que estava dizendo, Nepomuk arrotou novamente, soltando nuvenzinhas amarelas de enxofre e algumas faíscas pelo nariz e pelas orelhas. O efeito, porém, não foi dos melhores.

— Ah, bom... agora eu entendi — disse Jim.

— E como é que a gente faz para entrar na cidade dos dragões? — perguntou Lucas, também soltando algumas nuvenzinhas de fumaça.

— Aí é que está... — suspirou Nepomuk, apoiando a cabeça na pata esquerda, pensativo. — É impossível entrar. Até para mim.

— Mas deve haver uma entrada — disse Jim.

— É claro que há — replicou Nepomuk. — Existe uma entrada, uma caverna, que atravessa a encosta da montanha e leva direto à cidade dos dragões. Mas, infelizmente, essa entrada é vigiada dia e noite por guardas-dragões. E eles não deixam passar ninguém que não seja dragão de verdade.

— E não existe outra entrada? — perguntou Lucas.

— Não que eu saiba — disse Nepomuk.

— Algum rio que corte a cidade dos dragões, por exemplo? — sugeriu Lucas.

— Nunca ouvi dizer nada a respeito — disse Nepomuk. — Se esse rio existisse, ele teria que atravessar a Terra dos Mil Vulcões e nós, os meio-dragões, na certa o conheceríamos. Não... não existe rio nenhum, nem outra entrada.

— Estranho... — resmungou Lucas. — Pensávamos que o Rio Amarelo nascesse na cidade dos dragões.

Mas Nepomuk balançou a cabeça, decidido: — Não pode ser!

Pensativo, Jim perguntou: — Como são os dragões de raça pura?

— Ah, eles são muito diferentes — respondeu Nepomuk. — Não podem se parecer com nenhum outro animal, senão não são considerados de raça pura. Eu, por exemplo, lembro um pouco a minha mãe, a hipopótama. Além disso, um dragão tem que saber expelir fumaça e fogo pelas ventas.

Os três ficaram pensando durante algum tempo. Finalmente, Jim sugeriu: — E se a gente fantasiasse a Ema de dragão? Ela não se parece com bicho nenhum e sabe soltar fumaça e fogo.

— Jim! — exclamou Lucas. — Que idéia genial!

— É mesmo — concordou Nepomuk —, seria perfeitamente possível. Conheço dragões que se parecem com ela.

— Só resta saber como é que a gente pode chegar até a cidade dos dragões sem cair numa dessas fendas, nem atolar num monte de lava incandescente — acrescentou Lucas.

— Mas isso é fácil — respondeu Nepomuk, no mesmo instante. — Posso guiar vocês. E nada de ruim vai acontecer, pois sei exatamente a hora e o local em que as fendas se abrem e a que horas os vulcões esvaziam suas caldeiras de lava. É isso mesmo... nós, os meio-dragões, combinamos direitinho tudo isso entre nós. Senão ia virar uma confusão danada.

— Ótimo! — disse Lucas, satisfeito. — Então vamos pôr mãos à obra e fantasiar nossa velha Ema de dragão.

Nepomuk desceu para dentro de seu vulcão e trouxe um balde de tinta antiferrugem. Além disso, colocou na fornalha um caldeirão de lava.

Jim e Lucas pegaram todos os cobertores e os amarraram sobre a cabine do maquinista. Quando terminaram, Nepomuk chegou com a lava, que já tinha se tornado líquida com o calor da fornalha. Como era meio-dragão, Nepomuk podia pôr a mão na lava incandescente sem queimar os dedos. Despejou a lava incandescente em Ema, espalhou bem com as mãos e foi modelando formas na locomotiva: em cima uma corcunda, na frente um nariz comprido e horrível, dos lados um monte de pontas e escamas. Quando esfriou, a lava ficou dura como pedra. Por fim, pintaram aquilo tudo da forma mais feia possível, com a tinta vermelha antiferrugem, e transformaram a cara boazinha de Ema numa horrível careta de dragão. Quieta, Ema deixava-os trabalhar. Pelo seu olhar perplexo, percebia-se que ela não estava entendendo nada daquilo tudo.

Quando o sol se pôs, o trabalho tinha terminado. Lucas enfiou-se dentro da cabine do maquinista e acionou alguns comandos para ver se Ema conseguia se mover e soltar um pouco de fumaça e fogo. A locomotiva parecia mesmo um dragão!

Depois combinaram que se encontrariam na manhã seguinte e foram dormir; Nepomuk em cima de seu monte de carvão e os dois amigos dentro da cabine de maquinista de sua locomotiva-dragão.

Capítulo vinte

*onde Ema é convidada por um dragão de raça pura
para dar um passeio à noite*

Na manhã seguinte, os viajantes partiram bem cedinho, pois Nepomuk tinha dito que o caminho até a cidade dos dragões era muito, mas muito mais longo do que parecia. E logo ficou provado que ele não estava exagerando. Por causa daquelas fendas que iam se abrindo no chão, e dos riozinhos de lava, nossos amigos não podiam avançar em linha reta; tinham que ir o tempo todo desviando. Era como se estivessem num labirinto. Nepomuk tinha se sentado bem na frente, em cima da caldeira de Ema, e usava a cauda fina como indicador de direção. Virava-a às vezes para a direita, às vezes para a esquerda, e assim mostrava a Lucas que direção tomar.

No caminho, encontraram alguns outros meio-dragões, que espiavam curiosos de dentro de seus vulcões. Alguns eram do tamanho de uma toupeira, ou até de um gafanhoto, outros lembravam vagamente um canguru, outros uma girafa, dependendo de suas relações de parentesco. Mas logo que viam Ema toda fantasiada, todos enfiavam a cabeça para dentro dos vulcões, assustados. Na certa pensavam que um enorme dragão estava dando uma voltinha por ali. Lucas e Jim estavam muito satisfeitos com o efeito que Ema estava causando.

Finalmente, quando se aproximaram da caverna de entrada da cidade dos dragões, Nepomuk fez sinal para pararem. Lucas brecou a locomotiva; o meio-dragão desceu da caldeira e disse:

— Muito bem. Daqui para a frente vocês continuam sozinhos. Vou voltar agora mesmo para casa. Não quero encontrar nenhum dragão de raça pura pela frente. A gente nunca sabe se eles vão estar de bom humor.

Os dois amigos agradeceram de coração por toda a ajuda. Nepomuk desejou-lhes boa sorte e eles se despediram. Lucas e Jim continuaram a viagem com Ema, e o meio-dragão ficou acenando até eles desaparecerem numa curva. Então, Nepomuk começou a volta pelo longo e difícil caminho até seu vulcão.

Alguns minutos depois, Ema chegou à entrada da cidade dos dragões. Era uma caverna enorme, preta de fuligem, e lá de dentro saía um cheirinho de forno. Sobre a entrada havia uma enorme placa de pedra, na qual estava escrito:

ATENÇÃO!
Proibida a entrada de
dragões mestiços, sob pena
de morte.

— Jim, meu velho... é agora! — disse Lucas.
— Certo! — respondeu Jim.

E entraram na caverna. Lá dentro reinava a maior escuridão, e Lucas acendeu os faróis de Ema para iluminar o caminho. Quando estavam mais ou menos no centro da caverna, de repente, apareceram no meio da escuridão dois olhos vermelhos como fogo, do tamanho de duas bolas de futebol. Rapidamente, Lucas e Jim fecharam a cortina de cobertores na frente da janela e ficaram olhando para fora através de uma frestinha estreita. Agora é que eles iam ver se a fantasia de dragão de Ema realmente parecia de verdade. Senão... não dava nem para imaginar o que ia acontecer!

Devagar, bem devagar, a locomotiva foi se aproximando daquelas duas bolas de fogo. Eram os olhos de um dragão, que tinha o corpo quase três vezes maior e mais gordo do que o de Ema. Tinha um pescoço incrivelmente comprido, que, enrolado em espiral, repousava sobre seus ombros. Na ponta do pescoço, sua cabeça tinha o tamanho e a forma de uma cômoda. O monstro estava de cócoras bem no meio do caminho. A cauda longa, cheia de espinhos, repousava elegantemente sobre o ombro esquerdo; com a pata direita, o monstro coçava bem devagarinho a barrigona amarelo-esverdeada, onde um umbigo saliente brilhava feito um farol.

Quando Ema parou na frente dele, o dragão desenrolou o pescoço todo de uma vez e examinou a locomotiva por todos os lados, sem precisar se levantar e nem andar em volta dela. Para isso aquele pescoção elástico era muito prático. Depois de ter examinado Ema cuidadosamente, o dragão tentou fazer uma careta amável, mas só conseguiu parecer mais antipático ainda.

— Hua! Hua! Hua! — riu o dragão, com uma voz de serra elétrica. — Maasssss voccccê tem unsssss olhossssss muito brrrrrrilhantesssssss! — e depois riu de novo: — Hua! Hua! Hua!

— Ele pensa que Ema é um dragão fêmea. Que ótimo! — sussurrou Lucas.

O dragão grunhiu e, muito maroto, piscou aquele olho vermelho do tamanho de uma bola de futebol. Enquanto piscava, tentou dar um beliscão em Ema. Ela soltou um apito de medo.

— Hua! Hua! Hua! — riu o dragão, balançando a pança gorda amarelo-esverdeada. Com os movimentos da barriga, o umbigo brilhante subia e descia. — Gosssstei de voccccê. Seus olhos ssssão rrrrrrrealmente bonitos. E esse chchchcheirinho de fumaççççça, então... que delícccccccia!

Envergonhada, Ema baixou os faróis, quer dizer, os olhos. Ela estava muito envergonhada e não sabia o que responder. Jim e Lucas, que olhavam por uma estreita fenda entre os cobertores que envolviam a cabine, descobriram que ao lado da caverna principal havia um recinto lateral, e nele havia outros dragões como aquele que estava na frente deles. Na certa estavam esperando para substituírem seu colega. O dragão tentava agora acariciar o queixo de Ema, olhando para ela com uma cara de bobo, muito engraçada.

— Me dizzzzzz o seu endereço. Maisss tarrrrrrrde eu vou buscarrrrr vocccê para a gente darrrrrr um passssssssseio. Daqui a pouco terrrrrmina meu turno de trrrrrabalho!

Ema olhava perplexa para o dragão.

— Chii! Agora complicou! — sussurrou Lucas. — Tomara que ele não desconfie de nada.

— Chchchch! — bufou o dragão, irritado. — Já vi que voccccccê não gossssssta mesmo de falarrrrrrr, sua minhocona gorrrrrda e barulhenta!

Jim e Lucas trocaram um olhar preocupado. Por sorte, nesse momento um dos dragões que estavam no recinto ao lado gritou:

— Ei, ssseu gritalhão... deixxxxxxe a menina em pazzzzz! Não esssstá vendo que ela não querrrr falarrrr com voccccccê?

— Graças a Deus! — suspirou Jim, baixinho.

— Grrrrr! — grunhiu o dragão, cuspindo uma pequena chama verde envolta numa fumacinha lilás. — Então sssssssaia! Ssssuma! Chchchch!

Irritado, o dragão saiu da frente da locomotiva, deixando o caminho livre. Lucas puxou uma alavanca, Ema começou a andar e saiu correndo dali. Por precaução, Lucas fez a locomotiva soltar bastante fumaça e algumas centelhas, como se ela estivesse ofendida e indignada, tudo isto para o dragão não desconfiar de nada. Não demorou muito e tinham atravessado a caverna. À frente deles surgiu então a cidade dos dragões. À primeira vista já dava para perceber que era uma cidade grande. As casas eram feitas de imensos blocos de pedra cinzas e tinham centenas de andares de altura. As ruas pareciam vales escuros. Se a gente olhasse bem para cima, talvez ainda desse para ver uma pequena mancha de céu lá no alto. Mas a manchinha de céu estava totalmente turva pela fumaça e pelas nuvens de gases que subiam de toda a parte. Como Nepomuk já havia contado, aquela fumaceira era produzida pelos próprios dragões, que andavam aos milhares pelas ruas soltando fumaça e fogo pela boca, pelas ventas e pelos olhos. Alguns dragões tinham até uma espécie de escapamento bem na ponta da cauda, de onde também saía uma grossa fumaça amarelo-esverdeada.

À primeira vista já dava para perceber que era uma cidade grande.

O barulho na cidade era infernal. Os dragões gritavam, matraqueavam, rosnavam, uivavam, brigavam, berravam, tossiam, riam, assobiavam, xingavam, espirravam, ofegavam, gemiam, sapateavam, cochichavam, e sei lá o que mais.

Havia dragões de todos os tipos. Alguns eram do tamanho de um cachorrinho bassê; outros eram grandes como trens de carga. Alguns andavam de quatro, gingando e dando passos pesados e vagarosos, como se fossem tartarugas imensas, do tamanho de automóveis. Outros pareciam lagartas, magrinhos como fios de telégrafo. Alguns tinham mais de mil pés, enquanto outros só tinham uma perna, sobre a qual ficavam pulando feito saci; outros, ainda, não tinham perna nenhuma e ficavam rolando pelas ruas feito barris. Naturalmente, tudo aquilo produzia um barulhão danado. E também havia dragões alados. Alguns voavam feito morcegos, enquanto outros faziam vôos rasantes, zunindo como enormes besouros e libélulas. Os dragões voadores zumbiam e faziam a maior algazarra no meio daquele ar sufocante; voavam sem parar no meio daqueles prédios altos, de baixo para cima e de cima para baixo. Todos pareciam estar com muita pressa. Passavam correndo uns sobre os outros, atropelavam-se, amontoavam-se, nem se preocupavam quando pisavam na cabeça e nos membros uns dos outros.

Jim e Lucas, olhando através da fresta da janela, viam por todo lado dragões ocupados em fazer alguma coisa. Alguns usavam o fogo de suas ventas para fazer café ou fritar bolinhos. É claro que o café era de alcatrão e os bolinhos de farinha de ossos, temperados com veneno e fel, cacos de vidro e pregos enferrujados.

Só uma coisa nossos amigos não viam: crianças. Nem criancinhas-dragão, nem criancinha nenhuma. É que os dragões de verdade não têm filhos. Eles não precisam, pois não morrem, a não ser que alguém os mate. De morte natural eles não morrem nunca, embora envelheçam com o passar do tempo. E se houvesse crianças por ali elas não teriam onde brincar. Não havia gramados nem parques e, nas ruas, elas seriam atropeladas e mortas. Também não havia árvores para subir. Não havia nenhum verde. Em torno daqueles becos escuros, com seu cheiro e seu barulho infernais, erguiam-se as bordas da grande cratera, formando um gigantesco muro escuro.

Capítulo vinte e um

onde Jim e Lucas conhecem uma escola em Mummerland

Durante algum tempo, Ema ficou andando pelas ruas, até que surgiu uma dificuldade que nossos amigos não tinham previsto. Como é que iam encontrar a Rua Velha nessa cidade tão grande? Não podiam descer e perguntar para alguém. Só havia uma saída: tinham que tentar a sorte. É claro que poderia levar horas, mas não havia outro jeito. E tiveram sorte. Já no cruzamento seguinte, Lucas, que espiava por entre os cobertores, descobriu uma placa de pedra numa esquina, onde estava escrito:

RUA VELHA

Agora era só seguir os números das casas, gravados sobre a porta de entrada. Pouco depois, já tinham encontrado a casa de número 133.

— Está com medo, Jim? — perguntou Lucas, baixinho.

Num segundo, passou pela cabeça de Jim a história do gigante de mentira e ele lembrou que, de perto, as coisas talvez não fossem tão perigosas quanto pareciam à distância. Decidido, respondeu: — Não, Lucas.

Mas, para dizer a pura verdade, acrescentou: — Pelo menos não muito.

— Muito bem. Então vamos! — disse Lucas.

— Vamos! — respondeu Jim.

Lucas foi manobrando Ema com cuidado através do enorme portão de entrada da casa. Chegaram a uma escadaria, tão grande quanto o saguão de uma estação de trem. A escadaria subia formando uma enorme espiral, e não dava para ver onde ela terminava. Todo o recinto estava envolto na escuridão. Curiosamente, a escada não tinha degraus; parecia mais uma rampa sinuosa. Em Mummerland era proibido construir degraus, e é fácil entender por quê. Se os degraus fossem grandes, os dragões pequenos, do tipo cachorrinho bassê, não conseguiriam subir; se fossem pequenos, seriam desconfortáveis demais para os dragões grandes, do tipo trem de carga. Portanto, os degraus haviam sido completamente abolidos. Além do mais, essa solução tinha uma outra vantagem. Nesse instante mesmo, um dragão vinha descendo apressado lá de cima. Deitado sobre a barriga calejada, ele vinha escorregando pela escadaria como se estivesse num trenó.

Para nossos dois amigos era muito bom não haver degraus, pois Ema não conseguiria subi-los. Assim, podiam subir tranqüilamente com a locomotiva. Subindo em espiral, chegaram até o terceiro andar. Pararam diante da primeira porta à esquerda. Era tão grande e larga, que um ônibus de dois andares teria passado por ali sem problema nenhum. Infelizmente, porém, a abertura da porta estava obstruída por uma enorme placa de pedra:

SENHORA DENTÃO
FAVOR BATER TRÊS VEZES
VISITAS SÃO MAL-VINDAS

Embaixo da placa havia uma maçaneta de pedra em forma de caveira, com uma argola entre os dentes. Lucas leu baixinho para Jim a inscrição da porta.

— Vamos bater? — perguntou Jim, duvidando.

Lucas negou com a cabeça. Olhou cuidadosamente para todos os lados e, quando viu que não havia nenhum dragão por perto, desceu rapidamente da locomotiva e empurrou com toda a força a placa de pedra. Mas ela era mesmo muito pesada, e foi com grande esforço que Lucas conseguiu afastá-la um pouco do caminho. Depois voltou para dentro da cabine da locomotiva.

— É melhor a gente entrar junto com a Ema — sussurrou ele. Colocou a locomotiva em movimento e entrou com ela e tudo na casa, procurando fazer o mínimo de barulho. Lá dentro parou de novo, desceu sem ser visto e pôs a placa no lugar. Depois acenou para Jim. O menino desceu cuidadosamente da cabine do maquinista.

— Será que a gente pode ir entrando assim na casa de um estranho, sem pedir licença, com locomotiva e tudo? — murmurou ele, preocupado.

— Não há outro jeito — respondeu Lucas. — Agora precisamos sondar o terreno.

Deixaram Ema ali mesmo, e recomendaram a ela que não desse um pio. Depois entraram na pontinha dos pés por um corredor comprido e escuro, Lucas na frente e Jim atrás. A cada porta eles paravam e espiavam para dentro, mas não viam ninguém em lugar nenhum, nem dragão, nem gente. Todos os móveis dos cômodos eram feitos de pedra: mesa de pedra, poltrona de pedra, sofás de pedra com almofadas de pedra, e numa parede tinha até um relógio enorme, todinho de pedra, com o tique-taque misteriosamente petrificado em silêncio. Não havia janelas; em vez delas, havia buracos no alto das paredes por onde penetrava a turva luz do dia.

Quando os dois amigos se aproximavam do final do corredor, ouviram de repente uma voz horrível, estridente, vinda do último quarto. Alguém gritava bem alto e estava muito nervoso. Depois, tudo ficou em silêncio novamente. Jim e Lucas ficaram de tocaia, muito tensos, esperando ouvir mais alguma coisa. Então, pareceu-lhes ouvir a voz baixinha de uma criança assustada, que dizia alguma coisa, hesitante. Os dois amigos trocaram um olhar, foram na ponta dos pés até bem perto da porta do quarto, e espiaram lá para dentro.

Viram uma sala enorme, com três fileiras de carteiras de escola, feitas de pedra. Nelas estavam sentadas cerca de vinte crianças, de várias partes do mundo: indiozinhos, crianças brancas, esquimós, meninos morenos com turbantes na cabeça, e no meio deles havia uma garotinha muito bonita com duas tranças pretas e um rosto frágil como uma boneca de porcelana mandalense. Sem dúvida era a princesa Li Si, filha do Imperador de Mandala.

Todas as crianças estavam presas às carteiras por correntes de ferro, de jeito que podiam se movimentar, mas não podiam fugir. No fundo da sala havia uma lousa de pedra e, ao lado dela, parecendo um guarda-roupa de criança, havia um enorme púlpito formado por um único bloco de pedra. Por trás dele estava sentado um dragão horroroso. Era bem mais alto do que Ema, a locomotiva, mas muito mais magro, bem magro mesmo. A cara do dragão se afinava formando um focinho pontudo coberto de verrugas enormes, cheias de pêlos. Os olhos pequenos, penetrantes, fitavam os alunos através de um par de óculos reluzentes, e na mão o dragão tinha uma varinha de bambu, que, sem parar, fazia sibilar no ar. Um grosso pomo-de-adão dançava para cima e para baixo num pescoço comprido e fino, e de sua bocarra enorme saía um único dente comprido, indescritivelmente medonho. Não havia dúvida: só podia ser a própria senhora Dentão.

Todas as crianças estavam sentadinhas e não ousavam se mexer. Tinham as mãos sobre as carteiras e olhavam amedrontadas e perplexas para o dragão à sua frente.

— Parece uma escola — disse Lucas, ao ouvido de Jim.

— Deus meu! — sussurrou Jim, que nunca tinha visto uma escola.

— Todas as escolas são assim?

— Deus me livre! — respondeu Lucas. — Algumas escolas são até muito simpáticas. Além do mais, os professores não são dragões, e sim pessoas relativamente sensatas!

— SSSSSilêncccio! — gritou o dragão fazendo a varinha de bambu sibilar no ar. — Quem esssstá cochchchichchando?

Lucas e Jim ficaram calados e se afastaram um pouco da porta. Um silêncio pesado e tenso pairava na classe. Toda hora os olhos de Jim voltavam a pousar na princesinha, e a cada vez ele sentia uma pontadinha no coração. A pequena princesa agradava-o muito. Jim não se lembrava de já ter encontrado alguém que o tivesse agradado tanto, logo à primeira vista. Sem contar Lucas, é claro. Mas com Lucas era diferente: ele não era bonito e, apesar de toda a amizade que Jim tinha pelo maquinista, isso ele não podia negar.

Mas a princesinha era linda... tão encantadora e com uma aparência tão frágil, que Jim na hora teve vontade de protegê-la. Todo o medo que sentia desapareceu num passe de mágica e ele decidiu que ia libertá-la a qualquer custo!

Furioso, o dragão fitava as crianças com seus pequenos óculos e gritava, com a voz estridente e aguda:

— Ahhhh... vocêsssss não querem me responderrrrr quem foi que estava cochchchichchando, não é? Então esssssperem ssssssó para verrrrrr!

Irritado, o pomo-de-adão dançava para baixo e para cima no pescoço. De repente, o monstro gritou:

— Quanto são sssssete vezzzzzes oito? Voccccê aí!

Um garotinho índio, para quem o dragão apontou com sua varinha de bambu, levantou-se de um salto da cadeira. Ele ainda era muito pequeno, devia ter uns quatro ou cinco anos, mas já usava um cocar de três penas na cabeça. Na certa era filho do chefe de alguma tribo. Olhou para a senhora Dentão com os olhos arregalados e balbuciou:

— Sete vezes oito são... sete vezes oito... são... são...

— São... sssão... o quê? — vociferou o dragão, louco de raiva.

— Sete vezes oito são vinte — respondeu decidido o indiozinho.

— Como? — sibilou o dragão, irônico. — O que foi que voccccê disssssse? Vinte?

— Não! N-n-n-ão! — gaguejou o indiozinho, confuso. — Eu quis dizer, quinze.

— CHCHCHCHCHCHEGA! — gritou o dragão, fixando o indiozinho com aqueles olhos escondidos por trás dos óculos. — Então vocccê não ssssabe? Vocccê é o menino maissss bobão e preguiççççossssso que eu conheço. E bobeira e preguiçççça precissssam serrrrr cassssssstigadas!!!

Dizendo isto, o dragão levantou-se, foi até o garotinho, colocou-o de bruços sobre o banco e, com fúria, bateu com a varinha na bunda dele. Quando a execução terminou, o dragão sentou-se novamente atrás de sua mesa e resfolegou satisfeito. Os olhos do indiozinho estavam cheios de lágrimas, mas ele não chorou, pois como todo mundo sabe os índios são muito valentes.

Jim estava pálido de indignação, apesar de sua pele escura: — Que injustiça! — sussurrou ele.

Lucas concordou. Ele não podia falar, por isso só mostrava os punhos. Então o dragão perguntou novamente:

— Quannnnnto é ssssete vezzzzzzes oito, Li Si?

Jim sentiu o coração pular dentro do peito. Não era possível que até a princesinha fosse acabar apanhando! E não era possível que ela soubesse a resposta de uma pergunta tão difícil. Ele precisava fazer alguma coisa. E já! Mas Jim tinha esquecido que Li Si era uma criança mandalense, e que as crianças mandalenses já sabiam fazer as operações matemáticas mais difíceis aos quatro anos. A princesinha levantou-se e, com a voz doce como o chilrear de um passarinho, respondeu:

— Sete vezes oito são cinqüenta e seis.

— Achchch! — bufou o dragão, muito irritado, pois dessa vez a resposta estava certa.

— E quanto são trrrreze menos seisssss?

Com a mesma voz de passarinho, a princesa Li Si respondeu:

— Treze menos seis é igual a sete.

— Bahhhhh! — exclamou o dragão, furioso. — Vocccê se achchchchcha muito inteligente, muito sssssabichchchona, não é? Pois você não passssa de uma garotinha atrevida e malcriada, ssssabia? Essspere sssssó para verrrr se você ssssabe isssto: diga a tabuada do ssssete! E bem depresssssa, porrr favorrr!

Li Si começou a dizer a tabuada, que soava como o canto de um rouxinol: — Sete vezes um, sete; sete vezes dois, quatorze; sete vezes três, vinte e um... — e prosseguiu até o fim da tabuada, acertando tudo. Jim jamais pensou que um dia fosse ouvir uma coisa daquelas, tão bonita. O dragão ouvia com atenção para ver se descobria algum erro, enquanto a varinha de bambu sibilava furiosamente no ar. Nesse momento, Lucas sussurrou:

— Jim!

— O que é?

— Você é corajoso?

— Sou.

— Ótimo, Jim, escute bem: já sei o que vamos fazer. Vamos dar ao dragão uma última oportunidade de libertar as crianças por livre e espontânea vontade. Se ele não concordar, então vamos precisar usar de violência, embora eu não tolere violência.

— E como vamos agir, Lucas?

— Você vai até lá e tenta negociar com ele. Diga

o que quiser à senhora Dentão. Deixo isso por sua conta. Mas não diga nada sobre Ema e sobre mim! Vou ficar esperando aqui fora com Ema, e se for preciso a gente entra para ajudar. Entendeu?

— Entendi — respondeu Jim, com firmeza.

— Boa sorte! — sussurrou Lucas, saindo sem fazer barulho, para buscar a locomotiva.

Enquanto isso, a princesinha tinha acabado de dizer a tabuada, sem nenhum erro. Exatamente por causa disso, o dragão tinha ficado louco de raiva. Correu até Li Si, pegou-a com violência pelo braço e gritou:

— É asssssssim, não é? Então você pensssssa que pode me irritarrrrr não cometendo nenhum errrrrro? Sssssua garotinha atrrrrevida e malcrrrriada! O quê? Como? Ressssssponda quando eu fizerrrrr uma perrrrrrgunta!

A princesa continuava muda. O que dizer numa situação daquelas?

— Quanto ssão quatro maiss trrrês? — perguntou o dragão, bufando.

— Sete — respondeu Li Si.

Os olhos do dragão faiscaram de raiva: — E se eu disssssser que sssão oito?

— Mesmo assim eu digo que são sete — respondeu a princesinha.

— Se *eu* esssstou dizendo que sssão oito é porrrque *são* oito, entendeu? — bufou o dragão.

— Não, não... são sete — disse Li Si, bem baixinho.

— O q-q-quê? — sibilou o dragão. — Você vai quererrrrr dissssscutir comigo? Pois eu sei muito bem que são sssssete. Mas vocês *têm* que me obedecerrrrr! Você é atrevida e convencida! Atrevimento e convencccccimen-

— ... Sssssua garotinha atrrrrevida e malcrrrriada!

to têm que serrrrr casssstigadosssss! Portanto, diga que são oito!

Calada, Li Si sacudiu a cabeça. O dragão já ia colocando a princesinha sobre o banco, quando a voz irritada de um menino gritou:

— Um momento, senhora Dentão.

Surpreso, o dragão virou-se e viu à porta um garotinho negro, que o encarava corajosamente.

— Não faça nada com Li Si — disse Jim, com firmeza.

— Ei, seu negrrrrinho atrrrrrevido! — grunhiu o dragão, meio confuso. De onde é que você ssssaiu? Quem é vocccccê?

— Meu nome é Jim Knopf — respondeu Jim, calmamente. — Venho de Lummerland para libertar a princesa Li Si. E as outras crianças também.

Um murmúrio se espalhou pelo bando de crianças, que olhavam para Jim com os olhos arregalados. A pequena princesa ficou muito impressionada ao ver o garoto negro enfrentar com tanta firmeza e coragem aquele monstro terrível. O dragão distribuiu alguns tapas e empurrões por todos os lados e, indignado, gritou:

— Ssssssilêncccio! O que é que vocês esssstão pensssssando, seu bando de matracassss?! — e virando-se novamente para Jim, com uma cordialidade hipócrita, fez um biquinho com os lábios e perguntou: — Por acaso foram os Trezzzze Pirrrratas que mandaram vocccê até aqui, meu jjjjjovem?

— Não — replicou Jim. — Ninguém me mandou.

Os olhos penetrantes do dragão faiscaram e ele sibilou:

— Como asssssim? Por acasssso você chchchegou sozzzzinho até aqui? Será que voccccê gosta tanto asssssssim de mim?

— Não é isso, não — respondeu Jim. — Quero descobrir o segredo da minha origem, e acho que a senhora pode me ajudar.

— Porrrrr que logo eu? — perguntou o dragão, meio desconfiado.

— Porque no pacote em que eu estava embrulhado quando cheguei a Lummerland havia um Treze no lugar do remetente e um nome: senhora Den Ton, ou coisa parecida.

— Ahhhh! — exclamou o dragão, bastante surpreso. Um sorrisinho malicioso se espalhou por sua cara cheia de verrugas: — Então é *voccccê*! Há muito tempo estou essssssperando porrrrr você!

Jim sentiu um calafrio na espinha, mas conseguiu controlar-se na mesma hora e, com toda a educação, perguntou: — Será que a senhora poderia me dizer quem são os meus pais verdadeiros?

— Não prrrrecisa procurar maisssss, meu tesouro — disse o dragão, com um risinho de dar medo. — É a *miiiiiim* que você perrrrtence!

— Foi o que pensei no começo — replicou Jim, decidido. — Mas agora sei que não tenho nada a ver com a senhora.

— Masssss eu te comprrrrrei dos Trezzze Pirrratas! — resmungou o dragão, piscando com maldade.

— E eu com isso? — replicou Jim. — De minha parte, prefiro voltar para Lummerland.

— É messssmo? — perguntou o dragão, maliciosamente. — Vocccê faria issssso comigo? Você não ssssssabe o que está dizzzzendo, garoto!

— Sei sim — respondeu Jim. — E vou levar a princesa e as outras crianças também.

— Mas e sssse eu não entregarrrr as criançççççças? — perguntou o dragão, ainda com falsa gentileza.

— A senhora *terá* de entregar, senhora Dentão! — respondeu Jim, trocando um rápido olhar com a princesinha.

Nesse momento, o dragão soltou uma risada de zombaria:

— Hi hi hi hi hi! Nunca vi um menino bobo desssse jjjeito! Ho ho ho ho! Ele veio messsmo sozzzzzinho até aqui! E acabou caindo na minha arrrrmadilha! Ha ha ha!

— Acho que é cedo demais para a senhora rir! — gritou Jim, irado. — E então? Vai ou não vai me entregar as crianças de livre e espontânea vontade?

Ao ouvir isso, o dragão teve que segurar a barriga para não arrebentar de tanto rir.

— NÃO! — resfolegou ele. — Não, seu atrrrrrevidinho imundo. É clarrrro que não vou entregar as criançassss!

De repente, o dragão parou de rir. Fitou Jim perigosamente e resmungou:

— Todas essssssas crianças ssssssão minhas, só minhasssss, entendeu? Ninguém tem maisssss direito sobrrrre elassss do que eu. Eu comprrrrrei todas elas dos Trrrezzzze Pirrratasss. E *paguei* por elassss. Agorrrra elas me pertencem!

— Mas onde é que os Treze Piratas conseguiram essas crianças, que depois venderam à senhora? — perguntou Jim, encarando com firmeza o dragão.

— Isso não interesssssa! — bufou o dragão, irritado.

— Interessa sim, senhora Dentão! — respondeu Jim, corajosamente. — Isso me interessa e muito. A princesinha, por exemplo, foi roubada!

O dragão ficou fora de si de tanta raiva. Chicoteou o chão com a cauda e gritou:

— N-ã-o m-e i-n-t-e-r-e-s-s-s-s-a! Agorrrrra elas são minhassss! E voccccê também me perrrrrrtence! Nunca mais verá ssssua terrrrra natal, seu cabeçççça oca! Nunca mais vou deixxxxxar você ir emborrrra!

Dizendo isso, a senhora Dentão foi caminhando pesada e lentamente em direção a Jim.

— Chchchchch! — bufava o dragão. — Para começarrrr, vou lhe dar uma boa surrrrrrra, seu atrevidinho, para voccccê engolirrrrr tudo o que acabou de me dizer!

O dragão investiu contra Jim com sua pata enorme. Mas Jim foi mais inteligente e conseguiu escapar do golpe. O dragão desferia golpes com sua varinha por todos os lados, mas eles só atingiam mesmo o ar. Rápido como uma doninha, Jim corria sem parar em volta da mesa de pedra da professora e dos bancos dos alunos. O dragão seguia-o bem de perto, mas não conseguia apanhá-lo. Como estava cada vez mais irritado, foi ficando vermelho e verde de raiva e por todo o seu corpo foram aparecendo verrugas e bolhas. Dava nojo de ver.

Aos poucos Jim foi perdendo o fôlego. Estava com tosse e precisava de ar puro, pois o dragão não parava de cuspir fumaça e fogo. Onde é que Lucas tinha se metido? Ele tinha prometido trazer Ema para ajudá-lo! Aquela sala enorme já estava cheia de fumaça, e Jim quase não enxergava por onde corria. Finalmente, o apito de Ema soou forte. Piuiiiii! O dragão deu meia-volta e, através de uma nuvem de fumaça, viu um monstro aterrorizante vir em sua direção com olhos que ardiam em chamas. Na verdade, o monstro não parecia maior do que ele, mas era mais gordo e mais forte.

— O que sssssignifica isssssso? — gritou o dragão, fora de si de tanta raiva.

— Quem foi que permitiu...?

Não conseguiu completar a frase, pois Ema veio para cima dele feito um furacão e deu-lhe uma trombada com seu pára-choques. Com as patas poderosas e a cauda blindada, o dragão contra-atacou. E então começou entre os dois uma luta terrível.

O dragão gritava, guinchava e bufava, atirando contra Ema fogo e fumaça sem parar, e insistia com tamanha fúria, que durante algum tempo ninguém podia dizer quem estava ganhando. Mas Ema não se deixava intimidar. Ela também não parava de cuspir fagulhas e de soltar fumaça; toda hora se afastava para tomar impulso e desferir um novo golpe. Aos poucos, sua fantasia de dragão foi caindo aos pedaços e começou a aparecer que ela não era nenhum monstro, e sim uma locomotiva.

As crianças, que estavam acorrentadas às carteiras e não podiam sair correndo, no começo acompanharam a luta com muito medo. Mas quando descobriram que aquele monstro desconhecido era uma locomotiva ficaram muito contentes e incentivavam Ema gritando:

— Uma locomotiva! Bravo, locomotiva! Vamos lá! Viva a locomotiva!

Finalmente, Ema reuniu todas as suas forças para um último golpe, e deu uma trombada com tanta força no dragão, que ele caiu de costas no chão, esticou as quatro patas e ficou imóvel. Lucas desceu da cabine e gritou:

— Depressa, Jim! Precisamos acorrentá-lo antes que volte a si!

— Acorrentá-lo com o quê? — perguntou Jim, ainda sem fôlego.

— Aqui! Com as nossas correntes! — gritou entusiasmado o indiozinho. — Pegue a chave! Está presa no barbante que o dragão tem no pescoço!

Jim correu até o dragão e arrebentou o barbante com os dentes. Abriu depressa o cadeado das correntes que prendiam os alunos mais próximos dele. Quando chegou a vez da princesinha, Jim percebeu que ela ficou levemente ruborizada; com um gesto muito suave, a menina virou o rosto para o lado.

— A fera está voltando a si! — gritou Lucas. — Vamos... depressa!

Passaram uma corrente em volta da bocarra do dragão, para ele não poder mais abri-la. Depois acorrentaram suas patas de trás e da frente.

— Ótimo! — disse Lucas, respirando aliviado e enxugando o suor da testa, ao ver que Jim estava fechando o último cadeado. — Agora já não há mais tanto perigo.

Depois que Jim soltou todas as crianças, é claro que a primeira coisa que elas fizeram foi uma grande festa. Todas elas mal cabiam em si de alegria. Riam e gritavam ''Viva!'', e as menorzinhas pulavam pela sala batendo palmas.

Sorrindo, Lucas e Jim sentaram-se bem no meio daquela comemoração. As crianças fizeram uma roda em volta deles e não paravam de agradecer. Depois foram até Ema, elogiaram muito a locomotiva e deram tapinhas carinhosos nas costas dela. Alguns meninos chegaram até a subir em cima da locomotiva e ficaram observando atentamente todos os detalhes. A cara amassada de Ema estava radiante de alegria. Lucas saiu no corredor e colocou uma tranca pesada na porta de pedra da sala. Quando voltou, disse às crianças:

— Muito bem, pessoal, por enquanto estamos seguros. Ninguém poderá nos surpreender agora, e isto nos dá algum tempo. Sugiro que primeiro a gente discuta qual a melhor forma de sairmos dessa cidade terrível. Pela caverna de entrada, por onde entramos, acho que a fuga seria perigosa demais. Primeiro porque a fantasia de dragão de Ema se estragou todinha, e segundo porque não temos espaço para todos dentro da cabine do maquinista. Os dragões que ficam de guarda na caverna certamente iriam perceber alguma coisa. Por isso precisamos pensar num outro plano para escaparmos daqui.

Em silêncio, todos ficaram pensando por algum tempo, mas ninguém conseguiu encontrar solução para o problema. De repente, Jim franziu a testa e perguntou:

— Li Si, onde foi que você jogou aquela garrafa com a mensagem?

— No rio que nasce embaixo da nossa casa — respondeu a princesa.

Jim e Lucas trocaram um olhar de espanto. Lucas deu um tapa na perna e disse: — Então é isso! Aquele tal de Nepomuk... será que ele queria nos enganar?

— Dá para ver o rio daqui? — perguntou Jim.

— Dá, sim — respondeu a princesa. — Venham... vou mostrar a vocês.

Então a princesa levou nossos dois amigos até um quarto que ficava do outro lado do corredor. Nele havia vinte caminhas de pedra. Era o dormitório onde o dragão trancava as crianças todas as noites. Colocando-se uma cama encostada na janela, e subindo em cima dela, dava para enxergar o lado de fora através de um buraco na parede de pedra. E, de fato, lá embaixo, no meio de uma estranha praça em forma de triângulo, havia uma enorme fonte redonda, da qual jorrava uma poderosa nascente de água amarelo-ouro. Transbordando por cima da fonte de pedra, a nascente formava um largo rio, que atravessava como uma serpente a garganta sombria, em cujas encostas ficavam as casas.

Lucas e Jim ficaram observando, pensativos, a nascente do Rio Amarelo. Não havia a menor dúvida de que era o Rio Amarelo. Enquanto isso, todas as outras crianças tinham vindo para o dormitório, esperando ansiosas para ouvir alguma coisa de nossos dois amigos.

— Se a garrafa com a mensagem de Li Si foi levada pela correnteza até Mandala, então talvez a gente consiga fazer o mesmo — observou Jim, meio hesitante.

Lucas tirou o cachimbo da boca: — Minha nossa, Jim! — exclamou ele — é uma idéia e tanto! Não, não... não é só uma idéia... já é um plano inteiro! E um plano dos mais inteligentes! Será uma viagem rumo ao desconhecido!

Lucas piscou os olhos e, empolgado, soltou umas baforadas.

— Mas eu não sei nadar — disse uma garotinha, assustada.

Lucas sorriu: — Não tem importância, garotinha. Nós temos um belo navio. Nossa boa e velha Ema sabe nadar como um cisne. É só a gente arranjar breu ou piche para vedar todas as frestas.

Por sorte, na despensa do dragão havia latas e mais

latas cheias de piche, conforme nossos amigos puderam ver com seus próprios olhos. É que um dos alimentos principais dos habitantes de Mummerland era mesmo o piche.

— Atenção, pessoal — disse Lucas —, é melhor a gente esperar anoitecer. Protegidos pela escuridão da noite, será mais fácil colocarmos nossa locomotiva no rio e sair da cidade dos dragões. Amanhã de manhã já estaremos bem longe daqui.

Entusiasmadas, as crianças concordaram com o plano.

— Muito bem. Então acho que o melhor a fazer agora é deitarmos um pouco para tirarmos uma soneca, pois vamos ter que estar descansados. Combinado?

Todos concordaram. Por medida de segurança, Jim ainda trancou a sala de aula, onde Ema ficou tomando conta do dragão acorrentado; depois todos se acomodaram como puderam nas camas de pedra do dormitório e adormeceram. Só Lucas ficou sentado num canto do quarto. De sua enorme poltrona de pedra, ele velava o sono das crianças, fumando seu cachimbo. O indiozinho sonhava com sua tenda natal e com seu tio-avô, o chefe Águia Branca, que lhe entregava mais uma pena para o cocar. O esquimozinho sonhava com seu iglu de gelo sob o céu da aurora boreal, e com sua tia Ulubolo, de cabelos bem branquinhos, que lhe servia uma xícara de óleo de fígado de bacalhau bem quentinho. A holandesinha via em sonhos os campos de tulipas de seu país, tão amplos que se perdiam de vista, e no meio deles a casinha branca de seus pais, diante da qual havia muitos queijos brancos do tamanho da pedra de um moinho. A princesinha sonhava que estava atravessando as frágeis pontes de porcelana de mãos dadas com seu pai, todo sorridente.

Jim Knopf sonhava com Lummerland. Ele estava sentado na pequena cozinha da senhora Heem. O sol entrava pela janela e ele contava suas aventuras. A princesinha Li Si, sentada ao lado da senhora Heem, ouvia com admiração tudo o que ele contava.

Assim, cada criança sonhava com seu país; enquanto isso, a escuridão da noite foi chegando de mansinho e começou a se aproximar a hora da partida.

Capítulo vinte e dois

onde os viajantes entram debaixo da terra e vêem coisas maravilhosas

Anoiteceu. O relógio de pedra no quarto ao lado deu dez badaladas. Estava na hora.

Lucas acordou as crianças. Acenderam uma tocha para poderem ter um pouco de luz e depois trouxeram da despensa uma lata de piche; juntos, conseguiram colocar a lata de piche sobre o fogão da cozinha do dragão e acenderam um fogo bem forte. Quando aquele mingau preto começou a borbulhar, Lucas trouxe a locomotiva Ema para a cozinha e, com a ajuda de Jim, começou a vedar as frestas, portas e janelas da cabine do maquinista, enchendo os buraquinhos de piche. Admiradas, as crianças assistiam àquele trabalho minucioso.

— O que vamos fazer com o dragão? — perguntou Jim, enquanto ajudava Lucas. — Vamos deixá-lo acorrentado?

Lucas pensou um pouco; depois, balançando a cabeça, disse: — Não... não podemos fazer isso, senão ele vai morrer de fome. Conseguimos derrotá-lo, mas não teria cabimento nos vingarmos de uma forma tão cruel de um adversário indefeso. Embora ele bem que merecesse, é claro.

— Mas se nós o soltarmos — observou Jim, preocupado — na certa ele vai dar alarme e não vai deixar a gente escapar.

Pensativo, Lucas concordou: — Então a única saída é levá-lo conosco. Tem uma coisinha que eu ainda gostaria de saber dele. Além do mais, ele bem que merece um castigo.

— Mas ele é pesado demais! — disse Jim. — A Ema é capaz de afundar; e, se ele for junto, não haverá espaço para nós.

— Certo — respondeu Lucas, sorrindo. — Por isso, a fera vai ter que se contentar em viajar atrás de nós.

— Mas para isso a gente vai ter que tirar as correntes dele — replicou Jim, com a testa franzida de preocupação. — Ele é terrivelmente forte e vai ficar se debatendo.

— Acho que não — respondeu Lucas, sorrindo satisfeito. — É muito fácil. A gente amarra uma ponta da corrente na traseira da Ema e a outra ponta no único dente da senhora Dentão. É um dente tão saltado para fora, que não vamos precisar nem desamarrar a boca do dragão. Antes de partirmos, podemos soltar suas patas de trás e da frente. Se o dragão resolver se debater, vai sentir uma dor forte no dente. Você vai ver, ele vai ficar obediente como um cordeirinho.

Todos acharam o plano excelente. Quando terminaram de vedar as frestas de Ema, Lucas e Jim levaram a locomotiva de volta para a sala de aula. Quando o dragão os viu, ergueu a cabeça. Parecia que ele estava de novo bem acordado. Mas também estava bem amarrado, e portanto não representava perigo nenhum. Tinha que se contentar em extravasar a raiva através de seus olhares faiscantes e, de vez em quando, soltando argolinhas de fumaça pelos ouvidos e pelas ventas.

Depois que Lucas explicou à senhora Dentão que ela teria que ir nadando atrás deles, ela começou a se debater, sacudindo desesperadamente suas correntes.

— Pare! — ordenou Lucas. — Não vai adiantar nada ficar se debatendo... seja razoável!

O dragão pareceu compreender; apoiou a cabeça no chão, fechou os olhos e fingiu que estava morto. Mas não conseguiu despertar pena em ninguém, conforme tinha desejado.

À luz da tocha, Lucas tirou um alicate da caixa de ferramentas e juntou todos os pedaços de corrente que ainda tinham sobrado pela sala, formando uma corrente comprida. Em seguida, prendeu bem firme uma ponta dela na traseira de Ema. A outra ponta ele prendeu no dentão do dragão, e caprichou bem, para a fera não se soltar durante a viagem.

Quando terminou, Lucas pediu às crianças que subissem na locomotiva e se acomodassem. Só ele e Jim continuavam fora da locomotiva. Depois de todos terem se acomodado, Lucas colocou-se à frente de Ema para poder dirigi-la, já que não havia mais lugar para ele dentro da cabine. Depois acenou para Jim, que logo soltou as correntes que prendiam as patas de trás e da frente do dragão, e pulou para o lado.

— Venha, Ema! — disse Lucas.

A locomotiva começou a se mover e a corrente se esticou. O dragão abriu os olhos e ergueu-se pesadamente. Assim que a senhora Dentão percebeu que suas patas estavam soltas, juntou todas as forças e tentou arrebentar a corrente, exatamente como Jim havia previsto. Mas, na mesma hora, um grito de dor brotou de seu peito, pois o dente era seu ponto fraco e doía demais quando alguém puxava. Portanto, não restava outra saída: quisesse ou não quisesse, o dragão tinha que ir andando atrás de Ema. Dá para imaginar que ele estava quase explodindo de raiva. Seus olhos soltavam faíscas de todas as cores.

Quando chegaram à porta, Lucas gritou para as crianças: — Apaguem as tochas! Com a luz seremos descobertos!

Feito isto, Lucas e Jim abriram a pesada porta de pedra; então, aquele trem esquisito passou silenciosamente, protegido por uma escuridão completa, desceu a rampa até o andar térreo e chegou à rua.

Alguns dragões passaram soltando fumaça pelo outro lado da rua. As crianças tinham medo até de respirar. Por sorte, os dragões não perceberam nada; primeiro porque estava tudo escuro, e segundo porque, como sempre, estavam ocupados reclamando de alguma coisa, xingando e praguejando.

Cuidadosamente, Lucas fez a locomotiva dar uma volta na casa e logo chegaram ao rio. Da água vinha o brilho pálido e estranho de uma luz dourada. Era uma luz que vinha da própria água, de forma que se podia enxergar, mesmo à noite, as corredeiras do rio.

Lucas parou a locomotiva e examinou as margens. Da margem até a água, o declive era bem suave. Satisfeito, Lucas voltou até a locomotiva e disse às crianças:

— Fiquem todos sentados! E você, minha boa e velha Ema... está na hora de bancar o barquinho outra vez. Boa sorte! Confio em você!

Depois abriu a torneira na parte de baixo da caldeira, e toda a água da barriga de Ema começou a sair fazendo glu-glu-glu. Quando a caldeira se esvaziou, Lucas fechou a torneira e, junto com Jim, empurrou Ema para bem perto da rampa da margem. Sozinha, a locomotiva começou a deslizar até a água. Os dois amigos pularam depressa para cima dela e foram juntar-se às crianças, só que no teto da cabine, pois dentro não havia lugar.

— Segurem bem! — disse Lucas, abafando a voz, enquanto a locomotiva entrava suavemente na água. A correnteza era forte e logo foi levando a locomotiva flutuante.

O dragão, que, como todos os dragões, tinha medo da água, recusava-se terminantemente a entrar. Ele tinha todos os motivos do mundo para isso, pois sabia muito bem que ao contato com a água seu fogo se apagaria e que aquele banho lavaria toda a sua sujeira. Só de pensar nisso, já ficava morrendo de medo. A princípio ele ainda tentou desesperadamente resistir à força da corrente que o puxava, correndo atrás da locomotiva pela margem do rio. Mas logo chegou perto de uma ponte e não teve alternativa. Como um cachorrinho assustado, ainda rosnou um pouco, pois, com a boca amarrada, não podia dizer nada. Depois, entregou-se à sua sorte e se atirou às ondas dando uma barrigada na água. Primeiro ouviu-se o chiado de alguma coisa quente entrando na água fria, mas, quando as nuvenzinhas de fumaça se dispersaram, deu para ver que o dragão sabia nadar muitíssimo bem. Assim, sem fazer barulho, a locomotiva flutuante, com um dragão a reboque, atravessou a cidade dos dragões na escuridão da noite.

Onde será que ia dar aquele rio? Será que Nepomuk tinha mentido e o rio atravessava a Terra dos Mil Vulcões? Ou será que o rio tinha algum segredo que o dragão mestiço não sabia?

A correnteza estava bem mais forte agora, e estava aumentando cada vez mais. Pelo que dava para ver naquela escuridão, os viajantes estavam se aproximando do gigantesco paredão da cratera, que cercava toda a cidade, como uma muralha.

— Atenção! — gritou Lucas de repente. Ele e Jim estavam sentados na parte dianteira da caldeira da locomotiva. Todos se abaixaram e entraram por uma abertura que havia no rochedo; entraram numa escuridão imensa. Avançavam cada vez mais depressa para dentro daquele buraco. Não conseguiam enxergar nada, mas nos seus ouvidos ressoava o barulhão ensurdecedor da água.

Lucas ficou preocupado com as crianças. Se ele estivesse sozinho com Jim, não teria se importado tanto. É que os dois já estavam acostumados com aventuras perigosas. Mas as crianças... como será que elas iam se comportar durante aquela viagem? Algumas ainda eram muito pequenas, e na certa estavam morrendo de medo. Mas agora não dava mais para voltar para trás, e nem dava para tentar encorajá-las ou consolá-las com aquele barulhão todo. O único jeito era esperar para ver o que ia acontecer.

Estavam descendo cada vez mais, e cada vez mais depressa, por aquelas corredeiras. As crianças fecharam os olhos e apoiaram-se umas nas outras, segurando-se nas paredes da cabine. Sem enxergar nada, tinham a impressão de estar descendo para o centro da terra, num turbilhão sem fim.

Finalmente a correnteza pareceu diminuir um pouco e as ondas espumantes do rio foram se acalmando. Depois de algum tempo, o rio parecia ter voltado a correr na velocidade de quando nossos amigos entraram nele. Só que agora eles estavam bem abaixo da superfície da terra. Aos poucos, cada um foi criando coragem de abrir os olhos, e viram uma luz colorida, encantadora, brilhar na escuridão. Mas ainda não dava para distinguir nada. Lucas voltou-se para as crianças e perguntou: — Não perdemos ninguém? Estão todos aí?

As crianças ainda estavam muito impressionadas e levaram algum tempo para verificar se estavam todas presentes. Finalmente puderam dizer a Lucas que estava tudo em ordem.

— E como vai o dragão? — perguntou Lucas, olhando para trás. — Ainda está preso à corrente? Ainda está vivo?

Também com o dragão não tinha acontecido nada de grave, só que ele tinha sido obrigado a engolir muita água.

— Onde é que nós estamos? — perguntou um garotinho de turbante na cabeça.

— Não faço a menor idéia — respondeu Lucas. — Espero que fique claro logo para a gente enxergar alguma coisa — e acendeu o cachimbo que, naquela correria toda, tinha se apagado.

— Seja como for, estamos a caminho de Ping! — disse Jim, tentanto consolar as crianças, pois percebeu que alguns dos menorzinhos estavam quase chorando.

As crianças logo se acalmaram e, curiosas, começaram a espiar o que tinha lá fora. Aquela luz fraquinha que tinham visto há pouco transformara-se agora numa forte luminosidade vermelha. Assim, os viajantes viram que o rio estava passando por uma enorme caverna subterrânea. A luminosidade vinha das centenas de milhares de pedras preciosas vermelhas que cobriam as paredes e o teto da caverna, formando cristais do comprimento de um braço. Eram rubis que cintilavam, brilhavam e faiscavam como se fossem lanternas, oferecendo um espetáculo lindíssimo.

Depois de algum tempo, a luz tornou-se verde brilhante. Uma parede inteira de esmeraldas gigantescas, que se estendia do teto da caverna quase até a superfície da água, formando uma escultura toda cheia de pontas. Pouco depois, o rio enveredou por uma gruta larga de teto bem baixo, inundada por uma luz violeta. Milhões de cristais da mais pura ametista cresciam nas paredes rochosas, como se fossem musgos. Entraram então numa outra caverna, tão clara, que as crianças mal conseguiam manter os olhos abertos. Do teto pendiam cachos de diamantes puros e faiscantes, como se fossem centenas de lustres.

E assim por diante. Havia muito tempo as crianças tinham parado de conversar. No começo elas ainda comentavam baixinho uma ou outra coisa, mas depois se calaram e ficaram olhando, admiradas, as maravilhas daquele mundo subterrâneo. Às vezes a correnteza levava a locomotiva para tão perto das paredes das cavernas, que algumas crianças conseguiam arrancar algumas pedras para levar de recordação.

Ninguém era capaz de dizer quantas horas já se tinham passado, quando Lucas percebeu que a correnteza começou a ficar mais forte outra vez. As paredes rochosas começaram a se estreitar e aos poucos foram se tornando avermelhadas, cortadas aqui e ali por largas faixas brancas, em ziguezague. Aquela luminosidade mágica foi enfraquecendo, pois não havia mais pedras preciosas. Finalmente, tudo ficou escuro como no começo daquela viagem por baixo da terra. Nas trevas, só de vez em quando se notava o brilho de algum cristal isolado. E depois nem isso. A água começou novamente a correr mais depressa e os viajantes foram apanhados pela correnteza forte, que os levou para profundezas ainda mais profundas.

Só que desta vez uma surpresa muito mais agradável os esperava. Atravessaram pela segunda vez uma abertura no rochedo e, sobre as águas espumantes, Ema chegou ao ar livre, com seus passageiros e um dragão de reboque!

Uma linda noite estrelada os recebeu. Agora, o rio corria calmo e imenso, sobre um leito largo. Nas duas margens havia árvores enormes, muito velhas. Seus troncos eram transparentes como vidros coloridos. A brisa da noite soprava por entre os galhos e por toda parte ouviam-se milhares de sininhos repicando suavemente. A locomotiva deslizou por debaixo de uma ponte que formava um arco sobre o rio: uma ponte feita de linda porcelana brilhante!

Perplexos, os viajantes olhavam para todos os lados. A primeira que conseguiu falar alguma coisa foi a princesa Li Si.

— Hurra! — gritou ela. — É Mandala! Estamos no meu país! Agora estamos salvos!

— Pode ser que não seja! — disse Jim. — De Mandala até Mummerland nós tivemos que viajar muitos dias, e agora estamos viajando no máximo a algumas horas.

Uma linda noite estrelada os recebeu.

— É difícil acreditar — resmungou Lucas, ainda confuso. — Só falta ser uma miragem!

Jim subiu na chaminé para poder ter uma visão melhor. Observou cuidadosamente toda a região e depois olhou para trás. A caverna no rochedo, por onde tinham saído há poucos minutos, ficava no sopé de uma enorme cadeia de montanhas, que se estendia por uma larga faixa de terra. Todas as montanhas eram listadas de vermelho e branco, formando desenhos. Não havia mais dúvida: era a Coroa do Mundo.

Jim desceu da chaminé. Lentamente, de uma forma quase solene, o garoto disse às crianças, que olhavam para ele com os olhos arregalados:

— É verdade... estamos em Mandala!

— Jim! — gritou a princesa, mal cabendo em si de alegria. — Oh, Jim, estou tão feliz, tão feliz!

Como ela estava bem pertinho do menino, não conseguiu conter-se de alegria e deu-lhe um beijo na boca. Jim se sentiu como se um raio tivesse caído em cima dele.

As crianças gritavam, riam e se abraçavam, fazendo tanta algazarra, que Ema começou a balançar perigosamente. E teria tombado se Lucas não tivesse pedido calma.

— Só há uma explicação — disse ele a Jim, enquanto Ema voltava a navegar calmamente pelas águas. — Por baixo da terra, a gente deve ter encurtado bastante o caminho. O que você acha, Jim?

— Como? — perguntou Jim. — Você disse alguma coisa?

O garoto fazia um esforço enorme para colocar em ordem seus cinco sentidos, pois para ele era como se estivesse sonhando.

— Não, nada, meu velho — resmungou Lucas, sorrindo satisfeito. É claro que ele percebeu que seu amigo não estava vendo nem ouvindo nada além da princesinha. Depois voltou-se para as crianças e sugeriu que cada uma lhe contasse a sua história. Ainda teriam que viajar um bom pedaço até chegarem a Ping e ele estava ansioso para ouvir como é que cada uma tinha ido parar nas mãos daquele dragão, em Mummerland.

Todos concordaram. Lucas voltou a acender o cachimbo e a primeira a contar sua história foi a princesinha Li Si.

Capítulo vinte e três

*onde a princesa de Mandala conta a sua história
e Jim acaba se irritando com ela*

— Foi nas férias — começou Li Si. — Como acontece todos os anos, eu viajei para a praia. Meu pai me deixou convidar sete amiguinhas, para eu não me aborrecer e não me sentir sozinha. Conosco viajaram também três damas de companhia, para tomar conta da gente.

Muito bem... todas nós ficamos hospedadas em um pequeno castelo de porcelana azul-celeste. Bem na frente da porta, as ondas do mar ficavam marulhando sobre a areia dourada.

As damas de companhia pediam todos os dias para a gente brincar sempre perto do castelo, pois tinham medo de que acontecesse alguma coisa ruim. No começo eu concordei, e a gente ficava brincando a pouca distância de casa; mas as damas de companhia repetiam a mesma coisa todos os dias, e um dia eu senti uma vontade enorme de desobedecer. De vez em quando me dá mesmo uma vontade enorme de contrariar as pessoas. Bem, para resumir, certo dia resolvi fugir, e fiquei andando sozinha pela praia. De longe pude ver as pessoas me procurando. Ao invés de dizer onde estava, eu me escondi atrás de uma moita de junco. Pouco tempo depois, as damas de companhia e minhas amigas passaram bem perto de onde eu estava, todas gritando o meu nome sem parar. Elas pareciam muito assustadas e preocupadas. Mas eu continuei no meu esconderijo sem dar um pio.

Logo elas voltaram e eu ouvi quando disseram que iam procurar numa outra direção, pois não era possível que eu estivesse muito longe dali. Eu achei graça e, quando foram embora, saí do meu esconderijo e continuei andando pela praia, afastando-me cada vez mais do castelo. Fui catando conchinhas e colocando-as no bolso. Enquanto isso, ia cantando uma canção que compus para passar o tempo. Era mais ou menos assim:

> Ah, que bom... ah, que delícia,
> andar sozinha pela praia.
> Sou a princesa Li Si
> Não quero que ninguém me encontre por aqui!
> Trá-la-la-la...

Eu compus sozinha a melodia e a letra, e foi difícil encontrar uma rima para Li Si. Depois de caminhar um trecho cantarolando minha composição, percebi que já não estava numa praia de areia, mas que há algum tempo eu caminhava ao longo da encosta de um rochedo, que se erguia como uma parede contornando o mar. Já não estava me sentindo tão alegre, mas não quis admitir aquilo. Por isso, continuei a caminhada. De repente, vi aparecer no mar um barco a vela, que se aproximava a toda velocidade do lugar onde eu estava. A vela da embarcação era vermelha-escura e nela estava pintado em tinta preta um enorme número 13 — nesse momento, Li Si pareceu sentir um pouco de medo e se calou por alguns instantes.

— Está ficando interessante! — disse Lucas trocando um olhar com Jim. — Continue!

A princesa, que tinha ficado um pouco pálida só de lembrar da cena, prosseguiu: — A embarcação parou bem perto de mim. Eu estava tão assustada, que meus pés pareciam ter fincado no chão. O barco era bem grande, sua proa era bem maior do que o recife sobre o qual eu estava. Nesse momento, um homenzarrão saltou do barco para cima do recife; era um homem muito, muito feio. Estava com um chapéu estranho, sobre o qual estava desenhada uma caveira e dois ossos formando um "x". Ele estava com uma jaqueta colorida, calças bem largas que só iam até os joelhos, e botas de cano bem comprido. Ele tinha adagas, facas e revólveres no cinto. Tinha um nariz em forma de gancho e um bigode preto e comprido, que ia até a cintura. Ele tinha uma argola de ouro enorme na orelha e seus olhos eram tão pequenos e tão juntos, que ele parecia completamente vesgo.

Quando o tal homem me viu, ele disse: "A-há! Que bela presa! Uma garotinha!"

Sua voz era bem grave e rouca; eu quis sair correndo, mas ele me agarrou pela trança e começou a rir. Então eu vi os dentes dele, grandes e amarelos como dentes de cavalo. "Você veio bem a calhar, sua pererequinha!", disse ele. Eu gritei e tentei me defender, mas não havia ninguém por perto para me ajudar. Aquele homem enorme me levantou no ar e me jogou — ploft! — dentro do navio.

Enquanto eu estava no ar, ainda tive tempo de pensar: "se pelo menos eu tivesse..." mas não deu tempo de completar com "conseguido fugir", pois nesse instante fui apanhada no ar por um outro homem, no convés do navio, tão igualzinho ao outro, até nos mínimos detalhes, que por um momento cheguei a pensar que os dois fossem a mesma pessoa. Mas é claro que não era possível. Quando ele me colocou no chão do convés e eu dei uma olhadinha à minha volta, percebi que no navio havia um montão de homens tão parecidos, que dava até para confundir. Era cara de um, focinho do outro.

Primeiro, os piratas me colocaram numa gaiola bem grande, pendurada no mastro do navio por um anzol enorme. De repente, perdi toda a coragem que tivera até então e comecei a chorar tanto, que meu vestido ficou molhadinho. Eu chorava e pedia aos homens para me soltarem. Mas eles nem ligavam para mim. O navio saiu velejando à velocidade do vento; logo não dava mais para ver a costa e só o que se via por toda parte era água e mais água.

O primeiro dia foi assim. De noite, um dos homens enfiou algumas fatias de pão seco entre os arames da gaiola. Colocou também um pequeno jarro de água. Mas eu não estava com fome e não toquei no pão. Só tomei alguns golinhos de água, pois estava com sede, por causa do sol e por ter chorado tanto.

Quando começou a escurecer, os piratas acenderam algumas lanternas, colocaram um barril enorme bem no meio do convés e sentaram-se ao redor dele. Todos tinham umas canecas enormes, que eles iam enchendo com uma bebida tirada do barril. Enquanto bebiam iam cantando umas canções grosseiras, aos berros. Uma delas eu até consegui decorar, de tanto que eles a cantavam.

Parece que era a canção predileta deles. Era mais ou menos assim:

> Treze homens sentados num caixão,
> Ho! Ho! Ho! — e um barril cheio de rum.
> Três dias de bebida, muito riso e palavrão,
> Ho! Ho! Ho! — e um barril cheio de rum.
> De mar, bebida e ouro cada um se empanturrou.
> Ho! Ho! Ho! — e um barril cheio de rum.
> Até que o diabo veio e pro inferno os levou.
> Ho! Ho! Ho! — e um barril cheio de rum.

Eu bem que tentei contar quantos eles eram, mas era difícil por causa daquelas lanternas acesas e por eles serem todos tão parecidos. Mas acho que eram treze mesmo, conforme dizia a canção. De repente entendi por que havia um 13 pintado na vela — concluiu Li Si.

Nesse momento, Jim interrompeu a narrativa da princesinha e observou: — Agora eu também entendo por que havia um número 13 no remetente do pacote onde me embrulharam.

— Que remetente? Que pacote? — perguntou Li Si.
— Enquanto você conversava com o dragão, lembro que você mencionou alguma coisa. Desde então estou querendo perguntar o que é.

Enfiando-se na conversa, Lucas sugeriu: — Se vocês me permitem uma sugestão, vamos deixar Li Si contar a história dela até o fim, para que as coisas sigam uma ordem certa. Depois o Jim conta o que aconteceu com ele. Senão vira uma confusão.

Todos concordaram, e Li Si prosseguiu:
— Observando os piratas sentados tão perto uns dos

outros e bebendo, percebi que eles mesmos se confundiam.

Mas isto não parecia incomodá-los. Na certa, nenhum deles sabia muito bem como se chamava e se era ele mesmo ou outro. Acho que para eles aquilo não era importante, pois afinal todos eram iguaizinhos. Só dava para reconhecer o capitão, pois ele tinha uma estrela vermelha pregada no chapéu. E todos obedeciam sem discutir todas as ordens que ele dava.

No segundo dia, comi um pouco daquele pão seco, pois estava com muita fome. No mais, o dia foi exatamente igual ao anterior. À noite, quando os piratas se sentaram novamente em volta do barril, ouvi o capitão dizer: "Pessoal! Amanhã à meia-noite vamos encontrar o dragão no lugar combinado. Ele vai ficar muito satisfeito!" Dizendo isso, ele deu uma olhadinha para mim e sorriu malicioso.

"Ótimo, capitão", disse um dos outros. "Isto vai render mais bebida para nós. Também já estava na hora. Nosso barril já está quase vazio."

Entendi perfeitamente que aquelas palavras tinham alguma coisa a ver comigo, mas eu não sabia o que era. Vocês podem muito bem imaginar como eu estava me sentindo.

Na noite seguinte, soprava um vento cortante, que empurrava pedaços de nuvens pretas para cima da lua cheia, de forma que a noite ficava ora clara, ora escura. Eu estava quase morrendo de frio naquela gaiola. Por volta da meia-noite, vi alguma coisa brilhar no horizonte, e nosso navio foi caminhando naquela direção! Quando nos aproximamos, a lua reapareceu no céu por alguns instantes, e eu pude ver alguns recifes escarpados, feitos de ferro brilhante, que se erguiam das águas do mar. Sobre um desses recifes, um enorme dragão esperava. Sua silhueta escura se desenhava nitidamente sobre o fundo do céu de tempestade.

"Chchchchch!", chiou o dragão, quando o navio-pirata aportou ao lado dele. Então, de cada uma de suas ventas saiu uma labareda verde e outra violeta: "Vocêsssss trouxeram alguma coissssssa para mim, meussssss caros?"

"Você nem imagina o quê!", respondeu o capitão, de dentro do navio. "Desta vez é uma linda garotinha. Muito fina!"

"É messssssmo?", sibilou o dragão, sorrindo maliciosamente. "E o que vocêssss querem em troca, sssseus velhos vvvvvigaristasssss?"

"O mesmo de sempre", respondeu o capitão. "Um barril cheio do legítimo rum de Mummerland, marca Goela de Dragão. É o único rum do mundo que é suficientemente forte para mim e para meus irmãos. Se você não concordar, vamos embora."

Ficaram negociando por mais algum tempo, até que o dragão concordou em dar o barril de rum, sobre o qual estivera sentado todo esse tempo. Em troca do barril, recebeu dos piratas a gaiola em que eu estava. Depois de combinarem quando iam se encontrar novamente, todos se despediram. Durante algum tempo, ainda pude ouvir a canção dos treze piratas, trazida pelo vento. Depois, o barco desapareceu ao longe.

O dragão pegou a gaiola, ergueu-a para poder me observar e analisar cuidadosamente. Por fim, disse: "E então, minha crianççççça? Acabaram-ssssse as brincadeiras, a vadiagem, os passssseios, as férrrrrrias e todas esssssssas futilidadesssss. Está maisssss do que na hora de voccccccê levar a vida a ssssssssério."

Depois cobriu minha gaiola com um pano grosso, através do qual não dava para enxergar nada. Lá dentro, no meio daquela escuridão, eu não conseguia mais ver nem ouvir nada do que se passava lá fora.

Só que no começo não parecia estar acontecendo nada. Fiquei esperando e comecei a pensar que o dragão talvez tivesse me deixado ali sozinha. Mas então por que ele tinha me comprado? Não sei quanto tempo durou aquela espera, pois acabei adormecendo. Talvez vocês achem estranho alguém conseguir dormir numa situação tão terrível, mas é que, desde o momento em que os piratas tinham me pegado, eu não tinha pregado os olhos de medo e de frio. Debaixo daquela coberta estava escuro e quentinho e eu... bem, acabei adormecendo.

De repente, acordei assustada. Ouvi um barulho terrível de estalidos, chiados e grunhidos... nem queiram imaginar. Como se o barulho não bastasse, minha gaiola ficava balançando de um lado para outro. Tive uma sensação esquisita no estômago, como se estivesse numa montanha russa. Aquilo deve ter durado mais ou menos meia hora, depois parou. Durante algum tempo, tudo ficou quieto; de repente, senti que estavam pondo minha gaiola no chão. Então tiraram o pano, e, quando eu olhei à minha volta... bem, daqui para frente não preciso contar mais nada, pois todos vocês conheceram a casa da senhora Dentão. A única coisa que me consolava é que eu não estava sozinha naquela desgraça. Havia outras crianças passando pela mesma coisa.

Bem, agora não há mais o que contar. A partir da-

— ... *Está maisssss do que na hora de voccccê levar a vida a sssssssssério.*

quele instante passei a viver uma vida monótona e triste. Todos os dias éramos acorrentados de manhã à noite àquelas carteiras de escola, e tínhamos que ler, escrever e fazer contas. E depois ler de novo, etc. Para mim, até que não era tão terrível, pois, como toda criança mandalense da minha idade, sei ler, escrever e fazer contas. Mas muitos dos meus colegas de classe tiveram que aprender, e não era justa a forma como o dragão os castigava. Quando ele estava de mau humor, e isto acontecia quase sempre, não importava se a gente errasse ou não... ele gritava e batia na gente.

Logo que a noite caía, o dragão soltava as nossas correntes e nos levava aos empurrões para o dormitório que ficava do outro lado do corredor. A gente nunca jantava, pois todos os dias a senhora Dentão arranjava alguma desculpa para nos castigar e nos mandar para a cama sem comer. Também não podíamos conversar, nem bem baixinho, cochichando. Era terminantemente proibido. Todas as noites o dragão ficava sentado no dormitório até ter certeza absoluta de que todos nós estávamos dormindo.

Certa noite, porém, eu consegui enganá-lo. Assim que a senhora Dentão saiu do dormitório, eu me levantei — minha cama ficava encostada na parede que dava para fora —, subi na cabeceira e espiei para fora através do buraco na parede de pedra. Percebi que lá era muito alto para eu tentar fugir, mas descobri o rio que passava lá embaixo. De repente me lembrei de que no bolso do meu vestido tinha uma mamadeirinha de boneca, que eu tinha guardado como recordação de casa. Imediatamente pensei num plano. Sem fazer barulho, acordei as outras crianças e contei-lhes o que tinha em mente. Uma delas tinha um toquinho de lápis e outra um pedacinho de papel em branco. Então escrevi uma carta, coloquei a folha enrolada dentro da mamadeirinha, e um garoto, que sabia atirar coisas muito bem, subiu na minha cama e jogou a mamadeira postal lá embaixo, dentro do rio, pelo buraco da parede.

Daquele dia em diante vivemos na esperança de que alguém encontrasse nossa mensagem e a entregasse a meu pai. Assim, dia após dia, ficamos esperando... até que vocês chegaram e nos libertaram. E agora estamos aqui.

Assim, a princesinha terminou de contar o que tinha acontecido com ela. Depois cada uma das crianças contou sua história. Havia, por exemplo, cinco crianças de pele bem morena e de turbante na cabeça, que tinham sido atacadas de surpresa enquanto tomavam banho no rio, à noite, com seus elefantes. O esquimozinho, por sua vez, tinha sido atacado quando viajava num iceberg, rumo ao pólo norte, para visitar sua tia-avó. Algumas das crianças estavam em navios que tinham sido atacados pelos piratas em alto-mar. Os piratas colocavam no navio deles tudo o que era de valor, inclusive as crianças, e depois afundavam os navios pilhados com tudo que tinha sobrado, coisas e pessoas.

Os Treze deviam ser homens totalmente inescrupulosos e audaciosos. Embora as experiências vividas por cada criança fossem diferentes, todas tinham passado pela mesma coisa depois de chegarem aos recifes de ferro. Nenhuma delas era capaz de dizer como tinha ido parar na casa de pedra do dragão.

Por insistência das crianças, e atendendo a um pedido especial da princesa, Jim resolveu fechar com chave de ouro aquela sessão de histórias, e contou tudo o que tinha acontecido com ele e Lucas antes de encontrarem o caminho até a cidade dos dragões.

— De uma coisa eu tenho certeza — concluiu ele, ainda pensando na escola que tinha visto em Mummerland. — Não quero aprender a ler nem a escrever. E nem a fazer contas. Não tenho a menor vontade.

Li Si olhou-o de lado, ergueu as sobrancelhas e disse:
— Você ainda não sabe ler, nem escrever, nem fazer contas?

— Não — respondeu Jim. — Eu não preciso disso mesmo...

— Mas você é pelo menos um ano mais velho do que eu! — disse Li Si, admirada. E acrescentou: — Se você quiser eu posso lhe ensinar.

Jim fez que não com a cabeça.

— Acho que tudo isso são coisas superficiais. Não passam de um peso para a gente e não servem para nada. Aliás, estudar só serve mesmo para desviar a gente de coisas importantes. Até agora eu tenho me saído muito bem sem ler e escrever.

— Ele tem razão! — gritou o indiozinho.

— Não — replicou a princesa. — Essas coisas são muito úteis, sim. Por exemplo, se eu não tivesse aprendido a escrever, não poderia ter escrito a mensagem que jogamos no rio e ninguém teria vindo nos salvar.

Jim respondeu: — E essa mamadeira postal não teria servido para nada se nós não tivéssemos vindo buscá-los.

— Isso mesmo! — disse o indiozinho.

— Ah, é? — respondeu a princesinha, com ironia. — Pois quem ajudou foi Lucas, o maquinista. E o que teria sido de vocês, e de nós, se Lucas também não soubesse ler?

Jim não sabia o que responder. Ele sabia que Li Si não estava totalmente errada. E talvez exatamente por isso estivesse irritado. Como é que a princesinha ousava vir para cima dele com aquelas palavras sábias? Há bem pouco tempo ele tinha arriscado a própria vida para salvá-la. Coragem e valentia valiam mais do que inteligência e sabedoria. De qualquer forma, ele não estava com a menor vontade de aprender nada. E também não queria mais saber de conversa!

Jim fez uma careta de contrariedade. Lucas olhou para ele sorrindo, bateu em seus ombros e disse: — Jim, meu velho, olhe ali na frente!

E apontou para o horizonte, para o leste, para onde a correnteza do rio os levava. Lá adiante, o sol nascia em todo o seu esplendor. As ondas do rio brilhavam como se fossem de ouro puro. Pouco depois, todos puderam ver uma outra coisa que, à distância, brilhava e reluzia como ouro: eram os milhares de telhados de Ping.

Capítulo vinte e quatro

*onde Ema recebe uma condecoração especial
e os viajantes tomam avidamente seus diferentes
cafés da manhã*

Não demorou muito para Lucas e Jim, ajudados pelas outras crianças, colocarem Ema em terra firme. Até o dragão saíra engatinhando da água e agora, na margem, estava deitado feito morto, de tanto cansaço. Dava para perceber que por enquanto ele não estava com a menor vontade de fazer desaforo.

Lucas e Jim levaram cerca de meia hora para colocar Ema novamente em condições de andar em terra firme. Tiraram o piche que vedava as portas, encheram a caldeira de água e acenderam a fornalha.

Todos estavam trabalhando tão absorvidos, que ninguém percebeu um guarda mandalense, que vinha pela estrada pedalando sua bicicleta de rodas altas. Quando o guarda viu aquele grupo de viajantes, parou e ficou imaginando que eles talvez fizessem parte de alguma perigosa quadrilha de estrangeiros. Mas depois que ele viu que a maioria do grupo era de crianças, achou que não havia razão para desconfiar e resolveu se aproximar. Mas, quando deu a volta no último arbusto antes de chegar ao local onde estavam todos, quase passou com a bicicleta por cima da cauda do dragão. Morrendo de medo, o guarda deu meia-volta e saiu pedalando à toda velocidade, como se estivesse sendo perseguido por mais de mil demônios. Com a língua de fora, chegou à capital e comunicou a seu superior tudo o que tinha visto.

— Puxa! — disse o superior — É a melhor notícia que você poderia trazer! O Imperador vai promovê-lo no mínimo a general, seu sortudo!

— Po-po-por quê? — gaguejou o guarda.

— Ora, então você não sabe o que acabou de ver? — gritou o superior, entusiasmado. — Só podem ser os dois ilustres maquinistas, que voltaram com sua locomotiva. E, se eles conseguiram trazer um dragão, devem ter trazido também nossa princesa Li Si. Precisamos avisar imediatamente o Imperador!

E os dois soldados saíram correndo para o Palácio Imperial, espalhando a notícia pelas ruas onde passavam.

Não é fácil descrever a animação que se espalhou pela cidade. Como um raio, a notícia correu de boca em boca e, num tempo recorde, cada cidadão de Ping, até o menor dos menores netos dos cidadãos, todos sabiam que aquela manhã seria palco de um acontecimento dos mais felizes. Na cidade inteira não havia quem não quisesse ajudar a preparar a recepção aos que estavam chegando. Em pouquíssimo tempo todas as ruas pelas quais a locomotiva teria que passar para chegar ao Palácio estavam enfeitadas com flores, fitas, bandeirinhas, faixas com saudações e cobras feitas de papel que se moviam ao sabor do vento. Dos dois lados da rua, uma multidão se apinhava e esperava pela passagem de seus honrados heróis.

Finalmente eles chegaram. Antes mesmo de serem

vistos, já dava para ouvir os gritos que saíam de milhares de bocas: — Viva!

Ema tinha que andar bem devagarinho, pois o dragão preso a ela estava muito fraco e só com grande esforço conseguia arrastar-se passo a passo para acompanhar a locomotiva. Da cabine do maquinista, Lucas e Jim acenavam para a esquerda e para a direita. No teto da cabine estavam as crianças, e no meio delas Li Si, a princesinha. Às vezes, quase não dava para vê-la, tantas eram as flores que os mandalenses jogavam pelas janelas de suas casinhas de muitos andares. Os que estavam nas ruas acenavam com bandeirinhas de papel, jogavam para o alto seus chapeuzinhos redondos e gritavam: — Viva! Bravo! — e todas as saudações que se costumam dizer em Mandala nessas situações.

Durante todo o dia, tudo na cidade foi distribuído de graça, pois diante de tanta felicidade ninguém tinha vontade de ganhar dinheiro. Todos queriam trocar presentes. É assim que os mandalenses se comportam quando estão muito felizes.

Atrás do dragão — a uma certa distância, é claro — vinha um cortejo de mandalenses, rindo, cantando e dançando com tanta animação, que suas tranças giravam feito hélices de avião. Quanto mais a locomotiva se aproximava do Palácio Imperial, maior se tornava o cortejo que a seguia.

A praça em frente ao castelo estava apinhada de gente, todos quase explodindo de tanta alegria. Quando Ema finalmente parou diante dos noventa e nove degraus de prata, lá em cima as duas asas do portão de ébano se abriram e o Imperador, com suas roupas esvoaçantes, desceu correndo as escadarias. Atrás dele vinha Ping

Pong, agarrado numa ponta do manto para conseguir acompanhá-lo.

— Li Si! — gritou o Imperador. — Minha querida, minha filhinha Li Si!

— Papai! — gritou Li Si. A garota pulou lá de cima da cabine da locomotiva e o Imperador amparou-a em seus braços. Ele não parava de beijá-la. Os mandalenses presentes na praça estavam muito emocionados e todos assoavam o nariz e enxugavam os olhos.

Enquanto isso, Lucas e Jim cumprimentaram Ping Pong e ficaram admirados com a túnica dourada que ele estava usando. Ping Pong explicou-lhes que nesse meio tempo tinha sido nomeado Bonzo-mor e estava substituindo o deposto senhor Pi Pa Po. Os dois amigos cumprimentaram-no de coração.

Quando o Imperador finalmente terminou de afagar a filha, voltou-se para Lucas e Jim e abraçou os dois. Mal podia falar de tanta felicidade. Depois apertou a mão de todas as outras crianças e disse:

— Agora vamos entrar, meus queridos, e vamos reforçar esses corpinhos com um bom café da manhã. Na certa todos vocês estão muito cansados e com muita fome. Cada um pode pedir o que quiser!

O Imperador já ia se virar para conduzir seus convidados até o Palácio, quando Ping Pong puxou-o pela manga da roupa, sussurrou-lhe qualquer coisa ao ouvido e, sem ninguém perceber, apontou para Ema.

— Claro! — disse o Imperador, meio sem jeito. — Como é que eu ia me esquecendo?

O Imperador fez um sinal e, lá em cima, no portão de ébano, apareceram dois integrantes de sua guarda pessoal. O primeiro trazia nas mãos uma grande estrela de

— *Li Si!* — *gritou o Imperador.* — *Minha querida, minha filhinha Li Si!*

ouro, do tamanho de um prato de sopa. O outro vinha aparando uma enorme faixa presa à estrela, como se fosse uma cauda. A faixa era de seda azul e trazia a seguinte inscrição em letras de prata:

```
A    A    D
          O
E    M              E na estrela estavam
M    E    M         gravadas as seguintes
A,   L    U         palavras:
     H    N
     O    D    C    A
     R    O    O    G
               M    R    E no verso
     L              A    da estrela:
     O         A    D
     C         D    E    D    I    M
     O         M    C    E    M    A
     M         I    I         P    N
     O         R    M    P    E    D
     T         A    E    U    R    A
     I         Ç    N    N    A    L
     V         Ã    T    G    D    A
     A         O    O         O    R
                    E    G         
                         I         D
                         N         E
                         G,        
```

Então o Imperador fez o seguinte discurso:
— Cara Ema! Hoje eu sou o homem mais feliz do

mundo, pois recebi de volta minha filhinha. Pela sua cara amassada, Ema, vejo que para salvar minha filha você passou por grandes perigos e enfrentou sérias lutas. Para dar uma pequena prova da minha enorme gratidão, tenho o prazer de conferir-lhe esta medalha de honra ao mérito. Eu mesmo ordenei que o ourives da corte a fundisse para o caso de vocês retornarem sãos e salvos. Contudo, não sei se as locomotivas consideram importante receber uma medalha de honra ao mérito. Mesmo assim, gostaria que no futuro todas as pessoas pudessem ver que você não é uma locomotiva qualquer, mas uma locomotiva muito especial. Por isso, aceite minha homenagem e use-a sempre!

Enquanto os dois guardas colocavam a faixa ao redor de Ema, os milhares de mandalenses presentes à praça deram uma calorosa salva de palmas acompanhada de animados gritos de "Hurra!" e "Viva!"

Ping Pong, que não parava de pular e de correr daqui para lá de tanta excitação, ordenou que fossem chamar o zoólogo imperial com seus ajudantes para virem buscar o dragão. A cerimônia de concessão da ordem do mérito nem bem havia terminado quando o zoólogo chegou, acompanhado de seis ajudantes bem fortes e uma enorme gaiola com rodas embaixo puxada por quatro cavalos. O dragão estava tão arrasado, que nem resistiu. Entrou quietinho dentro da gaiola, depois que Lucas o soltou da corrente. Enquanto o veículo se afastava, Lucas perguntou:

— Para onde vão levá-lo? É que eu ainda preciso conversar com ele.

— Vamos colocá-lo provisoriamente na antiga jaula do elefante — respondeu Ping Pong, com uma cara séria. — Poderá visitá-lo quando quiser, caríssimo condutor de uma condecorada locomotiva.

Lucas agradeceu satisfeito e seguiu com Jim e as outras crianças para o Palácio. À frente iam o Imperador e a princesinha. Na sala do trono seria servido primeiramente um farto café da manhã.

É claro que Ema não podia acompanhá-los; a locomotiva teve que ficar parada na praça, mas durante todo o dia os mandalenses se acotovelaram em torno dela, agora sem medo nenhum. Alimentaram-na com óleo, pois um sábio havia lido em algum lugar que as locomotivas adoram óleo. Depois fizeram-lhe uma limpeza geral: lavaram toda a sujeira e a lustraram com tecidos muito macios, até que Ema ficou parecendo novinha em folha, brilhando e reluzindo ao sol.

Enquanto isso, o Imperador e Li Si sentaram-se com seus convidados no terraço em frente à sala do trono para uma agradável refeição matinal à luz do sol. Conforme o prometido, cada criança pôde comer aquilo de que mais gostava.

O pequeno esquimó, por exemplo, comeu filé de baleia acompanhado de uma grande xícara de óleo de fígado de bacalhau. O indiozinho preferiu bolo de milho e um espeto de carne de búfalo; depois de comer, o indiozinho deu quatro baforadas em seu cachimbo da paz: uma na direção de cada ponto cardeal.

Para resumir, cada criança comeu o que estava acostumada a comer em sua casa. Eram prazeres que há muito tempo aquele pessoal não tinha! Lucas e Jim deliciaram-se com pães de mel fresquinhos e uma boa xícara de chocolate. Pela primeira vez depois de muito tempo, até o Imperador comeu bem.

Quando o cozinheiro-chefe Chu Fu Lu Pi Plu apareceu para perguntar aos honoráveis convidados se a refeição estava do seu agrado, foi recebido por Lucas e Jim com um alegre "Olá!". A propósito, devido às comemorações do dia, o cozinheiro-chefe tinha colocado de novo seu enorme chapéu, que mais parecia um acolchoado enrolado. O Imperador convidou-o para sentar-se na companhia deles, para ouvir as histórias das crianças e dos dois amigos. O senhor Chu Fu Lu Pi Plu não tinha muito o que fazer naquela hora e resolveu aceitar o convite.

Pela ordem, todos contaram mais uma vez sua história ao Imperador, que ouvia atentamente. Quando terminaram, e depois de terem comido tudo o que havia, Lucas disse: — Pessoal, sugiro que agora a gente vá se deitar um pouco. A noite inteira não pregamos os olhos. Eu, pelo menos, estou morto de cansaço.

A maioria das crianças já estava mesmo bocejando, e o menorzinho já tinha até adormecido em sua almofada. Assim, todos ficaram muito satisfeitos com a sugestão de Lucas.

— Só mais uma pergunta, meus amigos! — disse o Imperador. — Vocês não gostariam de ficar algumas semanas aqui como nossos convidados, para primeiro poderem se recuperar bem? Seria um grande prazer para nós — e acrescentou com um sorriso —, ou será que vocês preferem voltar logo, cada um para seu país?

O indiozinho respondeu: — Ah, por favor, se fosse possível, eu gostaria de voltar depressa para casa. Quanto mais cedo melhor.

— Eu também! Eu também! — gritaram as outras crianças.

Compreendendo a situação, o Imperador respondeu:

— Muito bem, é claro que seria um enorme prazer tê-los como meus convidados por alguns dias. Mas vejo que vocês preferem voltar para casa. Meu Bonzo-mor, Ping Pong, tomará as devidas providências para que um navio seja preparado imediatamente.

— Muito obrigado! — disse o indiozinho, aliviado.

Nesse meio tempo tinham preparado um aposento especial para cada criança, com cama de dossel e tudo. Depois de tanto tempo dormindo em cama de pedra, dá para imaginar como as crianças acharam gostosos aqueles travesseiros macios e aqueles lençóis de seda.

Para nossos dois amigos tinha sido preparado um quarto com um beliche. Jim tirou os sapatos e subiu na parte de cima do beliche. Mal tinha se esticado sobre os lençóis de seda e já estava dormindo.

Lucas, ao contrário, ficou um bom tempo sentado na cama, com o queixo apoiado nas mãos. Pela sua cabeça passavam muitas dúvidas: A princesinha já estava sã e salva com seu pai. As outras crianças também estariam logo em suas casas. Até aí, tudo bem. Mas o que seria dele e de Jim?

Os dois não poderiam voltar para Lummerland sem mais nem menos. Primeiro, porque o rei Alfonso devia estar furioso por eles terem saído da ilha com Ema, sem se despedirem, ao invés de obedecerem suas ordens. Dificilmente o rei permitiria que eles voltassem como se nada tivesse acontecido. E, mesmo que o rei não estivesse zangado com eles, o problema continuava o mesmo, exatamente como no dia em que os três resolveram partir. Afinal de contas, durante o tempo que estiveram fora, Lummerland não tinha crescido. Será que não seria melhor separarem-se de Ema, deixando-a ali, em Mandala, e voltando só os dois para casa? Lucas ficou imaginando o que faria sem Ema em Lummerland. Pensando nisso, sacudiu a cabeça. Ele não ia conseguir se separar de Ema. Agora, depois de todas as aventuras que tinham vivido juntos, Ema sempre tão fiel e confiável, é que isso não seria possível mesmo. Não, não havia solução. Talvez o digníssimo Imperador concordasse em que eles ficassem em Mandala e inaugurassem uma linha de trem que cortasse todo o país. É claro que seria um pouco triste, pois apesar de tudo Mandala era um país estranho para eles; mas era a única saída, e em algum lugar eles teriam que ficar, se não quisessem ficar viajando indefinidamente pelo mundo inteiro.

Lucas suspirou, levantou-se e saiu do quarto, sem fazer barulho, para ir falar com o Imperador. Encontrou-o no terraço da sala do trono, sentado sob um guarda-sol e lendo um livro de histórias.

— Desculpe-me incomodá-lo, Majestade — disse Lucas, caminhando até o Imperador.

O Imperador fechou o livro e disse, satisfeito:

— Meu caro Lucas, é ótimo podermos conversar um pouco a sós. Eu gostaria muito de esclarecer com você um assunto da maior importância.

— Eu também — respondeu Lucas, com seriedade, sentando-se numa cadeira em frente ao Imperador.
— Mas diga o senhor primeiro o que tem a dizer.

E o Imperador começou: — Conforme o senhor deve se lembrar, prometi publicamente entregar a mão de minha filha em casamento àquele que a libertasse da cidade dos dragões.

— Sim, eu me lembro, Majestade — respondeu Lucas.

— Mas vocês são dois — prosseguiu o Imperador. — O que faremos agora? Qual de vocês se casará com minha filha?

— É muito fácil — respondeu Lucas. — Aquele de quem ela mais gosta e que ela beijou primeiro.

— E quem é? — perguntou o rei, muito curioso.

— Jim Knopf, é claro — disse Lucas. — Se não me engano, os dois gostam muito um do outro — e, sorrindo, acrescentou: — Ainda que não concordem plenamente sobre algumas coisas, como por exemplo sobre a necessidade de se aprender a ler e a escrever. De qualquer modo, acho que os dois combinam muito bem. Além do mais, foi Jim quem libertou Li Si. Quanto a isso não há a menor dúvida. Eu e Ema apenas o ajudamos.

— Fico muito contente com isso — replicou o Imperador, satisfeito. — Eu também acho a mesma coisa que o senhor, caro amigo. Os dois parecem ter sido feitos um para o outro. É claro que talvez seja um pouco cedo para eles se casarem, mas podem ficar noivos.

— Acho melhor deixar essa decisão para eles mesmos — sugeriu Lucas.

— Certo — concordou o Imperador. — Não vamos nos meter nesse assunto. Mas diga uma coisa, Lucas, como é que eu poderei agradecer a você? Infelizmente só tenho essa filha, senão também daria a você uma princesa como esposa. Mas isso não é possível. Será que você teria algum outro desejo que eu pudesse satisfazer? Por favor, diga! Seria bom que fosse um desejo bem grande, o maior que você tiver.

— Meu maior desejo Sua Majestade não poderá satisfazer — respondeu Lucas, balançando a cabeça devagar. — Meu desejo seria poder voltar junto com Jim e Ema para Lummerland. Mas o senhor já sabe por que tivemos que deixar nosso país. Na ilha não cabemos nós três. Seria preciso um milagre para que esse desejo pudesse ser realizado. Mas eu tenho um outro pedido, Majestade. Gostaria que o senhor mandasse construir uma estrada de ferro para mim... uma ferrovia que atravessasse Mandala. Ela seria muito útil para o senhor e para todos os seus súditos, e minha boa e velha Ema poderia finalmente voltar a correr sobre trilhos.

— Meu caro amigo — disse o Imperador, com os olhos brilhando —, fico muito grato por você querer ficar aqui conosco. Para mim isso é motivo de grande honra. Ordenarei imediatamente que se construa a mais bonita e mais longa estrada de ferro com muitas estações, e todas muito luxuosas. A ferrovia mais bela que já se viu. Espero com isso poder ajudá-lo a esquecer sua ilha natal.

— Muito obrigado — respondeu Lucas. — É muita gentileza sua, Majestade.

Nesse momento, o pequeno Ping Pong entrou no terraço, fez uma bela reverência e disse:

— Caríssimo Imperador, o navio para as crianças já está no porto. Hoje à noite, quando o sol se puser, ele estará prontinho para zarpar.

— Muito bem — replicou o Imperador, fazendo com a cabeça um sinal de aprovação. — Você é realmente um Bonzo-mor dos melhores!

Lucas levantou-se.

— Acho que então está tudo combinado, Majestade. Se o senhor não se importar, gostaria de deitar um pouco. Estou morto de cansaço.

O Imperador desejou-lhe bom descanso, e Lucas voltou para o quarto com beliche de dossel. Jim, que não tinha percebido a ausência do amigo, dormia calma e profundamente. Lucas deitou-se na cama de baixo e, antes de adormecer, pensou: "O que será que o Jim vai dizer quando souber que vamos ficar aqui ao invés de voltarmos para Lummerland? Será que ele não prefere voltar sozinho para casa e me deixar aqui com Ema? Eu compreenderia..."

Suspirou fundo e depois adormeceu.

Capítulo vinte e cinco

onde a senhora Dentão se despede e chega uma carta de Lummerland

Devia ser por volta do meio-dia quando Lucas e Jim acordaram com alguém batendo forte na porta.

— Abram! Abram! É importante! — disse uma vozinha de passarinho.

— É Ping Pong — disse Jim. Desceu do beliche e abriu a porta.

O pequeno Bonzo-mor entrou correndo no quarto e, quase sem fôlego, disse: — Desculpem-me, prezados amigos, por interromper tão brutalmente o seu sono; mas trago-lhes os cumprimentos do dragão e um pedido de que vocês venham até ele. É muito importante.

— Minha nossa! — resmungou Lucas, meio irritado. — O que será? Mas tenha a santa paciência...

— Ele disse que precisa se despedir de vocês, mas que antes ainda quer lhes dizer uma coisa.

— Despedir? — perguntou Lucas, meio confuso. — O que esse dragão está pretendendo?

— Acho que é sério — disse Ping Pong, com uma expressão preocupada. — Ele está tão impressionante... parece que... que...

— Que o quê? — perguntou Lucas. — Vamos, fale.

— Não sei — disse o pequeno Bonzo-mor. — Acho que ele está morrendo.

— Morrendo? — gritou Lucas, trocando um olhar preocupado com Jim. Apesar de tudo, é claro que eles não queriam aquilo. — Só faltava essa.

Enfiaram os pés nos sapatos e seguiram Ping Pong para o jardim do Palácio. Encontraram o dragão em um grande pavilhão meio em ruínas, que há anos havia servido de estábulo para os elefantes brancos imperiais. Lá estava ele, atrás das grades, com a cabeça apoiada nas patas e os olhos fechados, como se estivesse dormindo.

Por precaução, Ping Pong ficou um pouco afastado, enquanto Lucas e Jim aproximaram-se da jaula.

— Muito bem, o que foi? — perguntou Lucas. Sem querer sua voz saiu mais terna do que ele desejava.

O dragão não respondeu, não se moveu; ao invés disso, aconteceu uma coisa muito estranha. Era como se de repente um brilho dourado percorresse o corpo inteiro do dragão, do focinho até a ponta da cauda.

— Você viu isso? — perguntou Lucas, baixinho.
— Vi. O que será? — respondeu Jim, também sussurrando.

Então o dragão abriu lentamente os olhos, que já não faiscavam como antes, daquela maneira terrível, mas pareciam muito, muito cansados.

— Obrigada por vocês terem vindo — murmurou o dragão, com uma voz muito fraca. — Desculpem, mas não consigo falar mais alto. Estou terrivelmente cansada... terrivelmente cansada...

— Escute, o dragão não está chiando e rosnando como antes — murmurou Jim.

Lucas concordou. Depois perguntou:

— Diga-me uma coisa, senhora Dentão. A senhora não vai morrer, vai?

— Não — respondeu o dragão, e por um segundo um sorriso pareceu deslizar sobre sua cara feia. — Eu estou muito bem, não se preocupem. Só chamei vocês porque queria agradecer...

— Agradecer o quê? — perguntou Lucas, pela primeira vez tão confuso quanto Jim, que estava com os olhos arregalados de espanto.

— Por vocês terem conseguido me derrotar sem me matar. Quem derrota um dragão sem matá-lo ajuda-o a se transformar. Quem é ruim não é muito feliz em sê-lo. Nós, dragões, somos ruins apenas para que alguém nos derrote e domine. Infelizmente, na maioria das vezes quem nos vence acaba nos matando. Mas, quando isto não acontece, como no caso da luta entre mim e vocês, então se opera um milagre...

O dragão fechou os olhos e ficou calado um instante; mais uma vez aquele estranho brilho dourado percorreu seu corpo. Calados, Lucas e Jim ficaram esperando até o bicho abrir novamente os olhos e, com uma voz mais fraca ainda, prosseguir:

— Nós, dragões, somos muito sábios. Mas, enquanto não somos vencidos, só sabemos fazer maldades. Então procuramos alguém que possamos torturar com nossos conhecimentos. Crianças, por exemplo. Vocês mesmos tiveram oportunidade de ver. Quando nos transformamos, porém, passamos a chamar Dragões Dourados da Sabedoria, e as pessoas podem nos perguntar qualquer coisa, pois conhecemos todos os segredos e as respostas para todos os enigmas. Mas isso só acontece uma vez em cada mil anos, exatamente porque quase todos nós acabamos sendo mortos antes de termos tempo de nos transformar.

Novamente o dragão se calou, e pela terceira vez aquele brilho dourado percorreu seu corpo. Desta vez, porém, foi como se um pouco daquele dourado ficasse impregnado em suas escamas; só um pouquinho, um brilho fraco como o que fica no dedo da gente quando tocamos uma borboleta. Depois de um tempo a senhora Dentão abriu os olhos de novo e continuou a falar, num sussurro:

— As águas do Rio Amarelo, dentro do qual vim nadando, apagaram meu fogo. Agora estou sentindo um cansaço enorme. Da próxima vez que esse brilho dourado percorrer meu corpo, vou mergulhar em um sono profundo, como se tivesse morrido. Mas não vou morrer. Durante um ano inteiro vou ficar assim, imóvel. Por favor, cuidem para que ninguém me incomode durante esse tempo. Exatamente um ano depois do momento em que eu adormecer, terei me tornado um Dragão Dourado da Sabedoria. Irei acordar e vocês poderão me procurar para responder a qualquer pergunta. Pois vocês são meus senhores, e tudo o que vocês me ordenarem eu farei. Como prova da minha gratidão, gostaria de prestar-lhes um favor agora mesmo. É que eu já tenho um pouco da sabedoria que vou adquirir no futuro, conforme vocês podem ver nesse brilho dourado que agora ficou um pouco impregnado nas minhas escamas. Portanto, se vocês quiserem saber alguma coisa, é só perguntar. Mas sejam breves, pois tenho pouco tempo.

Lucas coçou atrás da orelha. Jim puxou-o pela manga da camisa e sussurrou: — Lummerland!

Lucas entendeu imediatamente e perguntou:

— Nós três, a locomotiva Ema, Jim Knopf e eu, tivemos que sair de Lummerland, pois lá não havia lugar para todos. O que podemos fazer para voltar sem que nosso país fique muito apertado? É que Lummerland é tão pequena...

Durante algum tempo o dragão não disse nada, e Jim teve medo de que ele já tivesse adormecido. Finalmente, porém, veio a resposta, quase num murmúrio:

— Amanhã, exatamente na hora do nascer do sol, vocês devem lançar-se ao mar em direção a Lummerland. No segundo dia de viagem, ao meio-dia em ponto, vocês encontrarão uma ilha flutuante no ponto de longitude de 321 graus, 21 minutos e 1 segundo, e latitude de 123 graus, 23 minutos e 3 segundos. Mas não se atrasem, senão a ilha terá passado desse ponto e vocês não a encontrarão mais. Esse tipo de ilha é muito raro. Levem junto com vocês alguns galhos de árvores de corais, dessas que nascem no fundo do mar e chegam até a superfície da água. Joguem esses galhos ao lado da ilha de Lummerland, exatamente no ponto em que irão ancorar a ilha flutuante. Desses galhos de corais nascerão árvores que sustentarão a ilha por baixo. No dia em que Jim tiver se tornado um súdito inteiro, a ilha estará firme, tão firme quanto a própria Lummerland... não esqueçam...

— Por favor! — gritou Jim, ao ver que o dragão estava fechando os olhos. — De onde foi que os Treze me roubaram antes de me colocarem no pacote e me despacharem pelo correio?

— Eu... não posso... — sussurrou o dragão. — Desculpem... esta é... uma história... muito comprida... mas... agora...

Então o dragão se calou. Mais uma vez, o brilho dourado percorreu seu corpo.

— Boa... sorte... boa... sorte... — murmurou ele, bem baixinho. Depois tombou a cabeça para o lado. O dragão realmente parecia estar morto. Só que o brilho dourado tinha se intensificado.

— Não há mais nada a fazer — disse Lucas, num tom grave. — Temos que esperar um ano. Mas o conselho dele não é nada mau. Desde que a história da ilha flutuante esteja certa.

Ping Pong, que nesse meio tempo tinha vencido o medo e se aproximado dos dois amigos, observou: — O que ocorreu com esse animal até agora tão hostil é realmente um enigma e um mistério. Se vocês estiverem de acordo, sugiro que a gente vá até o digníssimo Imperador e conte tudo a ele.

Dizendo isso, Ping Pong ergueu as pontas de sua minúscula túnica dourada e saiu correndo. Lucas e Jim o seguiram...

Quinze minutos depois os três já estavam conversando com o Imperador, na sala do trono.

— De fato — disse o Imperador, depois de ouvi-los —, já vi e ouvi muita coisa em minha vida, mas nada que se compare com isso, meus amigos. É claro que eu vou ordenar que a transformação do dragão não seja perturbada por nada nem por ninguém.

— Então, amanhã bem cedo poderemos lançar-nos ao mar na direção de Lummerland e ver se realmente vamos encontrar essa tal ilha flutuante — disse Lucas, soltando baforadas de fumaça cheias de esperança. — Seria muito bom se acontecesse mesmo.

— Você acha que o rei Alfonso Quinze-para-Meio-

— Boa... sorte... boa... sorte... — murmurou ele,
bem baixinho.

Dia vai permitir que a gente plante a ilha flutuante ao lado de Lummerland?

— E por que não permitiria? — perguntou o Imperador, admirado. — Ele ficará muito satisfeito com isso.

— Infelizmente não é tão simples assim, Majestade — disse Lucas. — É que nós não contamos ao senhor que, no dia em que Jim e eu partimos, simplesmente saímos à noite sem avisar ninguém. Ninguém em Lummerland estava sabendo de nada. Acho que tanto o rei como a senhora Heem devem ter ficado furiosos conosco. Devem estar achando que eu sou o culpado por Jim ter fugido, e até com certa razão. Talvez eles não queiram que a gente volte.

— Pois eu vou junto com vocês e explicarei tudo ao rei Alfonso — disse o Imperador.

Nesse momento, o pequeno Ping Pong deu uma pancadinha na testa e disse:

— Ah, meu Deus! Ah, meu Deus! Peço-lhes mil desculpas, meus caríssimos maquinistas!

— O que foi? — perguntou Jim.

— Aconteceu uma coisa horrível, horrível! — piou Ping Pong, meio desesperado. — Com toda a confusão da chegada de vocês, os preparativos do navio para as crianças e a história do dragão eu me esqueci do mais importante. Mas eu sou um verme mesmo! Um verme deplorável!

— Calma, Ping Pong! — pediu o Imperador. — O que foi que aconteceu?

— Há três dias chegou uma carta para nossos caríssimos maquinistas — lamentou o pequeno Bonzo-mor. — Uma carta de Lummerland!

— O quê? E onde está essa carta? — perguntaram Lucas e Jim, quase ao mesmo tempo.

Ping Pong saiu correndo, e só tinha corrido daquele jeito no dia em que ajudou a salvar nossos amigos das mãos da guarda do palácio.

— Como será que lá em Lummerland ficaram sabendo que a gente estava aqui? — perguntou Jim, ansioso.

— Você esqueceu? — disse Lucas. — Escrevemos para eles antes de partirmos para a cidade dos dragões. Essa carta deve ser a resposta. Agora o problema poderá ser resolvido. Mas onde está Ping Pong?

Mal Lucas concluiu sua frase, o minúsculo Bonzomor já estava de volta trazendo uma carta bem gordinha, fechada com um lacre vermelho e com o brasão do rei Alfonso Quinze-para-Meio-Dia. No endereço estava escrito:

> A Lucas, o maquinista,
> e Jim Knopf
> atualmente em *Ping (capital de Mandala)*
> Palácio Imperial

No verso do envelope estava escrito:

> Remetente: Rei Alfonso Quinze-para-Meio-Dia
> Senhora Heem
> Senhor Colarinho
> *Lummerland*

Lucas rasgou o envelope e desdobrou o papel, com as mãos meio trêmulas. Eram três folhas. Lucas leu em voz alta:

"Querido Lucas, o maquinista! Querido Jim Knopf! Graças a Deus e à carta que vocês mandaram, finalmente pudemos ficar sabendo onde vocês estão. Acreditem... quando percebemos que vocês não estavam mais aqui conosco, todo o povo de Lummerland lamentou muito, quer dizer, o pouco do povo que restou. Eu também fiquei muito, mas muito triste mesmo. Desde esse dia, todas as bandeiras trazem uma faixa em sinal de luto. Aqui em nossa ilha, tudo ficou quieto e solitário. Ninguém mais assobia a duas vozes no túnel, como Lucas e Ema faziam, e ninguém desce escorregando do pico mais alto até lá embaixo, como Jim Knopf. Nos domingos e feriados, quando saio à janela às quinze para o meio-dia, não ouço mais nenhuma saudação. Os súditos que me restaram estão tristes demais. É de cortar o coração. Ninguém mais tem vontade de tomar o delicioso sorvete de morango da senhora Heem.

É claro que não pensei em nada disso, quando ordenei naquele dia que nos livrássemos de Ema. Durante o tempo em que vocês ficaram fora, percebi que essa não seria uma solução satisfatória para nenhum de nós.

Por isso peço a vocês três que voltem o quanto antes. Não estamos zangados com vocês e esperamos que não estejam zangados conosco. É verdade que ainda não sei o que farei quando Jim crescer e precisar de sua própria locomotiva e de sua própria estrada de ferro; mas a gente vai encontrar uma saída. Portanto, voltem logo! Com votos de elevada estima e consideração, subscrevo-me,

    Atenciosamente,

        Rei Alfonso Quinze-para-Meio-Dia"

— Lu-Lucas! — gaguejou Jim, com os olhos arregalados — Então, quer dizer que...

— Espere um pouco! — disse Lucas. — Ainda tem mais.

Desdobrou a segunda folha de papel e leu:

"Meu querido Jim! Querido Lucas!

Estamos todos terrivelmente tristes e não sabemos o que fazer sem vocês. Ah, Jim, por que você não me falou que queria ir embora? Eu teria entendido a sua situação. Pelo menos teria dado a você algumas roupas quentinhas e também alguns lenços, pois você suja suas coisas tão depressa... Talvez você esteja passando frio e pode acabar pegando um resfriado. Estou muito preocupada. Não é perigoso demais viajar para a cidade dos dragões? Tome cuidado para não lhe acontecer nada e seja sempre um bom menino, meu querido Jim. Não se esqueça de lavar o pescoço e atrás das orelhas todos os dias, entendeu? Não sei que tipo de gente são esses dragões, mas seja sempre muito gentil com eles. E depois que vocês devolverem a princesinha volte logo para a
sua senhora Heem

PS: Querido Lucas! A esta altura Jim já deve estar sabendo que eu não sou sua mãe verdadeira. Talvez ela seja essa tal de senhora Dentão, para quem o pacote em que ele veio estava endereçado. Estou muito triste, mas por outro lado fico feliz pelo meu pequeno Jim, se é que agora ele encontrou sua mãe verdadeira. Só espero que ela não esteja muito brava por eu ter ficado tanto tempo com ele. Por favor, peça à senhora Dentão que deixe o garoto vir nos visitar em Lummerland, para que eu possa vê-lo mais uma vez. Ou será que ela gostaria de vir junto? Seria maravilhoso conhecê-la pessoalmente. Estou certa de que você tem cuidado para que o pequeno Jim não corra perigo, não é mesmo? Ele ainda é muito menino. Cordiais saudações!

                              Senhora Heem''

Pensativo, Lucas dobrou novamente o papel. Os olhos de Jim estavam cheios de lágrimas. Era bem o jeito de ser da boa e adorável senhora Heem...

Então Lucas leu a terceira carta:

''Prezado senhor Maquinista! Meu querido Jim Knopf!

Venho por meio desta endossar formalmente o pedido de Sua Majestade e de nossa querida senhora Heem. Sinto-me uma pessoa totalmente inútil, desde que Jim parou de me pregar suas peças. E o senhor, senhor Maquinista, é um homem de cujas palavras e atos ninguém em Lummerland pode prescindir. Minha torneira está pingando e eu não consigo consertá-la. Voltem logo, caríssimos amigos!

Com meus protestos de elevada estima e consideração, subscrevo-me,

Atenciosamente,

                           Senhor Colarinho''

Jim não conseguiu conter um sorriso e enxugou as lágrimas que rolavam pela sua carinha escura. Depois perguntou: — Então a gente vai poder partir amanhã mesmo, não é?

Lucas sorriu:

— A única pergunta é: com o quê? Será que nossa boa e velha Ema vai ter que dar conta do recado mais uma vez, ou será que poderemos ter um navio à nossa disposição, Majestade?

— Sugiro que a gente viaje no meu navio oficial — respondeu o Imperador.

— A gente? — perguntou Lucas, surpreso. — O senhor disse "a gente"?

— É claro! — replicou o Imperador. — Vocês dois, minha filha Li Si e eu. Gostaria muito de conhecer a senhora Heem. Ela parece uma pessoa adorável. Além do mais, preciso conhecer o rei Alfonso Quinze-para-Meio-Dia... afinal de contas, tudo indica que nossos países logo, logo vão estabelecer relações diplomáticas.

Ao dizer isso, o Imperador deu uma piscadinha para Jim.

— Puxa vida! — disse Lucas, rindo. — Vai ser um aperto em Lummerland. É que a nossa ilha é muito pequena, Majestade.

Depois Lucas voltou-se para Ping Pong e perguntou:

— Podemos partir amanhã cedo?

— Se eu der minhas ordens agora mesmo, o navio oficial estará pronto para zarpar amanhã cedo — piou o Bonzo-mor.

— Ótimo! Então, por favor... dê suas ordens! — disse Lucas.

Ping Pong deu um pulo de felicidade e saiu apressadamente. Para um Bonzo-mor pequeno daquele jeito, tudo aquilo era um pouco demais. Mas ele era uma pessoa muito respeitada em Mandala e usava até uma túnica dourada! Afinal, "quem sai na chuva é para se molhar", como diz um velho ditado mandalense.

Capítulo vinte e seis

*onde as crianças se despedem e uma ilha
flutuante é capturada*

Todas as crianças foram acordadas e vieram encontrar-se com o Imperador e com nossos dois amigos no terraço para tomarem o lanche juntos. Quando terminaram, desceram para a praça em frente ao castelo. Chegando lá, viram que havia uma fileira de carruagens mandalenses, todas elas muito delicadas e puxadas por pôneis brancos. As pequenas carruagens eram pintadas de várias cores e tinham um baldaquino de seda para proteger o viajante contra o sol. A primeira delas era particularmente luxuosa, e nela entraram o Imperador e sua filha. As crianças dividiram-se pelas outras carruagens, sempre em grupos de duas ou três. E é claro que elas iam poder dirigir a carruagem... Lucas e Jim preferiram viajar na locomotiva Ema.

O cortejo se pôs em movimento: à frente iam o Imperador e Li Si, na outra ponta Ema com nossos dois amigos. Sob aplausos e gritos de "Hurra!" o cortejo saiu pela cidade, seguindo sempre pela rua por onde, um dia, Lucas e Jim tinham chegado. À noitinha chegaram à foz do Rio Amarelo, onde ficava o porto de mar.

Lá estavam atracados dois grandes barcos a vela.

Alguns marujos subiam pelo cordame, enquanto outros içavam gigantescas velas gritando "Ho-ruck!... Hooooo-ruck!". Um dos navios já estava quase pronto para zarpar, e só estava à espera de vento favorável. Ao cair da noite ele partiria, levando as crianças de volta a seus países. No outro navio ainda não tinham sido colocadas as velas. Os marujos ainda estavam abastecendo a despensa. Era um navio mais bonito e mais luxuoso do que o outro. Na proa, que tinha mais ou menos a altura de uma casa, havia uma figura dourada que representava um unicórnio. À esquerda e à direita da figura, estava escrito

PUNG GING

Era o nome do Imperador de Mandala. Não havia dúvida: aquele era o navio que na manhã seguinte iria zarpar para Lummerland.

Depois que o sol se pôs, uma brisa suave começou a soprar do continente em direção ao mar. O capitão do navio que levaria as crianças, um velho lobo-do-mar muito engraçado, com um nariz redondo e vermelho, desembarcou e disse que tudo estava pronto para a partida.

— Meus queridos amiguinhos e amiguinhas! Com enorme pesar, vejo que chegou a hora de nos despedirmos. Foi uma grande alegria para mim ter conhecido todos vocês. Eu bem que gostaria de tê-los comigo por mais algum tempo, mas vocês querem voltar o quanto antes para casa, o que eu compreendo muito bem. Afinal vocês estão longe há um tempão. Enviem minhas saudações a seus pais, parentes e amigos, e escrevam logo para dizer se chegaram bem. Quando tiverem vontade, voltem para me visitar. Quem sabe vocês vêm passar as próximas férias comigo? Serão bem-vindos a qualquer hora. Quanto aos treze piratas que roubaram vocês, fiquem tranqüilos. Eles não vão escapar do castigo que merecem. Logo vou mandar equipar um navio de guerra para capturá-los. Agora, boa sorte, meus amiguinhos!

Em seguida, Lucas tomou a palavra.

— Muito bem, pessoal — começou ele, soltando gordas baforadas de fumaça —, não tenho muito o que dizer, a não ser que sinto muito por termos de nos despedir. Mas não será para sempre...

— É claro que não! — gritou o indiozinho, interrompendo o discurso de Lucas.

— Mandem um cartão postal para Jim e para mim. A gente gostaria de ver como é o país de vocês. E, se quiserem nos visitar, é só aparecer lá em Lummerland. Será um enorme prazer recebê-los. Então... boa viagem e até muito breve!

Então foi um tal de trocar apertos de mão e de se despedir, que não acabava mais. Uma a uma, todas as crianças agradeceram mais uma vez a Jim e a Lucas e, é claro, também à boa e velha Ema por terem salvo suas vidas. Em seguida, agradeceram também ao Imperador de Mandala por sua hospitalidade. Depois, guiadas pelo capitão, todas as crianças subiram a bordo. Depois que todas estavam lá em cima na amurada do navio, começou no porto um grande espetáculo de queima de fogos. Foi uma surpresa preparada pelo pequeno Ping Pong. Os foguetes subiam muitos metros de altura e depois iluminavam o céu noturno, explodindo nas cores e formas mais lindas. Para completar, uma banda de Mandala tocava uma música de despedida. O barulho

*Para completar, uma banda de Mandala tocava
uma música de despedida.*

das ondas do mar combinava direitinho com a música. Depois os marujos levantaram a âncora e o navio pôs-se em movimento, devagar e majestosamente. As pessoas gritavam "Adeus!" e acenavam. Todos estavam muito emocionados e com os olhos cheios de lágrimas. Ema era a que mais uivava, embora, como sempre, ela não estivesse entendendo muito bem o que estava acontecendo. É que ela era uma locomotiva de coração de manteiga e estava muito emocionada. Só isso.

Lentamente o navio foi deslizando para dentro do mar escuro e foi sumindo da vista dos que ficaram no porto. De repente, o porto ficou vazio, parecendo abandonado.

— Acho que o melhor é a gente passar a noite a bordo do nosso navio — sugeriu o Imperador. — Ele vai partir amanhã antes do nascer do sol, e se já formos para bordo agora não vamos precisar levantar tão cedo. Na hora do café da manhã, já estaremos bem longe.

Os dois amigos e a princesinha Li Si concordaram na mesma hora com a sugestão do Imperador.

— Então vamos nos despedir de Ping Pong, meu Bonzo-mor — disse o Imperador.

— Mas ele não vai com a gente? — perguntou Jim.

— Infelizmente não é possível — respondeu o Imperador. — Alguém precisa me representar durante minha ausência. E Ping Pong é a pessoa mais indicada para isso. É verdade que ele ainda é pequeno, mas, como vocês puderam ver, está perfeitamente habilitado para essa tarefa. Além disso, acho que não vão acontecer grandes problemas por aqui durante minha viagem. Ping Pong poderá viajar a Lummerland numa outra oportunidade; desta vez ele precisa ficar.

Mas ninguém conseguia encontrar Ping Pong em lugar nenhum. Procuraram pelo porto inteiro, até que finalmente o encontraram. Ele estava dentro de uma das carruagens, dormindo profundamente, exausto depois de todo o trabalho que tivera naquele dia.

— Ei, Ping Pong — chamou o Imperador, com delicadeza.

O Bonzo-mor ergueu-se, esfregou os olhos e perguntou meio choramingando:

— Pois não, senhor... alguma coisa não está em ordem?

— Desculpe — disse o Imperador, sorrindo. — Só viemos acordá-lo para nos despedirmos de você. Você será meu representante durante a minha ausência. Sei que posso confiar em você.

Ping Pong fez uma reverência na frente do Imperador e da pequena princesa. Quase caiu no chão de tanto sono. Jim teve tempo de segurá-lo bem na hora; apertou a mãozinha do Bonzo-mor, dizendo:

— Vá nos visitar qualquer dia, Ping Pong.

— E transmita nossos cumprimentos ao senhor Chu Fu Lu Pi Plu! — acrescentou Lucas.

— Com muito prazer — murmurou Ping Pong, com aqueles olhinhos que teimavam em fechar. — Na certa vou fazer... fazer tudo... tudo... logo que meus deveres... ah, meus caríssimos maquinistas... sejam muito felizes... muito felizes e... e... — bocejando, continuou: — Desculpem, mas vocês sabem, para um bebê da minha idade...

Nem acabou de completar a frase e já estava dormindo; seu ronco baixinho parecia o canto de um grilo.

Enquanto nossos amigos dirigiam-se para o navio

em companhia de Li Si e do Imperador, Lucas perguntou:

— O senhor acha que Ping Pong já tem idade suficiente para lidar com os negócios de Estado?

Sorrindo, o Imperador respondeu:

— Deixei tudo preparado. Não vai haver nenhum problema. É uma espécie de recompensa para o pequeno Bonzo-mor, pois ele provou que é muito capaz.

Então foram verificar se Ema, que tinha sido transportada para o navio pelos marinheiros, estava bem acomodada. Ela estava no tombadilho e tinha sido amarrada com cordas para não sair do lugar quando o navio balançasse com as ondas. Ema também já estava dormindo, e roncava baixinho e compassadamente.

Estava tudo na mais perfeita ordem. Os dois amigos desejaram boa noite ao Imperador e à sua filha Li Si. Todos foram para seus camarotes e adormeceram.

Na manhã seguinte, quando acordaram, o navio já estava em alto-mar. O dia estava maravilhoso. Um vento forte e contínuo enchia a vela gigantesca. Se continuasse daquele jeito, a viagem de volta a Lummerland não ia durar nem a metade do tempo da viagem de vinda, a bordo de Ema.

Depois do café da manhã, que eles tomaram em companhia do Imperador e da princesinha, Lucas e Jim subiram até a torre de comando, para conversarem com o capitão sobre a ilha flutuante que deveriam encontrar no segundo dia de viagem. Seria exatamente ao meio-dia, no ponto de longitude 321 graus 21 minutos e 1 segundo, e de latitude 123 graus 23 minutos e 3 segundos.

O capitão tinha a pele do rosto toda rachada, como uma luva de couro velha, por causa do vento e do frio. Ele escancarou a boca e os olhos, de tanta admiração.

— Tubarões me mordam! — disse ele. — Há meio século viajo por esses mares, mas até hoje nunca vi uma ilha flutuante. Como é que vocês sabem que amanhã ao meio-dia uma delas vai passar por essas coordenadas?

Os amigos contaram como tinham ficado sabendo. O capitão fechou um olho e resmungou: — Vocês estão querendo me gozar?

Mas Jim e Lucas garantiram que era tudo verdade.

— Está bem — disse o capitão, coçando a cabeça. — Vamos ver, vamos ver. De qualquer modo, amanhã vamos passar exatamente no ponto que vocês me deram. Isto se o tempo não mudar.

Os dois amigos desceram de novo até onde estavam o Imperador e sua filha. Então os quatro sentaram-se na proa, num lugar protegido do vento, e jogaram algumas partidas de rouba-monte. Li Si não conhecia o jogo e Jim explicou-lhe como era. Depois de duas partidas, ninguém mais conseguia ganhar dela. A princesa vencia uma partida atrás da outra. Jim teria preferido que ela não fosse tão habilidosa e esperta, pois assim ele poderia ajudá-la. Mas foi ela que acabou dando bons palpites e se mostrando mais esperta. É claro que para Jim isso não era lá muito agradável.

Mais tarde, sentados à mesa do almoço, o Imperador perguntou:

— E então, Jim e Li Si, para quando é que a gente pode marcar a data do noivado de vocês?

A princesinha ficou muito corada e, com sua voz de passarinho, ela disse:

— Isso é o Jim que decide.

— Bem, eu também não sei — disse Jim. — O que você decidir está bem para mim, Li Si.

Mas ela manteve os olhos baixos e balançou a cabeça: — Nada disso... você é quem decide.

— Muito bem — disse Jim depois de refletir um pouco —, então vamos comemorar o noivado quando estivermos em Lummerland.

Todos concordaram, e o Imperador completou: — O casamento poderá ser realizado mais tarde, quando vocês forem maiores.

— É, quando Jim souber ler e escrever — disse a princesinha.

— Mas eu não quero aprender essas coisas! — disse Jim.

— Ora, Jim... por favor! — pediu Li Si. — Você precisa aprender a ler, escrever e fazer contas. Faça isso por mim, por favor!

— Mas por quê? Se você já sabe, por que eu também tenho que saber? — perguntou Jim.

A princesinha baixou a cabeça e foi dizendo devagar: — Jim, eu não quero que... sabe, é que... não é que... bem, é que eu não gostaria que meu noivo só fosse muito valente. Eu gostaria que ele soubesse das coisas, para que eu pudesse admirá-lo.

— Ah, sei... — disse Jim, com cara de teimoso.

Tentando conciliar as coisas, Lucas observou: — Acho que não devemos discutir por causa disso agora. Talvez um dia o próprio Jim sinta vontade de aprender a ler e a escrever, e então ele mesmo vai tomar uma decisão. Se ele não quiser, sua vontade terá de ser respeitada. Ele é que deve decidir.

Depois não se tocou mais no assunto, mas Jim não

conseguia parar de pensar nas palavras da princesa. No dia seguinte, pouco antes do meio-dia, os quatro estavam sentados, almoçando, quando o marujo que ficava lá no alto do mastro gritou:

— Teeeeeerra à viiiista!

Todos se levantaram e correram para a amurada do navio. Jim, que tinha subido um pouco no cordame, foi o primeiro a ver.

— Uma ilha! — gritou ele, entusiasmado. — Ali... uma ilhota!

Quando se aproximaram mais um pouco, os outros também puderam ver a pequena ilha, que flutuava graciosamente sobre as ondas.

— Ei! — gritou Lucas para o capitão, que estava lá na cabine de comando. — O que o senhor me diz agora?

— Que um cavalo marinho me dê um coice! — respondeu o capitão. — Eu não acreditaria se não estivesse vendo com meus próprios olhos. Vamos capturar essa coisa?

— Por acaso o senhor tem a bordo uma rede de pescar bem grande? — perguntou Lucas.

— Claro! — respondeu o capitão. Logo ele deu ordem aos marujos para jogarem a rede, enquanto o navio descrevia um enorme círculo em torno da pequena ilha. Deixaram uma ponta de rede amarrada a bordo e, quando o navio voltou ao ponto em que completava o círculo, os marujos puxaram a outra ponta, e a ilha flutuante passou a ser rebocada pelo navio. Os marujos puxaram-na para bem perto, para todos poderem vê-la melhor.

O dragão realmente merecia uma recompensa por

ter indicado aquela ilha, pois não podia haver no mundo inteiro outra melhor. Está certo que ela era menor do que Lummerland, mas era até mais bonita. Três campos verdinhos, com várias árvores, sobrepunham-se em patamares. Entre as árvores, havia três que eram transparentes como as de Mandala. A princesinha ficou particularmente contente ao vê-las. Em volta da ilha havia uma faixa de areia bem plana, ideal para tomar banho de sol e de mar. Do ponto mais alto brotava uma nascente de água que se transformava num riozinho e vinha caindo até o mar, formando várias cachoeiras. É claro que havia uma quantidade enorme de lindas flores e também de pássaros coloridos, que tinham construído seus ninhos nos galhos das árvores.

— Que tal essa ilha, Li Si? — perguntou Jim.

— Oh, Jim, ela é simplesmente maravilhosa! — disse a princesinha, muito entusiasmada.

— Será que não é pequena demais? — perguntou Jim. — Quero dizer, em comparação com Mandala...

— Ah, não! — disse Li Si. — Acho os lugares pequenos muito mais bonitos do que os grandes. Principalmente quando se trata de uma ilha.

— Então está tudo bem — disse Jim, satisfeito.

— Dá para construir alguns túneis muito bons — disse Lucas. Eles poderiam atravessar esses patamares. O que você acha, Jim? Afinal, a ilha vai ser sua...

Pensativo, Jim respondeu: — Túneis? Seria ótimo. Mas eu ainda não tenho locomotiva...

— Você continua querendo ser maquinista quando crescer? — perguntou Lucas.

— É claro! — respondeu Jim, muito sério. — O que mais eu poderia ser?

Lucas pensou um pouco, deu uma piscadela e disse: — Talvez eu já tenha algo em vista para você...

— Uma locomotiva? — perguntou Jim, entusiasmado.

Mas, por mais que Jim insistisse, Lucas não quis entrar em detalhes: — Espere até a gente chegar em Lummerland — foi só o que ele disse.

— A propósito, você já escolheu um nome para a sua ilha, Jim? — perguntou o Imperador. — Como é que ela vai se chamar?

Jim pensou um pouco e disse: — Que tal Nova-Lummerland?

Todos concordaram com a sugestão, e a partir daquele instante a ilha foi batizada com esse nome.

Capítulo vinte e sete

onde se comemora o noivado e este livro termina com uma agradável surpresa

Um dia depois, numa radiante manhã de sol, mais ou menos por volta das sete horas, a senhora Heem abriu as portas de sua mercearia para mais um dia de trabalho. O senhor Colarinho esticou a cabeça pela janela de sua casa para ver se precisaria sair de guarda-chuva ou não. Então os dois viram ao mesmo tempo o enorme e luxuoso navio atracado bem ao lado de Lummerland.

— Que navio esquisito é esse? — perguntou a senhora Heem. — O barco postal é muito menor; além do mais, na proa ele não tem o emblema do correio, mas um unicórnio dourado. O que será que significa?

— Lamentavelmente não sei o que responder à sua pergunta, minha senhora — disse o senhor Colarinho. — Veja só... o navio veio rebocando uma ilha! Oh, sinto que algo de terrível está para acontecer! Talvez sejam ladrões de ilhas que agora estão querendo roubar Lummerland.

— Será? — perguntou a senhora Heem, não acreditando muito naquilo. — E o que vamos fazer?

Antes que o senhor Colarinho tivesse tempo de responder, ouviu-se um grito de alegria. Então, Jim deu um salto mortal por sobre a amurada do navio e pisou em terra firme.

— Senhora Heem! — gritou ele.
— Jim! — gritou a senhora Heem.

De braços abertos, os dois correram um ao encontro do outro. Como era de esperar, ficaram abraçados um tempão.

Enquanto isso, Lucas, Li Si e o Imperador desembarcaram; finalmente, Ema foi cuidadosamente transportada para terra e colocada em seus velhos trilhos, sobre os quais havia crescido capim e musgo no tempo em que ela estivera ausente. Ema ainda estava com a medalha de honra ao mérito e com a faixa de seda azul, e soltou um forte apito de alegria.

Ao perceber *quem* havia chegado, o senhor Colarinho, que até então parecia grudado no chão de tanto espanto, correu até o castelo situado entre os dois picos. Entusiasmado, bateu com força na porta.

— Já vou, já vou! O que é? — respondeu lá de dentro a voz sonolenta do rei Alfonso Quinze-para-Meio-Dia.

— Majestade! — disse o senhor Colarinho, completamente sem fôlego. — Mil desculpas, Majestade, mas é muito importante! Lucas, o maquinista, acabou de chegar, e com ele vieram Jim Knopf, uma menininha e um senhor muito idoso, que parece uma figura muito respeitável, e um navio com uma ilha na rede...

Não conseguiu dizer mais nada, pois nesse momento a porta do castelo se escancarou e o rei saiu correndo, só de camisola, todo atrapalhado, tentando vestir o roupão de veludo pelo caminho. Na pressa, ele tinha colocado a coroa na cabeça de qualquer jeito.

— Onde? — perguntou ele, pois tinha se esquecido de pôr os óculos.

— Um momento, Majestade! — sussurrou o senhor Colarinho. — O senhor não pode receber as pessoas desse jeito!

Então o senhor Colarinho ajudou o rei a vestir direitinho seu roupão real. Depois os dois desceram correndo até onde estava o navio; na pressa, o rei perdeu um chinelo xadrez, de forma que chegou lá embaixo com um pé calçado e o outro descalço.

Houve uma longa troca de cumprimentos, apertos de mão e abraços. Lucas apresentou o Imperador de Mandala ao rei de Lummerland, e Jim apresentou Li Si. Depois de todos terem sido apresentados, foram tomar café da manhã na casa da senhora Heem. Naquela cozinha minúscula, todos ficaram tão apertadinhos, que não conseguiam nem se mexer. Mas, numa manhã tão feliz como aquela, isso era até motivo de grande satisfação.

— Onde é que vocês estiveram todo esse tempo? — perguntou a senhora Heem enquanto colocava café nas xícaras. — Estou morrendo de curiosidade. Vocês viveram muitas aventuras? Quem é a senhora Dentão? Ela é simpática? Por que não quis vir com vocês? Vamos, contem!

— É isso mesmo, contem! — pediram o senhor Colarinho e o rei Alfonso Quinze-para-Meio-Dia.

— Calma, pessoal! — disse Lucas, sorrindo. — Vai levar algum tempo até a gente conseguir contar tudo.

— É isso mesmo. Depois do café. Primeiro vamos mostrar a vocês a ilha que trouxemos — disse Jim.

O café da manhã não durou muito tempo, pois todos estavam entusiasmados demais para sentir fome. Enquanto caminhavam até o navio, a senhora Heem disse bem baixinho a Lucas:

— Tenho a impressão de que Jim amadureceu muito nesse meio tempo.

— É bem provável — disse Lucas, soltando algumas baforadas. — Ele passou por muitas experiências.

Os marinheiros já tinham fixado a ilha com correntes de âncora e com cabos de aço tão pertinho de Lummerland, que com um pulinho se passava de uma para a outra. Também não tinham se esquecido de fazer o que Lucas tinha pedido: jogar ao mar, bem no lugar onde a ilha estava agora, alguns galhos de coral, exatamente como o dragão tinha aconselhado. Em alguns anos, quando as árvores de coral tivessem crescido até a superfície, a nova ilha ficaria tão firme como a própria Lummerland.

Com Jim à frente, todos pisaram pela primeira vez no solo da nova ilha e foram passear um pouco. Não havia muito espaço, mas o pouco que havia era muito bonito.

— É a solução para nossos problemas! — dizia sem parar o rei Alfonso Quinze-para-Meio-Dia. — Ninguém teria imaginado uma coisa dessas! Agora eu não preciso mais me preocupar! Depois de muito tempo, vou poder dormir sossegado.

Quando Jim disse que tinha batizado a ilha de Nova-Lummerland, a alegria do rei parecia não ter tamanho. Com o rosto vermelho de orgulho, ele declarou: — No futuro, serei o Rei dos Estados Unidos de Lummerland e Nova-Lummerland!

Enquanto voltavam para a casa da senhora Heem,

o rei Alfonso afastou-se um pouco com o Imperador de Mandala e sugeriu-lhe a instalação de uma linha telefônica entre Ping, a capital de Mandala, e Lummerland. O Imperador achou a idéia ótima, pois os dois poderiam conversar quanto quisessem por telefone. Imediatamente o Imperador incumbiu o capitão do navio oficial de retornar a Mandala e, na volta para Lummerland, ir colocando no mar um comprido cabo telefônico. O navio oficial zarpou imediatamente, e o Imperador voltou para a cozinha da senhora Heem, onde os outros tinham se sentado ao redor de Lucas e Jim, e ouviam atentamente a história de suas aventuras. Os dois contaram tudo, tudinho, desde a partida de Lummerland na calada da noite, depois de vedarem Ema e a transformarem numa embarcação, até a viagem de volta.

Nos pedaços perigosos e emocionantes, a senhora Heem ficava branca de medo e dizia "Ah, meu Deus do céu!", ou então "Minha Nossa Senhora!"

O medo que ela sentia — meio fora de hora, é verdade — era pelo seu pequeno Jim. O que a consolava era que agora o garoto estava ali, bem na sua frente, são e salvo, e que no fim tudo tinha acabado bem.

Mais ou menos uma semana depois, o navio voltou. Os marujos tinham estendido através do mar, por todo o trajeto, um cabo telefônico de milhares de quilômetros. Uma ponta do cabo tinha sido ligada ao telefone cravejado de diamantes na sala do trono do Palácio Imperial e a outra seria agora ligada ao telefone de ouro do rei Alfonso Quinze-para-Meio-Dia. Para fazer um teste, o Imperador conversou por telefone com Ping Pong, e perguntou se tudo estava em ordem em Mandala. Estava tudo em ordem, sim.

Combinaram a festa de noivado da princesinha Li Si com Jim Knopf para dali a quatro semanas. Durante esse tempo, a senhora Heem ficava costurando à noite, preparando uma surpresa para as duas crianças. É que ela tinha uma queda especial pela costura.

Durante essas quatro semanas, o Imperador e sua filha Li Si ficaram hospedados no castelo do rei, situado entre os dois picos. É verdade que o castelo era um pouco apertado, mas eles se acomodaram de boa vontade, pois estavam achando tudo em Lummerland muito bonito. Nem o pequeno castelo de porcelana azul celeste, onde a princesinha costumava passar as férias, podia ser comparado com aquela ilha maravilhosa.

As quatro semanas passaram num piscar de olhos, e finalmente chegou o dia do noivado. Para começar, as duas crianças receberam as surpresas que a senhora Heem tinha preparado para elas.

Para Jim, a senhora Heem fez um macacão de maquinista, azul celeste, igualzinho ao de Lucas, só que menor. É claro que o macacão veio acompanhado de um boné. Para a princesinha, ela costurou um lindo vestidinho de noiva, com uma grinalda e um véu bem comprido. As duas crianças vestiram imediatamente suas roupas novas.

Li Si deu de presente a Jim um cachimbo igualzinho ao de Lucas, só que mais novo e um pouco menor. E Jim deu a Li Si um lindo tanque de lavar roupa, bem pequeno e de fino acabamento. A princesinha mal cabia em si de tanta alegria, pois devido à sua posição social ela nunca tinha posto as mãos num tanque, embora gostasse muito de lavar roupa, como todos os mandalenses.

Por fim, os dois trocaram um beijo e o rei Alfonso

Quinze-para-Meio-Dia, em nome dos Estados Unidos de Lummerland e Nova-Lummerland, declarou-os noivos. Os súditos jogaram seus chapéus e bonés para o alto, e até o Imperador de Mandala gritou: — Viva os noivos! Viva os noivos! Viva!

Os marinheiros do navio oficial acenderam um grande morteiro que tinham trazido, deram uma salva de tiros e gritaram "Viva!", enquanto Jim e Li Si, de mãos dadas, andavam solenemente pela ilha.

A festa prosseguiu durante todo o dia. De tarde, Ping Pong telefonou para cumprimentar o casal de noivos. Todos estavam satisfeitos e felizes. Só Lucas ainda parecia estar esperando por alguma coisa.

Quando a noite caiu com seu manto escuro, centenas de lampiões foram acesos em Lummerland e em Nova-Lummerland. A lua apareceu no céu e, como o mar estava calmo e tranqüilo naquela noite, todas as luzinhas coloridas se espelharam na água. Foi um espetáculo inesquecível, como dá para imaginar.

Para o grande acontecimento daquele dia, a senhora Heem tinha caprichado: além de sorvete de baunilha e de morango, tinha feito também sorvete de chocolate. Todos admitiram que aquele era o melhor sorvete que já tinham tomado na vida — até o capitão, que já tinha rodado o mundo todo em seu navio.

Jim afastou-se um pouco da festa e foi até a praia para apreciar em paz aquele espetáculo de luzes. Estava olhando tudo totalmente embevecido, quando, de repente, sentiu uma mão em seu ombro. Era Lucas.

— Venha até aqui, Jim — disse ele, com um tom de segredo.

— O que foi? — perguntou Jim.

— Você queria uma locomotiva, não queria, velho Jim? Uniforme de maquinista você já tem... — disse Lucas, sorrindo.

O coração de Jim começou a bater forte.

— Uma locomotiva? — perguntou ele, arregalando os olhos. — Uma locomotiva de verdade?

Lucas fez sinal para Jim não dizer mais nada e piscou para ele de um jeito muito promissor. Depois tomou-o pela mão e levou-o até a estaçãozinha, onde Ema estava parada, soltando fumaça pela chaminé.

— Está ouvindo alguma coisa? — perguntou Lucas.

Jim prestou atenção. Ele só conseguia ouvir o resfolegar de Ema. Mas... será que ele estava ouvindo demais? Parecia que, no meio daquele barulho de Ema... Então Jim ouviu um apito baixinho, agudo e curto. Olhou para Lucas com cara de quem não estava entendendo. Lucas sorriu para ele, levou-o até o tênder de carvão de Ema e mandou o garoto olhar lá dentro.

No tênder havia uma pequena locomotiva, olhando para Jim com os olhos grandes e assustados de bebê. Ela resfolegava sem parar e soltava minúsculas nuvens de fumaça. Parecia ser uma locomotiva-bebê muito esperta, pois se esforçava para se manter sobre suas rodinhas e correr em direção a Jim, mas acabava sempre caindo. Só que os tombos não afetavam seu bom humor.

Jim acariciou a pequenina.

— É filha de Ema? — perguntou baixinho.

— É — respondeu Lucas. — Há muito tempo eu sabia que ela ia ter um bebê, mas não quis dizer nada para não estragar a surpresa.

— Posso ficar com ela? — perguntou Jim, quase sem fôlego de tanta felicidade.

— E com quem mais você queria que ela ficasse? — respondeu Lucas soltando umas baforadas. — Você terá de cuidar muito bem dela. Ela vai crescer e em poucos anos estará do tamanho de Ema. Que nome podemos lhe dar?

Jim tomou a pequena locomotiva nos braços e a acariciou. Depois de pensar um pouco, disse:

— O que você acha de Molly?

— É um bom nome para uma locomotiva — respondeu Lucas. — Mas agora coloque-a lá dentro. Ainda vai precisar ficar algum tempo junto de Ema.

Jim colocou Molly no tênder e voltou com Lucas para a companhia dos outros. Chegando lá, contou o que tinha ganho e é claro que todos quiseram ver a pequena locomotiva. Jim os levou até a locomotiva-bebê, que foi muito admirada e elogiada. A pequena Molly não percebia nada do que estava acontecendo, pois nesse meio tempo ela tinha adormecido e estava fazendo biquinho de quem queria mamar.

Alguns dias mais tarde, o Imperador e sua filha Li Si retornaram a Mandala, pois é claro que por enquanto Li Si ia continuar morando com o pai. Além disso, a princesinha estava louca para voltar à escola — à escola de verdade, é claro, não àquela escola de dragão — e em Lummerland não havia escolas. Mas as duas crianças iam poder se visitar sempre que tivessem vontade, pois o navio oficial passaria a operar uma linha regular entre Mandala e Lummerland. Também poderiam usar o telefone, quando o rei Alfonso Quinze-para-Meio-Dia não estivesse falando. Mas ele usava muito o telefone, pois agora mantinha relações diplomáticas com o Imperador de Mandala.

Em Lummerland, a vida voltou à calma de antes. O senhor Colarinho saía para passear de cartola na cabeça e guarda-chuva debaixo do braço. Sua função era ser súdito e ser mandado. Ele simplesmente existia. Exatamente como antes.

Com sua Ema, Lucas percorria várias vezes os trilhos em caracol, de uma ponta a outra da ilha. Às vezes, os dois assobiavam a duas vozes. Principalmente nos túneis, o som ficava muito bonito.

Naturalmente, Jim passava a maior parte do tempo cuidando de sua pequena Molly, e quase não tinha tempo de irritar o senhor Colarinho ou de descer escorregando lá de cima do pico até embaixo. Aos poucos ele estava se tornando um adulto.

Nas tardes bonitas, podia-se ver Jim e Lucas sentados na praia, um ao lado do outro. O sol poente espelhava-se no oceano infinito e sua luz formava sobre as águas uma estrada dourada, reluzente, que saía do horizonte e chegava aos pés dos dois maquinistas. Os olhos dos dois percorriam essa estrada que levava para longe, para países e continentes desconhecidos... ninguém sabia dizer para onde. Às vezes, um dizia ao outro:

— Você se lembra daquela vez na casa do senhor Tor Tor? Eu gostaria tanto de saber como ele vai...

E o outro respondia:

— E você se lembra de nossa viagem através do Rochedo Negro? Tudo parecia perdido quando chegamos à Boca da Morte.

Lucas e Jim tinham certeza de que num futuro bem próximo partiriam para mais uma grande viagem rumo ao desconhecido. Ainda havia muitos segredos que eles queriam descobrir... Um dia eles haveriam de descobrir

Lucas e Jim tinham certeza de que num futuro bem próximo partiriam para mais uma grande viagem rumo ao desconhecido.

de onde os piratas tinham roubado Jim Knopf quando ele ainda era bem pequenininho. Para isso, porém, nossos amigos teriam que procurar e vencer os treze piratas, que continuavam ameaçando os navegantes daqueles mares. Certamente não seria uma tarefa pequena.

Enquanto faziam planos para o futuro, os dois olhavam para o alto-mar, e as ondas, grandes e pequenas, ficavam marulhando na praia.

Impressão e acabamento
Cromosete
GRÁFICA E EDITORA LTDA.
Rua Uhland, 307 - Vila Ema
Cep: 03283-000 - São Paulo - SP
Tel/Fax: 011 6104-1176